# 今古义侠奇观

民国武侠小说典藏文库·陆士谔卷

陆士谔 ◎ 著

中国文史出版社

# 海上奇才陆士谔（代序）

　　二十世纪初到四十年代，上海滩出现了一位奇才，他精通医道，医德高尚，曾被誉为上海十大名医之一；他著作等身，医学专著四十余种，各类小说一百余种，是当时享有盛誉的名作家。这位奇才就是陆士谔。

　　陆士谔，名守先，字云翔，号士谔，用过多个笔名：沁梅子、儒林医隐、珠溪渔隐、梦天天梦生、云间龙、云间天赘生、路滨生、龙公等。晚清光绪四年（1878年）生于江苏青浦珠街阁镇（今上海市青浦区朱家角镇）一个书香家庭。九岁起，跟随青浦名医唐纯斋学医，前后共五年。十四岁到上海一家当铺做学徒，不久辞退回家，在朱家角一边行医一边大量阅读医书和各种"闲书"。二十岁再到上海行医，因业务清淡，遂改业租书，购置一大批读者欢迎的小说，日间以低价出租，晚上潜心研读这些小说，不但能维持生计，而且渐渐悟出写作诀窍，先写些短篇，试着投稿报馆，竟获一再刊登。他写兴更浓，由短篇而中篇，由中篇而长篇，有些还印成单行本，风行一时。此时他认识了小说界前辈海上漱石生孙玉声，孙玉声知道他做过医生，对医道有研究，劝他重开诊所。他听从劝告，此后坚持一边行医，写医学专

1

著和有关掌故，一边撰写小说，直到1944年因中风不治在上海家中逝世，享年六十六岁。

陆士谔一生整理、编注、创作医著和医文四十余种，对清代名医薛生白（1681—1770）、叶天士（1666—1745）的医案钻研极深，编注过《薛生白医案》《叶天士医案》《叶天士手集秘方》等重要著作，自著十余种，最重要的是《医学南针》初、二集，其业师唐纯斋为之作序，赞他"以预防为主医学，极深研几，每发前人所未发"，"以新说释古义，语透而理确"。他以所学理论行医，悉心诊治，常能妙手回春。1925年，一位广东富商请其出诊，为奄奄一息、众名医束手的妻子治病，经过半个月的诊治，病人霍然而愈。富商感激涕零，登报鸣谢一个月，陆士谔的医名由此大振。在沪行医期间，陆士谔以其精湛的医术、高尚的医德，被誉为上海十大名医之一。

陆士谔以医为业，业余还创作了百余种小说。为陆士谔研究付出过艰辛努力的田若虹教授给予高度评价："陆士谔的小说全面地反映了晚清民国时代的社会面貌、重大事件，笔触遍及政治、外交、文化、经济、军事等各个方面，展现了封建末世的一幅真实画图。""他以强烈的愤怒抒发了对社会官场魑魅魍魉的谴责与鞭笞，以感情充沛的笔锋表现了对反帝爱国志士的赞扬与尊敬，用热情洋溢的话语描述了其理想中的新中国。这一切憎爱分明的情感，铭记着时代的苦难痕迹，闪耀着陆士谔在十九世纪末、二十世纪初那个特定的历史阶段与时代同脉搏、与人民共呼吸的真挚情感。同时也热切地表达了其欲挣脱'衰世'腐败黑暗的社会及卑污风气，挣脱束缚、压抑之环境，追求美好自由新境界的愿望。他对现实的愤怒与对未来的追求融汇交织其中，感情激烈而奔放，语言辛辣而犀利，文风格调亦具有时代精神的特征。在封建制度大崩溃之前夕，陆士谔等近代小说家们的那些充满激情的篇章、声情沉烈的创作颇具现实意义。"①

陆士谔的小说不仅数量多，而且题材极为广泛，田若虹教授将其分为社会小说（52 种）、武侠小说（22 种）、历史小说（10 种）、医界小说（3 种）、笔记小说（18 种）、科幻小说（2 种）和纪实小说（即时事小品 110 则），共七类。正因为认识到陆士谔小说的社会价值，1988 年起，先后有十余家出版社重印了一般读者较难看到的陆士谔小说，如《新孽海花》《血泪黄花》《十尾龟》《荒唐世界》《社会官场秘密史》《最近上海秘密史》《商场现形记》《新水浒》《新三国》《新野叟曝言》《清史演义》《清代君臣演义》《清朝秘史》《八大剑侠传》《血滴子》等十余种，其中最著名的是《新上海》《新中国》和《八大剑侠传》《血滴子》。

撰于 1909 年的《新上海》深刻揭露了清末上海十里洋场种种光怪陆离的"嫖、赌、骗"丑恶现象，竭力描写，淋漓尽致。1997 年，上海古籍出版社将其与李伯元的《官场现形记》、吴趼人的《二十年目睹之怪现状》等一起列入"十大古典社会谴责小说"。1910 年，又撰《新中国》，小说以第一人称写作，以梦为载体，作者化身陆云翔，描述梦中所见：上海的租界早已收回，建成了浦江大铁桥、越江隧道和地铁……2009 年 12 月，为配合宣传 2010 年上海办世界博览会，有出版机构重印了这部小说，国内外媒体也纷纷报道，极大地提高了陆士谔的知名度。

---

① 见田若虹：《陆士谔小说考论》，上海三联书店 2005 年 7 月初版。

陆士谔还以清初社会现实为背景，从 1914 年到 1929 年，十六年中写出二十余种武侠小说：《英雄得路》、《顾珏》（以上为文言短篇，分别载于《十日新》杂志和《申报·自由谈》）；《八大剑侠传》（原名《八大剑仙》）、《血滴子》（又名《清室暗杀团血滴子》）、《七剑八侠》、《七剑三奇》、《小剑侠》、《新剑侠》（以上后合编为《南派剑侠全书》），《红侠》、《黑侠》、《白侠》、《三剑客》（以上后合编为《北派剑侠全书》），《雍正游侠传》、《今古义侠奇观》、《江湖剑侠》、《八剑十六侠》、《剑声花影》（原名《侠女恩仇记》）、《飞行剑侠》、《古今百侠英雄传》、《新三国义侠》、《雍正剑侠奇案》、《新梁山英雄传》、《续小剑侠》（以上为白话长篇，多由上海时还书局出版）。

这些小说中的人物，出场最多的是康熙、雍正时的八大剑侠，即路民瞻、曹仁父、周浔、吕元、白泰官、吕四娘、甘凤池和了因和尚（俗家名吴天巘），他们是南明延平王郑成功部下，明亡后，存反清复明大志，在各地行侠仗义，扶危济困，名震天下。书中由正面转为反面的人物是年羹尧和云中燕（"血滴子"暗器发明者），起初也行侠惩恶，后来却创办血滴子暗杀团，帮胤禛夺得皇位，最后被雍正卸磨杀驴，下场悲惨。陆士谔笔下这两组人物故事当时吸引了无数读者，不仅小说一再重印（《八大剑侠传》《血滴子》竟印到 21 版），而且被改编成京剧连台本戏和电影《血滴子》，红极一时。受其影响，在陆士谔原著的基础上，稍后出道的民国武侠北派五大家之一的王度庐，1948 年写出《新血滴子》（又名《雍正和年羹尧》）。至 1950 年代，香港武侠名家梁羽生发表《江湖三女侠》，吕四娘、白泰官、甘凤池和了因的形象更为生动；台湾武侠名家成铁吾更写出 350 万字的巨著

《年羹尧新传》，使原本笔法相对平实质朴的故事奏出了华彩乐章。

最后值得一提的是陆士谔1915年3月19日发表于《申报·自由谈》的文言笔记小说《冯婉贞》，记载了1860年英法联军火烧圆明园时，北京民女冯婉贞率领数十年轻村民痛击联军，杀死近百名敌军，成为近代民族英雄的杰出代表。此文1916年被徐珂略作修改后收入《清稗类钞》，二十世纪六十年代又被收入中学范文读本。

2014年起，中国文史出版社陆续推出了"民国武侠小说典藏文库"和"民国通俗小说典藏文库"两大系列丛书，先后整理、重印了还珠楼主、白羽、郑证因、朱贞木、平江不肖生、徐春羽、望素楼主、顾明道、李涵秋、刘云若、张恨水、冯玉奇、赵焕亭等作家的全部或大部分小说，深受读者欢迎，并获研究者的好评，此番又将重印陆士谔的大部分武侠小说，从《八大剑侠传》到《飞行剑侠》，共15种，真是功德无量！望文史社编辑诸君再接再厉，将建修两大文库的宏伟工程进行到底，使这份珍贵的文学遗产永久传存于世间！

林　雨

2018年12月于上海

# 目　　录

## 今古义侠奇观

## 卷　　上

# 今古义侠奇观

# 第一回

## 红拂妓巨眼识英雄
## 虬髯公风尘逢侠女

话说大隋自文帝削平南北统一河山而后，陡遭宫廷惨变，传位于儿子炀帝。这位炀帝是个风流天子，命征北大总管麻叔谋为开河都护。新河开成之后，炀帝便坐龙舟巡幸江都去了。却叫司空杨素留守西京。这位杨司空骄贵异常，恰遇着天下多事，杨素是开国元勋，一切政权都在掌握，因此骄奢华贵，竟无人臣之礼。每遇公卿入白公事，宾客入府谒见，他老人家总踞床而见，艳妾美婢侍立左右。

这一日家人禀称处士李靖求见，说有奇策进献。杨素命引他进来，一时家人引了李靖进来。只见是一个二十来岁的少年，剑眉星眼，鼻直口方，那英风锐气，再藏敛不住，时时从眉梢眼角显露出来。虽只穿着几件布衣，举动从容不迫，胸襟是极阔大的。

当下杨司空依然高踞胡床，李靖作了一个揖道："布衣李靖谒见。"

杨素不过把头点了一点，遂道："听说你有奇策，到底是什么奇策？"

李靖道："现在天下大乱，英雄都崛起，明公做了帝室重臣，很该以收罗豪杰为心，不宜踞见宾客。"

杨素听了，顷刻敛容而起，谢道："我因老病懒怠惯了，李君见教得很是。"遂与李靖畅谈。

李靖谈锋极锐，对于朝政得失，天下治乱，见病知源，慷慨激昂，说得真是针针见血。杨司空听得很是动容，收了他的奇策。

李靖告辞而出。行到中门，忽见一个手执红拂的侍妓疾步奔出，问府吏道："这位处士姓甚名谁，住在哪里？"

府吏追问李靖，李靖照实说了。府吏回步告知那个侍妓，那侍妓便连念了两遍，喜滋滋地进去了。

李靖纳闷道："好奇怪，我方才与杨司空讲话时，她站在旁边，只管用俊眼睃我，这会子又细问我的住址，不知她是什么意思。"一边想，一边走，早回到了寓所。晚饭之后，随即解衣安寝。

这夜五更时光，忽闻有人叩门低声唤开，李靖起问是谁。门外应声，是个女子声音。只听得应道："妾是杨家的红拂侍妓呢。"

李靖开门，走进来却是一个少年，紫衣戴帽，还负着一个囊。那少年一进门就把帽儿脱下，却是十八九年纪一个美人。那美人见了李靖，扑倒娇躯便拜，李靖大惊答拜。

那美人道："妾身侍杨司空日久，阅人已多，似你这样少年英俊，却不曾见过。丝萝不能独生，总要托付了乔木，才能够干霄直上。所以不避风露，特来投奔。"

4

李靖听了惊喜交集，遂道："杨司空权重京师，如何是好？承你巨眼垂青，只恐祸生不测，福薄如我，消受得起么？"

美人道："杨老头尸居余气，怕他怎的？也不是我一个，府中诸妓，知道他无成，逃去的已经不少，他倒也不很追究。计之已熟，请你不必多疑。"

李靖遂问美人姓氏，回说："母家姓张。"问她排行，回说："居长。"

李靖大喜，就灯下瞧时，只见她眉如翠黛，眼似明星，脸若朝霞，气同兰麝，肌肤滑腻如脂，体态温存如玉，真是个天上无双，人间少有。不料于无意之间，就得着这么一个佳偶，欢喜自不必说。转念杨司空走失了这么一个家妓，哪有不追之理，万一被他找着我这儿，祸可就不小。越想越怕，瞬息之间，万虑不安。

偏偏天明之后，同寓的人都来窥户。李靖更是虚心。出外打听，亏得杨府中追究得不甚紧急。于是夫妻两个计议道："留此终非了局，不如归到太原去。"张一娘子依旧乔扮作男子模样，两人跨马排踏而去。猛一瞧时，竟是青年弟兄，又谁料他是一对儿呢。

马不停蹄，直行到灵石。下了店，李靖道："这里离京师远了，娘子可以梳妆梳妆，回复本来面目。"一娘应允。李靖先叫店家买了几斤羊肉来，要了个锅炉，就床前烹煮起来。一娘取出套具，就床前梳头。因为发长拖地，站着身子梳。李靖自去刷马。

正这当儿，忽见一个彪形汉子跨驴而来。一到客店门中，跳下驴，提走了一个革囊，直闯进门。来那汉子，瞧见一娘梳头，竟提了革囊直闯进房，把革囊向炉前一掷，就床上取过枕头，横身躺下。两个环眼注定了一娘，直上直下，只顾打量。

一娘见这汉子突如其来，问都不问一声，就这么躺下，很是纳闷，举目一瞧，又猛吃一惊。只见那汉子是中等身材，却生得虎形彪彪，浓眉环眼，紫糖色脸儿，赤髯如虬，不是周仓再世，定是灵官临凡，估量去也不是寻常之辈。回身瞧见李靖怒形于色，放下了马，虎虎地似要进来与那虬髯汉子讲理似的。

一娘慧心一动，连忙摇手，暗叫李靖不要发怒。一面急急把头梳好，向虬髯汉子福了一福。请问姓氏，虬髯客答称姓张。一娘道："巧极了，妾身也姓张，应是我哥哥了，妹子该以兄礼拜见。"说着行下礼去，虬髯客连忙还礼不迭。

一娘道："不知哥哥排行第几？"

虬髯客答言行三，转问一娘，一娘回言行一。虬髯客喜道："今日幸逢一妹，妹丈呢？请来见见。"

一娘唤道："李郎来，来见我家三哥也。"

李靖走入，向虬髯客扑翻身就拜，舅兄妹丈叫得很是亲热。

于是兄妹夫妻三个人环坐讲话。张三问："炉内煮的是什么肉？"

李靖道："是羊肉，该熟了。"

张三道："饿了。"

李靖起身道："我去买几张胡饼来。"

等到李靖买饼回来，张三早从腰间抽出一柄小刀，刮切着肉。于是三人各把羊肉胡饼乱吃了一顿。那吃剩的，张三却取去驴前自食，风卷残云，吃得异常快速。吃毕进来，向李靖道："瞧李郎也是个寒士，怎么倒娶得我们一妹呢？"

李靖道："我李靖虽然贫穷，也是很有心的人。别个问我，不便说给他听。现在舅兄见问，我就不能隐瞒了。"遂把前事一字不瞒，细说了一遍。

张三道："现在到哪里去?"

李靖道："我们想避到太原去。"

张三道："我早知不是李郎能够娶得的。"

遂问有酒没有，李靖道："客店西邻就是一家酒店。"

张三起身出外，一时捧了一斗热酒进来，劝李靖夫妇喝酒。喝了一巡，张三道："我有一点子下酒物，李郎能够尝尝吗?"

李靖连说："不敢不敢。"

张三早一手提过那革囊，取出一个人头，并人心人肝全俱，却把人头仍放入革囊，用小刀把人心人肝切作了薄片儿。向二人道："一妹李郎，同来尝尝新，这是天下负心人。我找了他十年，现在才获着，恨得很呢。"

三个人吃喝着，张三道："瞧李郎的模样儿举动，真是个大丈夫。妹丈你在太原，我问你一句话，太原地方也有异人么?"

李靖道："我认得一个人，这个人才不愧是真人呢，其余都不过将帅罢了。"

张三急问此人姓什么，李靖道："与我同姓。"

张三道："此人年纪有多少?"

李靖道："只有二十岁。"

张三道："目下在做什么?"

李靖道："是州将李公的儿子。"

张三道："是了，我很想见他一面，妹丈能够引我去一见么?"

李靖道："我友刘文靖，和李公子很要好，先交了文靖，就能够跟他相见了。舅兄为什么要见他?"

张三道："望气的人说太原有奇气发现，就叫我秘密访问。妹丈几时到太原？"

李靖屈指算了一回，说出了日子。张三道："你们到了太原，过上一宵，天明时光，就在汾阳桥头等我。"言毕，起身道，"我们到太原再见吧。"随跨上驴背，举鞭一挥，如飞地去了。

李靖与张一娘都各大惊，停了半晌，夫妻相语道："三哥英雄，绝不会哄人的，我们就此动身吧。"

一娘改了女妆，不便跨马，雇了一辆车，李靖跨马相随，在路上无话。到得太原，与虬髯客相约之期，果然只早得一日。

次日天明，李靖便到汾阳桥，见张三早在那里等候了。执手相见，张三喜道："李郎果然是个信实人，我们就去访刘文靖吧。"于是李靖引张三到刘宅与文靖相见。

文靖见张三状貌雄伟，暗问李靖此位是谁。李靖道："此人精通相术，我邀请他到此相视太原公子，你可否就去请李公子来？"

刘文靖大喜道："太原公子我一径说他是非常人，既然此公善相，那是好极了。"遂派了两人去请。

一会子，报说李公子到。就见一个少年不衫不履，褐裘而来。张三留神注目，只见那李公子天表亭亭，眉目间现出异样神采。一个不高兴，顿时心灰意懒，默然不语。刘文靖置酒款待，太原公子坐了上座，张三等陪坐于下。

李靖见张三满面不高兴，默无一语，只喝着闷酒，暗问："舅兄，瞧李公子如何？"

张三出席，叹了一口气道："说什么呢，真是个开国英主。"

李靖告诉刘文靖，文靖亦欢喜。李靖、张三辞了文靖出来，张三道："我已经十得八九。但是总要叫我们道兄来一相，再定行止。李郎请你再与我们一妹进京一走，某日午时到京城马行东酒楼下访我，只要瞧见我这头驴子，还有一头瘦驴，就是我与道兄在楼上等候了，你们就好上来。别忘！别忘！"言毕，策驴而去。

李靖回家告知一娘，一娘道："三哥举动很有侠气，绝不妄言。"

于是夫妻两个重又进京，到了这日，到马行东酒楼下，果然瞧见两头驴子都拴在那里。两人敛衣登楼，见张三同一个道士正在喝酒呢。见了李靖夫妇，喜道："妹丈一妹，快坐下喝几杯，我还有话谈呢。"

李靖、一娘随即坐下，酒过数巡，张三道："楼下柜中有钱十万，可将去择一个幽深稳固的地方，安顿了一妹，我与你某日再在太原汾阳桥相会。"李靖应诺。

到了这日，虬髯客与道士果然都在那里，于是同着去找刘文靖，谈了一回。道士见桌上置有棋枰，问道："刘居士也好此么？"

文靖道："不过学着玩罢了。"就请道士对弈，道士也不退让，两个人就下起子来。李靖与虬髯客在旁观局。刘文靖派人接太原李公子看棋，一时太原李公子到来，神采惊人，长揖就座。

道士见李公子神气清朗，满坐风生，不禁容颜惨变，敛手作拱道："此局已经全输，再没有救路了。"

遂起身告辞，走出了门，向张三道："这个世界不是你的世界，到别处去建立功业是了，这也是天数，不必忧闷。"

张三向李靖道："计算你的行程，某日可到京师，到京的明日可与一妹同到某坊曲小宅找我。我们既然认了亲，瞧李郎这么清

9

寒，难道就一点法子不想么？要叫拙荆相见，略略周旋周旋，千万别客气。"说罢举手一拱，策驴去了。这里李靖也就起身进京。

一到京师，就与张一娘找去。找到某坊曲小宅，果见一座小板门。叩了几下，就有人开门。出来一见李靖夫妻，问道："来的莫不是李郎、一娘子么？"

李靖应说："是的。"

那人道："三郎叫我们等候李郎、一娘子，已经候了好多日子呢。"

引导进了两重门，那屋宇愈益雄壮华丽。四十名美婢，罗列在庭前，二十个衣帽整洁的家人，引导李靖入东厅。只见厅中陈设得五光十色，那巾箱妆奁冠锦首饰等，都不是人间之物，都是珍异之品。就有侍婢上来，伺候巾栉妆饰。妆饰既毕，即请更衣，那衣服又都是珍异之品。

穿着才毕，报称三郎来。只见张三纱帽褐裘，穿扮得也很气概。当下欢然相见，即叫其妻出见，也是一个天上人。张三命摆酒，四个人吃喝着。家妓奏乐歌唱，那妓乐都宛从天降，大异人间之曲。酒罢之后，家人从堂东升出二十床，都用锦绣帕遮覆着。张三亲自动手揭去绣帕，到都是文簿、钥匙之类。

张三道："这都是宝货钱贝的数，都是我的，现在悉数奉赠，为什么呢？我本来要在这里做一番事业，龙战二三载，建一个小小功业。现在既有真主，说不得了。太原李公子真是英主，三五年内即当太平。李郎以特达之才，辅清平之主，竭力尽心，必极人臣。一妹以天人之资，蕴不世之艺，从夫之贵，荣极轩裳。不是一妹不能识李郎，不是李郎不能遇一妹。虎啸风生，龙吟云萃。事非偶然，你们把我所赠之资就可以赞助真主建立功业。此后十年，当东南数千里外有一桩异事，就是我得志的日子。你们两口子可沥酒东南相贺。"随命童婢叩见主人，谕之道："李郎、一娘是你们的主子。"众家人依言叩见。

张三同着其妻，只带得一个家人，骑马欲去。李靖夫妻再三挽留不住，一娘道："三哥，你的大名妹子还不曾知道，现在你知难而退，把中国让给太原公子，妹子也不敢相强，只求你留下一个名字，也算我们兄妹一场。"

虬髯客大笑道："一妹真是可人，我叫张仲坚。你们保重，我去了。"鞭马飞行只数步就不见了。

李靖从此就成了个豪富，后来帮助唐太宗建成帝业。到太宗贞观十年，李靖已做到左仆封平章事了。这日南蛮入奏，言有海船千艘，甲兵十万，入扶余国，杀其主自立，国已大定。

李靖知道张仲坚的大事成功了，回家告诉夫人张氏，张夫人喜道："我们三哥成了大功也。"于是夫妻两人穿戴了公服向东南叩头祝拜，沥酒相贺。这一段故事就叫作风尘三侠。直到如今人家还把他绘了图供着的呢！

# 第二回

## 魏州城侠婢盗金合
## 潞帅府幕友赋骊歌


"采菱歌怨木兰舟，送客魂消百尺楼。还似洛妃乘雾去，碧天无际水空流。"这一首词是唐朝冷朝阳所作，是替潞州节度使薛嵩饯送一个婢女。冷朝阳时为节度使幕宾，奉薛节度使之命，作歌饯送，才作了这一首词。你道堂堂节度使，为甚替一个婢女饯行？节度使何等尊贵，婢女何等卑微，他两个身份不是离得太远了么？不知这一个婢女，还是大唐潞州节度使的大功臣，替他建过一回救国的大功臣。

原来这一个婢女名叫红线，是大唐潞州节度使薛嵩家的青衣，慧质灵心，既通经史，又善吹弹。薛节度使爱她聪明，叫她掌管文书簿籍，称她作内记室。

一日军中大宴，红线听得羯鼓的声音，就向薛嵩道："试听这鼓音何等悲切，这击鼓的家中必有事故。"

薛节度使本也是精通音律的，点头道："果然悲切得很，你的话真不错。"遂命传打鼓的人进来。

一时传入，薛嵩问他："你家有了什么事？听你打鼓，鼓音是很悲切的。"

那人回答道："某妻昨夜身亡，某不敢请假，所以还在营中打鼓。"薛嵩立叫他家去办丧事。

这时候当至德大乱之后，两河地方还没有宁静。朝廷以淦阳为重镇，命薛嵩率兵固守，控压山东。兵乱之余，军府草创，朝廷因此特降圣旨，叫薛嵩把女儿嫁给魏博节度使田承嗣儿子，又叫滑台节度使令狐章把女儿嫁与薛嵩的儿子，三镇互相攀了亲戚。于是潞州、魏博、滑台三处的差弁，每日总有好几道往来。外面瞧去，至亲骨肉何等亲热，何等要好，内里却都猜忌得很。

魏博节度使田承嗣患了一个肺气症，遇着天气炎热，病就增剧。田承嗣尝向左右道："我倘然移镇山东，纳点子凉气，可以延数年的性命。"于是就军中挑选武勇十倍的，共得三千人，称为外宅男，粮饷比众优厚。晚上叫外宅男三百名，住在衙门中防卫。卜选良日，动兵并吞潞州。这个消息传到潞州，薛嵩很是忧闷，咄咄自语，计无所出。

这一夜，辕门已闭。薛嵩愁眉不展，在内庭杖策而行，宛似走马灯中的人物，团团乱转，只有内记室红线跟着。

红线道："瞧主公自从那一日起，茶饭无心，坐卧不宁，差不多有一个月了，敢怕为了邻境的事么？"

薛嵩道："这件事关系着安危，非你所能逆料。"

红线道："婢子果然是下贱之人，但是或者能够分主公的忧，也说不定呢。"

薛嵩听她话内有因，遂道："我不曾知你是异人，这就是我的暗昧。"遂把田承嗣谋兼并的事说了一遍，并言："我承祖父遗业，受国家厚恩，一朝失掉疆土，数百年的勋伐就完结了。"

13

红线道："我道是什么，这点子小事，也值得主公这么忧虑？只消得婢子去走一遭，包就办结了。婢子到魏博城去瞧瞧他的形势，探探他的虚实。一更动身，五更就可以回来复命。请主公先备一头快马，写好一封信，寒暄的话先写上了，其余的话待我回来补上。"

薛嵩道："你去倘然事情办不成，倒去惹动了他，反速其祸，可怎么样？"

红线道："主公放心，婢子此去，再无有不成功的。"

薛嵩见事急燃眉，只得点头应允。

红线于是回房打扮好，一会子，走出来竟是换了一个人似的。薛嵩猛吃一惊，只见她头上梳了一个乌蛮髻，插上一枝金雀钗，身上穿着紫绸彩绣的短袍，系上青丝带子，胸前佩着一柄龙纹小剑，额上书的太乙神名，向薛嵩道："主公，婢子就这么去了。"说着拜了两拜，眼珠儿一瞬间，已经没了影踪。

薛嵩惊疑不定，生怕她此去惹祸，想到魏博兵马何等精强，万一大兵压境，本州如何抵御。秉烛危坐，忧心如焚，命人取酒来喝着解闷。薛嵩平日是不曾饮酒的，所喝不过一两小杯，这夜心中有事，连举十余觞，倒连醉都唬掉了。

辕门更鼓，一更一更地报将来，直候到晓风吹动，屋角铃鸣，才见一叶坠地。薛嵩闻声惊视，却是一个人，红线回来了。

薛嵩大喜，如获至宝，急问事情如何了。红线道："托主公的福，总算不曾遭着没脸。"

薛嵩喜道："我的儿，辛苦了，难为你得很，不知杀伤了几多人口？"

红线道："没有呢，不过取了几个床头小金盒罢了。"

薛嵩道："你几时到魏城的?"

红线道："我于子前三刻已经行到魏城，到了帅府经过数重的门，才到上房。那班外宅男都驻在房廊里，鼾声如雷。庭下中军步弁，传叫风生。我从左侧门直达卧房，门外兵甲森严，护卫紧密。我飞身到牙床，揭开罗帐，只见田亲家鼓跌酣眠，枕着文犀，髻包着黄谷，枕前搁一口七星宝剑，剑前置一个金盒，金盒开着，里面书有生身甲子，与北斗神名，再有名香美珠镇压在上头。主公，这一刻中，田亲家凭他是个魏博元帅、三军司令，他这条性命就悬在我手下，更不必费什么手脚擒拿他了。"

薛嵩道："果然么险得很，红线我儿，你便怎么样呢?"

红线道："好叫主公得知，此时田帅房中，蜡已烧去了大半支，蜡心上压了好大一个灯花，火焰暗暗，发不出亮来，炉内香也尽了。虽然侍人四布，兵仗交罗，却都睡着了。有的头触着屏风，有的手执着巾拂，七竖八横，鼾声大作。我便拔他的簪珥，扯他的衣裳，都没有觉着。婢子就取了这小金盒回来，飞出魏城西门，行走二百多里，还望见铜台高耸，漳水东流到这里时，已经斜月在林，晨鸡动野了。身入危邦，经过六七城，往返七百里，无非为主公分忧罢了，哪里敢说是劳苦呢?"

薛嵩喜极，此时差官快马，都已预备定当，立即补写上去道："昨夜有客从魏中来，云自元帅床头获一金盒，不敢留驻，谨却封纳。"

差官接了书信，藏好金盒，骑了快马，如飞赶路，星夜奔驰，行到魏城，才只当日夜半。此时魏博军营为了元帅府失去金盒，搜索得十分严密，一军忧疑骚乱得很。

潞州差官直入魏州城，到元帅府下马，即用马鞭子挝门，口称奉有紧急文书，请以非时求见。门上报进去，一时田节度使传令潞州差官进见。差官跟着进内，叩见了田承嗣，呈上书信金盒。

田承嗣见了金盒，大惊失色。拆开书信看，顿时面无人色。停了好一会儿，才向差官道："鞍马劳顿，你辛苦了，外面去歇歇吧。"随叫将弁好生管待着潞州差官。

次日，田承嗣又亲行赐宴，又问薛亲家好，问长问短，很是殷勤。又赏了许多东西。次日，田承嗣特派了专使一员，端正了色帛三万匹、名马二百匹，连着珍宝杂物，解送到潞州，赠送薛节度使。那专员领命押解了物件，按站而行。行到潞州，见过薛亲家，呈上魏帅书信，并礼单一纸。

薛嵩拆开书信，只见上面写的字却是田承嗣亲笔，其辞道："某之首领，系在恩私。便宜知过自新，不复更贻伊威，专膺指使，敢议亲姻。循当捧鼓后车来，在麾鞭前马，所置纪纲外宅儿者，本防他盗，亦非异图，今并脱其甲裳，放归田亩矣。"

薛嵩见了，月余的愁思顷刻云消雾解，从此河北河南，信使交至，三镇亲睦异常。薛嵩待到红线，比众另眼相看待，差不多同女儿一般地娇养。府中家人仆妇，营中将弁官员，也都把她女公子一般地尊敬。

忽一日，红线辞着要去。薛嵩惊道："你是活我全家的大恩人，现在要到哪里去？我正仗着你呢，如何好说去？"

红线道："主公有所不知，我前生本是个男子，游学江湖，读了三卷《神农本草经》，仗着医术，救人疾病。彼时里中有一个孕妇，忽然患了个蛊症，我用了一剂芫花酒，只知攻病忘了保胎。此妇孕的是双胎，被我这么一剂攻药，早把个胎攻了下来，

16

妇亦随即丧命。一药连杀三人，冥诛行罚，把我罚投了个女子，还使身为下婢，气禀凡庸。幸得托生在主公这里，现在已经十九年了，穿的是绮罗，吃的是甘鲜，虽然做了婢女，平日并不曾把我糟蹋一点儿半点儿。恰好遭着田承嗣这件事，我就飞身魏州，盗这金盒稍报主公养畜私恩。现在两地得保城池，万人得全性命，并使乱臣知道戒惧，策士不敢妄谋。在我一个女子，功也很不小，可以赎其前罪，还我本形了。从此我便当遁迹尘中，栖心物外，澄清一气，生死长存。"

薛嵩听了半晌才道："听你说来，是要去定的了。"

红线道："主人明鉴，红线是去定的了。"

薛嵩道："没法子，我只得赠你黄金千两，作为居山之用。"

红线道："我说遁迹长存的话，那都是来世的事情，如何可以预谋呢？"

薛知道她去志已决，不能强留。于是特治盛筵，广为饯别，命军府宾僚都来陪宴。这夜，中堂开宴，薛嵩请红线坐了上座，自己主位相陪，命座客冷朝阳作歌相送。冷朝阳奉了薛节度使之命，不敢怠慢，就作出那首词来。薛嵩不胜悲感，红线也扑簌簌滴下泪来，座客见了，也尽都泣下。红线托言已醉，离席入内，就此不知所在。

# 第三回

## 聂隐娘深山习剑术
## 刘昌裔神算折强宾

话说大唐贞元年间，魏博大将聂锋，生有一个女儿，名叫聂隐娘。聪明乖觉，偏又生得粉装玉琢相似，聂锋夫妇性命一般地宝贝，万分怜惜疼爱。

这一年，隐娘已经十岁，长得愈益美丽。一日，有一个老尼姑来聂锋家化缘，瞧见了隐娘，很是欢喜，向聂锋道："衲子问押衙乞一个布施。"

聂锋道："你要我布施多少？"

老尼道："不求钱米，只要这位姐儿，押衙舍得她么？"

聂锋大怒道："你是什么东西，讲点子什么话，快给我走出去。"

老尼道："押衙何必动怒，一恁押衙把这姐儿藏在铁柜中，老衲也会偷去的。"说着笑盈盈地去了。

这夜里，果然门不开，户不启，忽失隐娘所在。聂锋大惊，派人四处搜寻，哪里有一个踪迹。聂锋夫妇求神问卜，绝无影响，只得相对涕泣而已。隔了二三年，以为没有指望的了，索性丢开不去惦她。

哪里知道五年之后，忽然前回来化缘的那老尼姑，亲送隐娘回家，向聂锋道："此女教练已成，交还押衙，可自领取。"言毕忽然不见。

聂锋夫妇悲喜交集，聂夫人搂住隐娘，心肝肉儿叫了一阵。聂锋问隐娘："你跟着老尼学点子什么？"

隐娘道："也没有学什么，不过读经念咒罢了。"

聂夫人道："我的儿，老尼给点子什么东西你吃，还疼你么？"

隐娘道："师父也还疼我，不过吃的是蔬菜水果之类。"

聂锋暗道："我瞧女儿神情体态大异，从前何等的憨痴，一刻都离不得娘，现在四五年不见面，她娘搂抱着哭叫得何等伤心，我也心里酸得很，她瞧着她娘这么地哭叫，竟然没事人似的。她说不过学习点子读经念咒，哄谁也不信。"遂道："我的儿，你对着生身父母总该说一句真心话。你跟着老尼这四五年工夫，到底学点子什么？"

隐娘道："我要说真话，又恐怕父母不肯相信可怎样？"

聂锋道："你但讲真话就是了。"

隐娘道："女儿初被老尼领去，不知走了儿多里路，走到天明到一个大石穴里。这所大石穴当中是嵌空的，数十步内寂无居人，猿猱却很多，四面尽是松萝，已经先有两个女孩子在那里。这两个女孩子也都各有十岁，聪明得很，偏又十分婉丽。在山中都各不吃东西，却都能在峭壁之上，上下飞走，竟如猿猱登木一般，再也不会跌扑。老尼丸药一粒，叫我吞了，随给我一口宝剑。只有二尺来长，却是锋利无比，把毛吹上，尽都断掉。随叫

**19**

那两个女孩子教导我攀缘峭壁。我自从吃了丸药之后，渐觉身轻如风。一年之后，飞刺猿猱，已经百不失一。后来击刺虎豹，却能够斩头淋血。练到第三年，便能刺击天空中的鹰鹞，无不中剑跌下。老尼便换给我一口五寸长的短剑，飞走各处，竟然没有人能够觉着我。到了第四年，老尼留两个女在石穴守家，带了我入一个极繁盛的都市，也不知是何地何名。老尼指着市人，向我道此人如何如何不好，如何如何作恶，给我快取了他头来，不准叫人先自知觉。换给我一口羊角小剑，只有得三寸长，我于是白昼中就在都市中杀人。市中的人没一个能瞧见我的。提取首级回来，老尼教我将药水把首级立化为水。从此便遵命日日入市杀人，回家用药水消化首级。到了进内已经是第五年了。老尼向我道，某大员无故害人，受害的人已经不少了，叫我晚上飞入他家，摘取他的首级。我带剑飞入，瞧见他门隙没有障碍，就伏身在梁上，刺首回来，已过夜半了。老尼大怒道：'为甚晚到如此，你在干点子什么？'我回说：'不敢怠慢，因见那人正逗着个小孩玩笑，小孩很可爱，未忍下手，才迟了一点子。'老尼喝道：'以后遇着此辈，必先杀掉他的小孩，然后再杀他本人。'我就认罪谢过。老尼道：'你的技艺已经学成，我为你开脑后剑囊，可以藏此小剑，一点儿伤不到你皮肉，你要用剑时就好向脑后抽取。'随替我开了一个剑囊，果然毫无痛苦。老尼道：'你可以归家了，我送你回去。二十年之后，我再与你相见。'就这么送我回来的。"

聂锋大惊，问她剑在哪里。隐娘就脑后抽出一口晶莹小剑，聂锋夫妇瞧时，寒森森，冷浸浸，寒气逼人，忙叫她藏好了。

聂隐娘回家之后，老子娘自然说不尽的欢喜。不意每到晚上，到她房里瞧时，只剩着空床，人不知道哪里去了，天明时光却又好端端穿衣下床，明明睡在床上似的。聂锋不敢查问，从此对于隐娘便不似从前的疼爱。

一日，忽有一个磨镜少年到门求见聂锋，隐娘闻知就向聂锋道："父亲，女儿有一句不识羞的话要告禀。本来呢，婚姻大事，很该父母做主，女儿不合练习了点子剑术，若是随随便便配了一个人，不但女儿一辈子不舒服，怕父母心里也很不安呢。要替做女儿拣一个佳婿，偏偏父母都不会剑，哪里拣去？现在来的那磨镜少年，女儿瞧去真是好郎君，情愿和他结为夫妻，但是婚姻大事总要父母做主。"

聂锋道："这磨镜少年，穷得很，不辱没女儿么？"

聂隐娘道："女儿自愿。"

聂锋不敢不从，于是立即择日招磨镜少年为婿。这一个少年除了淬镜之外，竟无他技，婚后一应衣食尽由聂锋供给。

过了几年，聂锋得病身亡。魏博节度使知道聂隐娘夫妇都是剑侠，遂用金帛重币聘入帅府，委为左右吏。

时光迅速，隐娘夫妇当了帅府左右吏，转瞬又已数年。这一年，魏帅与陈许节度使刘昌裔不知为了什么，结下了深仇积怨。魏帅向隐娘道："许帅与我势不两立，我不杀他，他必杀我。久知你怀有异术，能够上刺鹰鹅，下杀虎豹，百万军中刺取上将首级，如探囊取物。烦你许州去走遭，把刘昌裔首级取来，我必重重有赏。"

聂隐娘领命下来就与磨镜少年商议动身。磨镜少年道："可惜我的马病了。"

隐娘笑道："无马很容易。"遂用剪剪了两头纸马，一白一黑，只嘘了一口气，两匹马顿时活了，扬鬣喷沫，大有飞腾之象。磨镜少年很是欢喜。夫妻两个各跨上一头，举鞭一挥，拍蹄径向许州进发。

哪里知道才抵许州，已有牙门将在那里等候了。原来陈许节度使刘昌裔神于算术，早已算着多时。立发军令，派牙门将两员到城门守候，嘱咐道："北门外来有一男一女，一个骑的是白马，一个骑的是黑马。行到城门，恰遇噪鹊飞来。男子用弹弓发出一弹弓，没有打中。女子夺弓只一弹，就把鹊打死。这两个人是夫妻。你们就给我迎上去，以礼相邀。言明奉我的令，在此等候已久，请他们府中来相见，说我很要见他们呢。"

牙门将依令到北门等候。这里隐娘夫妇行到许州，果然一双鹊对面飞来，只向着他们夫妻两个聒噪。磨镜少年一时性起，取弓在手连发两弹都不中，隐娘夺弓只一弹就着了。只见牙门将迎上来，拢住了马头，笑说："刘仆射叫我们在此等候迎接二位，仆射很愿见二位呢。"

隐娘道："那个刘仆射？不就是陈许节度使刘公么？"

牙门将应声："是的。"

隐娘夫妻相语道："刘仆射真是神人，我们来此他早已知道了。"遂跟了那牙门将直到帅府。

刘昌裔立请相见，一见面就道："二位远从魏州来，鞍马劳顿，辛苦了。"

隐娘夫妻见他已经知道，瞒着也无用，遂拜道："某等得罪仆射，合该万死。"

刘昌裔笑道："这是各为其主的勾当，碍什么呢？事魏何如事许，尽管留在此间，不必相疑。"

聂隐娘道："仆射左右如果没人，某夫妇甘愿舍彼留此，就为仆射的神明呢。"

刘昌裔道："承你们不弃，我很是欢喜，定当另眼看待。你们要什么，我总无有不从。"

聂隐娘道："我们夫妇两人除衣食之外，仆射每日给我们两百文就够了。"

刘昌裔就准其所请。忽见隐娘夫妇骑来的两匹马都不见了，叫人到马棚中瞧瞧，也说不见。刘昌裔很是奇怪，后来在他们一口布袋里找见两个纸剪的马，一白一黑，方才明白了。从此隐娘夫妇就在许州当差了。

住了一个多月，隐娘向刘昌裔道："魏帅不见回信，必然续派能人前来。今晚请即剪下头发，用红绡缚了送到魏帅枕边，表明不回之意。"

刘昌裔点头允许。到这夜四更，聂隐娘回来道："已经给信于魏帅，却替仆射打听了一个消息，明日晚上魏帅必派精精儿来此行刺，要取我与仆射的首级。事已如此，只有设法抵敌，请不必忧虑。"

刘昌裔素性豁达，倒也毫不在意。这夜里，刘帅命于房中点上两支红烛，照得阁室通明，静候魏州刺客，隐娘夫妇却早结束了，左右不离地保护。

到半夜之后，听得窗外一声异响，一会子就见空中忽现两个幡子，一个红，一个白，飘飘然如相击的样子。渐击渐近，就在床的四围激荡争斗，斗了好一会儿，忽见一个人自空中跌下，已经身首异处了。旋见隐娘跃出道："仆射洪福，精精儿已被我杀死了。"随道，"这尸身待我拖出去，用药水化了吧。"说毕，把尸身只一提，提了出去，只弹上了一点子药末，骨化肉消，变成了一大摊血水，毛发都不存了，刘昌裔见了也觉骇然。

聂隐娘道："精精儿死后，必续派妙手空空儿来。"

刘昌裔道："空空儿技术如何？"

聂隐娘道："这妙手空空儿真是了不得，空空儿的神术，人不能窥他的用，鬼不能蹑他的踪，能从空虚入冥，善为无形，灭影消声。隐娘自问万不能及他，现在空空儿既来，只好仗着仆射洪福，隐娘可不能与他对敌了呢。"

刘昌裔道："那么我延颈待戮了。"

聂隐娘道："仆射只消用田玉围在颈里，拥被而卧。我却把身子变成了蠛蠓小虫，偷偷地钻入仆射肚腹中，听候消息。除此之外，别无他法。"

刘昌裔依计而行，到了这夜三更，颈围于阗宝玉，身拥厚衾，闭目养神。聂隐娘便化身，变成了一个小小蠛蠓，向刘昌裔鼻管中钻入去。昌裔觉着鼻中习习作痒，钻过咽喉，便不觉着了。

一时忽觉颈上围玉铿然作响，吃了一惊。隐娘从口中跃出道："恭贺仆射，从此不要紧了。"

刘昌裔取下颈玉，见剑痕宛然有三四分深呢，刘帅道："了不得，他再来时，我可就没了命了。"

聂隐娘道："仆射放心，这空空儿同俊鹘一般，一击不中，就翻然远引。因为击不中，他是很可耻的呢。"

帅道："照你说来，我可高枕无忧了。"

从此刘帅待到隐娘夫妇愈益优厚。到了元和八年，刘帅遵旨入觐，隐娘不愿跟随。从此隐娘游山玩水，到处访寻异人，但请给养她的夫婿，刘帅应允。直到刘帅病殁之后，隐娘始骑驴而至，拜倒柩前大哭一场。

后来到开成年间，刘昌裔的儿子名叫刘纵的，做了陵州刺史，赴任到蜀，在栈道上遇见了隐娘。容貌如旧，毫不见衰老样子，依旧骑着白马。刘纵见了，很是欢喜。隐娘向刘纵道："郎君命有大灾，不宜赴任。"随出药一粒，叫他吞服了，嘱咐道："明年赶快抛官回去，方脱此祸，我的药力只能够保得一年呢。"

刘纵赠予她缯彩，隐娘全都不受，只不过喝了一顿酒。刘纵不听，果然死在那里。从此之后，就再没有人瞧见隐娘了。

# 第四回

## 车中女旅店玩儒生
## 田膨郎唐宫偷玉枕

　　话说剑侠的事情，唐朝最多。开元年间，吴郡有一个士人，进京应试。初次到京，便向私街小巷各处闲逛。忽然遇见两个少年，都穿着大麻布衫，向自己作揖打躬，很是恭敬。士人只道他认错人了，含糊着周旋了一回。

　　不意隔上两日，又遇见了。两少年道："正欲奉迎，恰在这里遇见了。"随拱手道："就请同行吧。"

　　士人心很疑虑，勉强跟着随前去，行过数坊，到东市一条小街上，有一家临街的店。两少年让士人入内，见屋内收拾得很是整洁。两少年让士人上坐，又有几个少年上来见礼，旁坐相陪。先装上茶点，并泡上极细的茶。那先前两少年便坐在绳床上，其余诸少年轮流着到门外窥伺，好似等候什么贵客似的。直到午后，才见两人进报说："来了来了。"

　　遂见三四个少年拥进一乘钿车来，卷起车帘，一个十七八岁的女子徐徐下车。这女子容色很是美丽，梳着时式的髻，穿着纨素的衣。两人见了随即拜迎，女子不过点了一点头。士人接着也

26

下拜，女子也下拜答礼。这女子遂让士人上坐，自己主位相陪。众少年皆列坐两旁，搬出菜来。肴馔味味精洁，女子执杯劝客。

酒过数巡，女子执杯问道："久闻君有妙技，所以叫他们特来邀请。何蒙不弃，不知肯赐我们一开眼界么？"

士人道："自幼不过是念几卷儒书，管弦歌曲全都不解。"

女子道："不是儒书，君细细想想，最先所会的是什么？"

士人沉思半晌，才道："记得幼时，在学堂中戏耍，我着了靴能在墙壁上走几步。"

女子道："就是这个，请你试走给我们瞧瞧。"

士人听了，随即起身撩衣举步，向壁上走了三五步，倒也有一丈多高，随即回坐。

女子道："这也是很难的难事，很不容易。"遂向众少年道："你们也献点子技艺与这位瞧瞧。"

众人听了，俱都离座，向上打了一拱，然后各逞本领，各献技能。有飞行壁上的，也有手撮椽子走的，往来轻捷，宛如飞鸟一般。士人唬得目定口呆，半晌说不出一句话。回寓之后，心里还惊恍不定。

又过了数日，在途中又与两人相遇，两人道："我们正要到宾寓告借骏骑呢，在此相遇，巧极了。"

士人应允，两人就牵了一匹马去。次日，士人还没有起身，就有人到寓叩门，士人开门出来，见是两个校尉模样的人，牵着一匹马问道："这匹马是你的不是？"

士人应道："是我的。"

哪里知道才应得这一声是，两个校尉立把铁链一抖，套在士人头颈里，牵着就走。

士人急问："我犯了何事？"

校尉道："你还问呢，昨夜皇宫中失去不少的宝物，贼子捕拿不着，只牵住那驮东西的贼马。马既然是你的，必也是贼子同党了。"

士人唬得魂不附体，央求没用，只得跟着校尉，直到内城，勘问的却是一个内监，问过一堂，就命把士人推入牢中监禁。宫城中的牢禁，却是一个很深的深坑。士人被推入内，仰望屋顶，只见一个小洞儿，到了吃饭时光，有长绳垂下一器，内置的吃的东西。饿极了，只得取来充饥。

到这夜夜深，想到身世，不觉悲苦万状。忽见一物如飞鸟一般地飞下，直到近身，才觉着是人呢。只听得那人道："受惊了，有我在此，不必忧虑。"听这声音，就是那车中女子。那女子把青绢将士人捆缚了个牢，钓鱼似的钩着，耸然飞出宫城，飞行数十里，才把他放下道："君且归江淮，求仕之计，只好缓一天再行了。"

士人幸脱了大狱，乞食回家，从此不敢西上求名了。宫禁中东西都要去偷盗，剑侠的本领也就可想而知，这是开元年间的事情。

传到德宗朝，宫禁中又丢了一件稀世之珍。唐宫的内监侍卫人等，唬得什么相似。原来太宗皇帝极爱一个白玉枕头，一代代地传下去，传到德宗登位之后，于阗国又贡了一个玉枕头来。这一个玉枕头，雕琢奇巧，真是稀代之宝，德宗非常重视，安放在寝殿帐中。这一所寝殿寻常妃嫔都不能够进来，总要恩渥嫔御才能够入内。

这日，门不开，户不启，这于阗玉枕头忽然不见了，珍宝罗列，别的东西，一件也不缺，只不见了这个于阗玉枕头。

德宗大惊，立刻下旨搜捕盗宝窃贼。一面召集左右广中尉等一班禁卫道："这不是外贼能够偷到的，朕躬看来，此贼就在禁夜中，倘然访查不出，怕还有他变。一个玉枕，本也没什么稀罕，但是卿等都是护卫皇宫的人，宫里头失了窃，自该缉捕贼人，要不然天子的禁卫从此没用了。"

各中尉听了圣谕，唬得什么相似，都叩头请罪，请限二十日里捕住贼子。于是悬赏搜捕，京城中坊曲闾里，挨户严搜，哪里有一个踪迹。

此时有一个龙武将军，姓王名敬宏，家中养童仆不少，内中有一个小仆，只有得十八岁，生得神采俊丽，做点子事情也非常迅疾。

这日，王敬宏在威远军中大宴宾客，召妓侑酒，宾主很是欢喜。内中有一个侍妓，善鼓胡琴，酒酣耳热，众宾都请她唱曲，侍妓道："度曲须用琵琶，乐器不应手，歌唱也很减色，我必须要那使惯的那只碧玉琵琶才好。现在夜深，城门已闭，谁能够回家拿去呢！"

这小仆听了，便就挺身道："若要琵琶，顷刻可以取来。"

问他："谁去取呢？"

小仆道："主子如果没人，就奴才去走一遭。"

王敬宏道："禁鼓才动，军门已经闭锁，你难道没瞧见么？这么地诳语。"

小仆笑道："主人叫奴才去，奴才就可以取来。"

众人都道："且让他去一回，取不到也不要紧。"

众人依然欢饮，才喝得两巡酒，小仆已经回来，捧上绣囊包的碧玉琵琶，宾客无不骇然，那妓笑道："果然是我的东西。"

王敬宏道："这里南军去左广三十余里，他竟霎时间就往返了。"

席散之后，敬宏就唤小仆到密室道："我役使了你这许多年数，竟不曾知道你有这么的本领，我闻得世间有一等侠士，想来你就是侠士了。"

小仆道："主人过奖了，我不是侠士，因言父母都在蜀川，久留京国，很是不该。奴才拟向主人乞恩，回蜀川去。"

王敬宏暗忖，宫中盗去玉枕，想必也是此仆干的。正在疑虑，小仆道："倘蒙准我回乡，奴才有一事要报大恩，偷枕的人，奴才已经探知，三四日内定当叫他伏罪。"

王敬宏道："你已经探知了么？此事非同小可，救活的人很不少。现在贼在哪里，可就报司，派兵缉捕。"

小仆道："偷枕的人名叫田膨郎，技艺出众，本领非凡，空来空去，无迹无踪，任你千兵万马，也奈何他不得。"

王敬宏道："照这样说，你又怎么能够擒他呢？"

小仆道："奴才当用计先断掉他的足，但是这件事，主人须秘密，隔上两天，当在望仙门乘便擒他，主人可以同来瞧瞧热闹儿。"

这日，王敬宏到望仙门地方，只见尘埃闭天，因为多时不雨，车马出入的又多，所以尘埃飞腾，几乎觌面都瞧不清楚。

候了好一会儿，果见田膨郎同着几个少年，联臂而来，将要跨进军门，小仆手执球杖，觑得真切，狠命地就是一下，田膨郎哎呀一声，那条左腿早断掉了。小仆腾身而进，早把他抓住了。田膨郎仰面叹道："我是偷玉枕的田膨郎，不怕别人，就只怕你。现在既然被你暗算了，还有什么话。"于是被抓到军中，一询而伏。王敬宏奏知德宗，德宗命赏赐金帛于小仆，敬宏找时，小仆已回到蜀川去了，没奈何，只得赏赐敬宏而已。

## 第五回

# 昆仑奴月夜盗红绡
# 虬髯叟严词警奸党

    话说大历年间有一个崔生，他的父亲系当代显宦，与勋臣一品两个，很是要好。这一日，一品恰患了点子感冒，卧病在家，崔生奉了父命，前往问病。这崔生，生就举止安详，所以各个欢迎，人人喜悦。当下，一品听说崔生来到，就命侍妓卷起软帘，请他进房。

    一时，崔生步入，叩见了一品，拜传了父命，一品很是欢喜，叫他坐了，兜搭着找点话讲。旁边侍妓三人，都是绝代姿容，艳丽得很。一妓捧见一盘，盘中却置有几个金瓯，金瓯中满贮了新剥绯红的桃子，掰成了数块，浇上了甘酪，捧到一品面前，一品唤一穿红绡的侍妓，叫她擎一金瓯，送与崔生。笑向崔生道："这是新掰的园桃，滋味不同市品，试尝尝。"

    崔生见有个侍妓在侧，腼腆得很，涨红了脸，一块也不吃。一品叫红绡妓取了玉匙，舀给他吃。崔生不得已，就红绡妓手内吃了一两块。红绡妓见了他这种腼腆的神气，不禁抿着嘴暗笑。崔生见侍妓暗笑自己，更是坐立不安局踏异常，勉强坐了一会儿，就起身告辞。

一品道："郎君闲时，常来坐坐，为我致意尊翁，说老夫并不为害。"随叫那穿红绡的妓女，代送出院。

送到院门口，红绡妓道："郎君慢请。"

崔生回头瞧时，见此妓红绡飘然，宛如仙子临凡。这侍妓偏也奇怪，站定了身子，良眸盈盈秋水，注定了崔生，好似要讲什么话似的。忽见她举起玉手，伸着三个指头儿，扬了一扬，又把五指伸起了，连着反掌三次，结末指着胸前悬的小圆镜，说了一声"记着，记着"，遂回身去了。

崔生回家，先复了复命，他老子道："学院中去念书吧。"

崔生回到学院，神迷意夺，只是懒懒的，食也懒吃，话也懒说，眠坐无常，终日想什么似的。经这么几日，容颜也就消瘦起来了。身旁几个家童，都不解他的意思，崔生无聊之极，就吟诗一首，其辞是："误到蓬山顶上游，明珰玉女动星眸。朱扉半掩深宫月，应照琼芝雪艳愁。"

家中有一个昆仑奴，名叫磨勒的，瞧见崔生这个样子，知道他必有所遇，遂背了人问道："郎君有什么心事，如此的郁闷，何不与老奴商议？闷出了病来，依然无补于事。"

崔生道："你们哪里知道我的襟怀间事，也不便说给你听。"

磨勒道："郎君只消说了出来，我定能够替你办理，不论远近，总可以做到，郎君倒不能够轻量老奴呢。"

崔生听了大惊，遂道："我不能够瞒你呢，前日父亲叫我到一品家望病，瞧见了他的侍妓，不知怎么回来之后，一合眼，那人的声音笑貌，就在目前。几回立志要排除她，不知怎么，才排除掉了，又兜地上心来，想来此事最不该的就是一品，他叫侍妓手擎金瓯，给我桃子吃，又用玉匙舀上喂我，使我得亲了香泽，那脂香粉气，直透入我的骨髓里，我的心都不能自主了。你想一品家这么的深房大厦，复户重门，又兼守卫森严，差不多是皇宫内苑，叫我怎么样呢？"

磨勒道："我当是什么，原来就不过一品家一个侍妓，那是很小的小事，也值得如此忧闷？何不早说与我知道，白白把金玉般的身子，憔悴成这个样子。"

崔生大喜，遂把红绡侍妓的手势暗号说了一遍，磨勒道："这暗号，郎君省得么？她约郎君后天晚上前去相会，她住在第三院里。"

崔生道："怎么讲呢？"

磨勒道："一品家中共有歌妓十院，她示你三指，言明是在第三院里，反掌三次，一掌五指，三五一十五，是叫你十五日前往相会，指当胸小铜圆镜，是叫你月圆如镜时，才去赴约。郎君瞧老奴解的错了没有？"

崔生大喜道："用什么法儿才能够偷入一品家，与红绡美人相会，解我的郁结呢？"

磨勒笑道："容易得很，只消郎君取两匹青绢来，替郎君束了身，老奴有本领送你进去。今日是十三，后天就是十五了，一品宅内，蓄有猛犬，专守歌妓的院门，这犬厉害得很，瞧见生人就要噬杀，警觉有如鬼神，猛烈不异虎豹，就是曹州孟海的神犬呢。不是老奴，世界上怕没有人能够抓杀此犬呢。"

到了十五这日，崔生特备了酒菜，宴劳磨勒，等到月上之后磨勒起身道："郎君少待，老奴去去就来。"就觉人影一晃，磨勒已经不见了。

34

一会子，见他笑着回来，问他怎么了，磨勒道："神犬已经抓杀，障碍全除，郎君放胆跟我前去是了。"

于是用青绢络住崔生的身子，负在背上，如飞而行。霎时已抵一品家门，磨勒飞越而入，顷刻间早越过了十多重墙垣，崔生但觉耳畔呼呼作响，宛如腾云驾雾一般，一时停住，找到了歌院第三所院落了。但见绣户不闭，金钉微明，听得美人在里面长叹了一声，很是幽怅怨恨，随闻得吟诗道："深谷莺啼恨阮郎，偷来花下解珠珰。碧云飘断音书绝，空倚玉箫愁凤凰。"

磨勒把崔生放下，崔生于是掀帘而入，见那美人默坐在榻上，翠环初坠，红脸绝舒，满脸的幽怨情态。瞧见了崔生，赶忙下榻，执住了手道："知道郎君聪明，必然懂我的暗示，但不知有何神术，竟能够到此？"

崔生道："亏了昆仑奴磨勒。"遂把前事说了一遍。

美人道："磨勒在哪里？"

崔生道："就在帘外。"

美人道："请他进来。"

崔生立刻放磨勒进房，美人亲执金瓯，斟酒给与磨勒，叫他喝着，遂向崔生道："我本也是良家女子，家在朔方，自从到了这里，虽然吃的是煮凤烹龙，穿的是锦绣绮罗，饰的是金玉珠翠，我的身子，宛如囚禁在监牢中，一点子不能自由。尊纪既然有这的神术，何妨请他救了我出去，我只要跳出这个牢笼，死也不怨，情愿一辈子做婢妾，服侍郎君，不知郎君意下如何？"

崔生听了，一声不言语。磨勒道："娘子既然心坚如此，这也是很小的小事。"

美人大喜，磨勒道："娘子的妆奁，先交给老奴，运了去

35

再来。"

于是磨勒先搬运妆奁，往返了三次，然后道："天色不早，将次要明了，郎君与娘子快走吧。"遂用青绢把崔生与美人络了个结实，负在背上，飞腾而出。十余重峻垣，一瞬间早越过了。一品家的守御家人，一点子没有警觉。

崔生回到学院，安顿了美人，次日派人探听，回报一品家倒也不见什么动静。

原来一品起身，闻报神犬被人击毙，侍妓没了踪迹，大骇道："我家门垣从来邃密，锁闭极严，现在这个样子，必是大侠所为。不必张扬，闹出去反倒有祸患呢。"所以崔生打听不出。

这美人藏在崔生学院，与崔生一双两好，自然是异常恩爱。隔了二年，恰遇着花时，美人驾了小车，出游曲江，事有凑巧，恰好一品家也有人在游曲江，遇见了，一品家人遂暗暗跟随，见美人回向了崔生家去，于是回报一品。

一品立命人请崔生来，问他逃亡的家妓，为甚倒在郎君家里。崔生不敢隐瞒，从头至尾说了一遍，一品道："这妓背主私逃，罪真不小，但是郎君已经驱使了她二年，我也不要了，更没有工夫问她的是非了。但是我总要替天下的人铲除大害，这个昆仑奴，郎君须不能够庇护他。"说罢，立刻点兵派将，调了五十名甲士，去把崔生住宅团团围住。

这五十名甲士都是百战余生，忠勇得很，当下手执了刀枪，腰悬了弓箭，围住崔生学院，摇旗呐喊，声震屋瓦。崔生的家人都替磨勒捏一把汗，外面大喊："休放走了磨勒！"瞧磨勒时，依然谈笑自如，没事人似的。这五十名甲士只在门外喊，没一个敢走进来。磨勒手执短剑，鹞鹰一般地飞出墙去。众甲士发一声

36

响,强弓毒矢飞蝗似的射将去,哪里射得他中。顷刻之间,磨勒已不知所向。众人回报一品,一品懊悔不迭,从此每夜必叫家童执戟防备,防备了一年有余,方才罢了。

隔了十余年,崔姓家人在洛阳市中,碰见磨勒在那里卖药,容貌如旧。

这一件故事是把有情人联为眷属,还有一件却把已离的眷属,重又团聚。

事在大唐中和四年,先是鄱阳安人里有一个茶商吕璜,带着他的儿子吕用之,在淮浙一带贸易。吕用之玲珑乖觉,同市的商贾,倒没一个不爱他。偏偏吕璜得病死了,吕用之只得倚着母舅徐鲁仁为生,偏偏不老实,又与舅母两个好上了,被鲁仁赶了出来。亏得生来伶俐,就投在九华山道士牛宏徽处当徒弟,宏徽死后,用之就承袭衣钵,专以符药为人治病。恰值节度使高骈征求神仙方技之士,用之就去投奔他。高节度使一见倾心,异常得重用。吕用之恃宠仗势,就不免作威作福起来。

这一年是中和四年秋季里,有一个商人刘损,带领了家眷从江夏到扬州。此时码头上,吕用之都派有心腹人,在那里伺察,不论公私船只,行止都要报闻。这日报称,码头上有江夏来的一艘商船,主人名叫刘损,带有眷口。他那老婆真是国色,真有沉鱼落雁之容,闭月羞花之貌。吕用之原是色中饿鬼,听了此言快活得什么相似,又派了两个人去复看,回报刘损之妻裴氏果然是个仙女临凡。吕用之就示意当地官府,无端地把刘损拿捕下狱,只说他是犯了夹带私货,一面却就派家人用一乘小轿,把裴氏抬了家来,收作了第十九房侍妾。

可怜刘损丢老婆不算，还遭了一场屈官司，打点去了百两黄金，才得出狱，回来却只剩了一艘空船，人财两失，郁愤之极。偏又是呼天不应，哭地无灵，俯仰悲惋，于是作出三首诗来：

宝钗分股合无缘，鱼在深渊鹤在天。得意紫鸾休舞镜，断踪青鸟罢衔笺。金盆已覆难收水，玉轸长抛不绝弦。若向靡芜山下过，遥江红泪洒穷泉。

鸾飞远树栖何处，凤得新巢已称心。红粉尚存香幕幕，白云初散信沉沉。情之点污投泥玉，犹自经营买笑金。从此山头似人石，丈夫形状泪痕深。

旧尝游处遍寻看，虽是生离死一般。买笑楼前花已谢，画眉山下月犹残。云归巫峡音容断，路隔星桥过往难。莫怪诗成无泪滴，尽顷东海也须干。

刘损从此长歌当哭，吟咏不辍。

一日临晚，凭着水窗闲逛，忽见沿河街上，来一虬须老人，行走如风，迅步奔上船来，骨貌昂藏，精光射人。老人一见刘损，就问："你这客人，遭了什么不平事？瞧你满脸都是郁塞之气。"

刘损正在无处诉冤，见虬须老人询问，立把所遭不幸，尽情快吐了个遍。

老人道："我有本领立叫吕用之送还与你，包你夫妻团聚，宝货归原。"

刘损知道遇着了大侠，赶忙下拜称谢。老人道："你一接到

38

内眷宝货，立刻解缆他去，万不可停泊在此。"说着飞一般去了。

到次日黎明，吕用之果然派人把裴氏并宝货送来。刘损大喜，立刻扬帆他去。原来吕用之这夜，半空中忽闻人言，训责他立刻送还刘妻并宝货，四找无人，只道是神人下降，焚香望空叩拜，遂命人送回裴氏。

## 第六回

## 马和尚穹庐警酉母
## 将军客旅馆遇英雄

话说清朝雍正年间，有青海罗卜藏丹津之役，特拜年羹尧为抚远大将军，岳钟琪为奋威将军，统兵往讨。这时光，扎营绝域，刁斗森严，岳将军有一匹马，骏逸超群，将军十分疼爱，每日喂马总亲自监视。

这日，岳将军带了亲兵四人，执灯带剑，到马厩喂马，忽见那匹骏马牵在马厩之外，正要询问，忽见一个人扑向前来，岳将军遂举手把那人只一点，就跌倒了，喝一声拿下了，左右立把那人拿下。岳将军就灯光下打量了一会子，问道："你来做什么？是行刺？是盗马？"

那人回说："是盗马的。"

问他是挨身混进的，是越墙飞入的，那人回说："是越墙飞入的。"

岳将军听了，点头不语，好似在想什么似的。

一时，马已喂好，叫把盗马的带回中军帐。岳将军独坐喝酒，案上佳肴满列，遂命赐盗马的杯筷，命他同喝。问他是哪里人士，盗马的道："小的出身是江南，自幼爱玩拳脚，颇能够高来高去，被人诬告我在太湖盗窃，在家乡地方存生不得，跑到北边来，与蒙古人混了几年，不免沾染了蒙古习气，喜欢起马来。今儿遇着将军神力，竟被拿住。"

岳将军道："你明儿跟我去见大将军，听候施恩。"那人就在帐中住下。

次日朝晨，岳将军就让那人跟着到大将军行帐。岳将军进去之后，不过一刻工夫，就见一个差官出帐道："奉大将军军令，岳将军的跟人，着赏给守备顶戴，营前效力。"

一会子，岳将军自内出外，向那人道："将相本无种，男儿当自强，你好好在此当差吧。"

过不多几日，那人为了酗酒滋事，大将军传令行杖，解了裤子，才待棍责，恰好岳将军到了，岳将军求了个情，带他随征西藏去。大将军准他戴罪立功，那人跟随岳将军到营，岳将军就叫他在亲兵队里当差。

这日，将军就命副都统达西、总兵黄喜林，各率本部人马，到青海日月山会齐。岳将军统着亲兵五百名也向日月山进发，

到了那里，立下营寨，达、黄两将也恰到了，将军立刻请见，向两将道："这回并不是征西藏，青海罗卜藏丹津叛服不常，昨日罗酋的母亲与他的兄弟红台吉二酋密书乞降，此乃千载一时的机会，万不可失。"

遂向盗马人道："派你先去把贼母、贼弟传来。"随取出珠宝一囊、金饼两枚，吩咐道："赶快取去。贼人所住的是穹庐，穹庐外围有网城，城上满系了金铃，碰动网城，金铃震动，立刻有人知道，不是善于飞行的，不能派当此差。贼帐共有四座，帐上

悬有三盏红灯的，就是贼母寝帐，对面住的是罗卜藏，左右两帐，是住红台吉二酋，珠宝与金饼，即犒与贼母与二台吉。此事关系很大，你好好地干去。"

说毕，岳将军解下佩刀一口，给予那人作为那人防身之用，那人接了金宝并佩刀，叩头辞去，冒雾而行。走了三十多里，果然瞧见网城，密布得蜘蛛网一般。

那人径向悬有红灯的营帐，腾身飞跃，霎时飞入，果见帐中缝烛荧然，一个老母上坐，约六旬年纪，两鬓都已斑白。两个台吉，却在左右侍坐，都穿着红锦织金的袍子。见飞入了一个人，都各大惊。

贼母喝问："何人？"

那人道："我是年大将军派来的，年大将军为了阿娘解事，识得顺利，所以派我来问好。这一囊珠宝，是送与阿娘的，两枚金饼，是分送与两个台吉的。"说着，遂把金珠交与贼母。

三人大喜，忙着叩头拜谢。那人道："岳将军在十里外等候阿娘，阿娘可速速起行。"

三人听了，相顾不决，那人嗖地拔出佩刀，突向坐毡上插入，喝道："你们去与不去，赶快回我一句话，我没那么大工夫，就要回营销差的。"说时，两目炯然，现出凛凛不可犯的样子。

酋母道："好蛮子，随着你走就是了。"

于是酋母与两台吉各跨上马，跟着那人行走。行不十里，果见灯毯火把，光照数里，人喧马嘶。

岳将军率众迎来也，一见酋母等三人，岳将军满面堆笑，下马相见，随命置酒款待。那人依旧归入亲兵队里，岳将军遂命达都统、黄总兵好生管待着两台吉并酋母，两将应着，接了台吉等自去。才一转眼，前山火光陡起，夹道炮声齐发，三首的首级早悬在旗杆上了。

次日，军探报称，罗卜藏丹津已逃入准噶尔部落。岳将军传令把母酋等三个首级，悬在旗杆，巡行三十三家，各台吉唬得屁滚尿流，赶忙乞降，往返十五日，就平定了青海。

岳将军立把盗马人保升了游击，那人叩谢道："某受大将军赏责才只得半个月，可知做了官，就不能够免这军棍，小人是草料，自问配不上做官，还是求将军开恩，放了我回去吧。以后倘然有用着小人处，小人总来补报将军。"

岳将军笑道："嘻，我知道你贼性不改，一辈子做白首贼子呢。"遂赏给了他许多金宝，那人拜别而行。

行到泾州，遇着一个妓女金环，挥金如土，混了一年有余，资用渐渐告竭，忽发奇想，与金环两个，都把头发剃掉，扮作了僧人模样，亏得素精少林拳术，遇有强盗得彩回来，他就出去拦劫，连着劫得三回盗赃。那人削去了头发，便称为马僧。

马僧带了金环，向中州而来，行到蒲州地界，忽地遇见两个老人，行装很是丰富，后面却随着两个虎形彪彪的汉子，挑的担子却是铁扁担，估量去是江湖大盗。这两个汉子，各人带着一匹马，喷沫飞腾，倒都是好马。马僧不禁喝彩道："好马，好马。"

见两老人落了店，两个汉子也就跟着下店。马僧道："真是好马，咱们也就下店吧。"

金环笑道："你又看中了他们的马了。"

马僧道："巴巴地送了来，如何好不领他们的情呢。"

当下两人投了店，才卸掉行李，就见两个老人在房门口经过，却不住地向自己打量，一时回来，又向自己瞧看。马僧只道两只老眼，已经瞧出自己行藏，遂道："谁家没有眷属，瞧什么呢？"两老人听说，就低着头走过了。

过了一宵，两老人起身，那两个虎形汉子，也跨着马跟了去。

马僧向金环道："这两个老头儿，不知是什么人，行李中却带着二千两黄金，恁地富，可笑这两个骑马的雏儿，白吃着江湖饭，有眼无珠，竟然估不透是金是银是钱，跟了这许多路，还不曾下手。"说毕，遂也起身跟上。

才走得十多里，见老人与两个汉子，都已下店了，马僧也就解装。见两匹马都在后面马厩里，遂向金环道："我后面去一会子。"

起身向后，见两匹马都拴在那里吃料，两条铁扁担都倚在那里。马僧四顾无人，就举手取起铁扁担，用力一拗，早拗成弯弓样子，就向两个马头上一套，狠命一拗，把马头都套住了。两个马头套在一起，圈住了，再也分不开来。布置定当，悄悄地走了出来。

停了一会子，就听见两个虎形汉子算房饭账，外出去了。马僧笑道："这两个人去了，那两匹好马，是稳稳你我的了。"

金环还没有明白，马僧把拗曲铁扁担，圈住马头的话，说了一遍，金环也大笑不已。

马僧道："这两个没中用东西，瞧见铁扁担圈住马头，早唬得魂飞魄散了。"随道："这两个老人是什么人，我也须去询问询问。"

遂闯入两老人房间，问道："你们两个，我道是念书人，哪里知道也是江湖大盗，若说不是大盗，你们行李中二千两赤金，哪里来的呢？快快说了出来，不然，怕不是你们二位所有了。"

一个老人道："天下的财，必做了大盗才有么？也许是朋友赠送的呢。"

马僧道："朋友赠送，那必是年大将军幕客了。"

老人道："是的，我是江宁严星标，那是我友常熟徐芝仙，和尚见故，敢是要我们行李头颅么？"

马僧笑道："我倒不要杀你，才动身的两客，真是要杀你的人呢。"

严星标道："何以见得？"

马僧道："江湖上英雄，估看过客的行李，不必开箱检包，只消瞧马蹄腾起的尘土，金银铜铁，分量多少，望尘即已了然。但是跟你们的两盗，是才出道的，你们行李中的二千两赤金，他还当是铜钱呢。但是没有我在此，二位怕也是受惊了。"

严星标问和尚从哪里来，马僧道："我也在年大将军那里呢。二位知道大将军半月之间，平定青海，是谁的功呢？却就是我干的。"遂把自己的事说了一遍。

严星标道："不错，我也约略知道。"又道："你说两盗跨的是好马，你算计夺他的，他们不肯，可怎样呢？"

马僧道："严师爷，请你去瞧瞧，就知道他们不敢不肯了。"

严星标随了他走去，见铁扁担圈住了马头，也觉骇然。

马僧手取扁担，轻轻一拉，早已直了，遂唤金环道："环弟，马有了，我们走吧。"一面向严、徐二人拱手道："你们二位只能南走，万勿北行，我们碰头再见吧。"

马僧同了金环，就在永泰寺中安身立命。后来把全身武艺，传授与金环，金环又传与徒弟惠来，这便是清朝雍正年间的故事。

# 第七回

## 达摩师名山藏秘籍
## 岳少保柳下遇神僧

话说大宋自徽钦北狩建炎南渡而后，半壁乾坤，偏安一隅。那时出了一位擎天石柱，盖世忠臣，生为少保，死封鄂王的岳飞。这位鄂王，姓岳名飞字鹏举，河南汤阴人，历授少保、河南北路招讨使。大概瞧过《宋史》的人，鄂王的事实，都已明明白白，毋庸在下饶舌了。在下讲的却是鄂王的一件逸事，这一件逸事，偏与鄂王的勋业、鄂王的寿命，都有很大的关系。

原来鄂王弱冠之年，很喜欢骑射，因见朝政日非，官贪吏酷，知道天下必将大乱，不锻炼筋骨，必不能平乱靖国。

一日，鄂王跨马出郊，正拟驰射，不防柳林深处，闪出一人，大笑道："此种玩意儿，有甚趣味！"

鄂王抬头，见是一个和尚，生得凹鼻深目，广颡长颏，披着朱红袈裟，赤脚穿着草鞋，怪模怪样，猛一瞧时，活像似一尊无量寿佛。鄂王暗忖，现在新奉圣旨，尽废释氏之教改佛号为大觉精仙，其余众佛众菩萨，都改为仙人大士，佛寺改为仙宫，僧院改为道观，和尚改成德士，尼姑改称女德，都要易服饰称姓氏。

这诏旨森严当儿，平白地又从哪里跑出这么一个野和尚来？遂问："大师何来？"

和尚道："我在柳荫中望见居士顾盼英爽，器宇宏深，知道必是不凡之士，才叫一声。"

鄂王道："大师方才说我这玩意儿没甚趣味，想来大师总有比我有趣味的玩意儿，不妨请教请教。"

和尚道："居士操弓挟矢，谅必精于骑射，我倒先要瞧瞧射法。"

鄂王年少气盛，很不把和尚放在眼中，笑道："我虽未能百步穿杨，发出去的箭，却还能够十不离八九。"

和尚道："十不离八九，十箭之中，不着九箭，总着八箭，只一两箭不中罢了，咱们且试试玩着，我和尚权做个鹄子，不论远近，居士把我射吧，有一箭射中了，和尚就算输掉。"

鄂王道："弓马无情，如何好任意玩弄？我与大师无冤无仇，何忍利镞相加？"

和尚道："足见居士慈悲，但是咱们斗艺谁伤谁死，只咎自己艺术不精，不怪人家手段厉害，居士放手射我是了。"

鄂王道："那么是大师自愿，万一有伤，须不能怪我。"

和尚道："这个自然。"

当下鄂王跨上了马，加鞭飞驰，抽箭在手，暗暗把箭头取下，只剩着箭杆，扣上了弦，轻舒猿臂，款扭狼腰，一回头弓开如满月，箭去似流星，嗖地就是一箭。

和尚伺箭临近，举手只一绰，早已接在手中，笑道："居士真慈悲，请不必除去箭头，尽射不妨。"

鄂王一箭发出，第二支箭，早已拔在手中，此回可不去箭头了，觑得真切，望准和尚的膊子，又是一箭，又被接住。鄂王一时性起，放出生平绝技，接二连三，发出连珠箭来。这连珠箭真也厉害不过，一箭才发，一箭又来。

霎时十箭射完，和尚哈哈大笑道："居士的箭法端的了得，倘不是老衲时，早吃居士射到了。我瞧居士生了这么的资禀，具了这么的体格，并有着这么的德行，可算得当世完人。倘然遇着名师益友，就可以超凡入圣，入世能够救国，出世能够救命，不知居士信我的话不信？"

鄂王见和尚连接十箭，也很惊异，现在又听他一番议论，知道不是凡庸之辈，遂道："吾师是旷世圣僧，岳飞甘愿皈依莲座，恭聆教诲。"

和尚喜道："有缘有缘，难得难得，就请跟随老衲去吧。"

鄂王道："不敢，请问吾师法号。"

和尚道："我名阿难摩谛。"

鄂王铭记在心，当下牵了马，跟随阿难摩谛，穿过柳荫，走了三里多路，瞧见一座草庵。和尚推门而入，向鄂王道："进来吧。"

鄂王走入，见庵内三间草房，收拾得异常洁净。屋内无多陈设，只悬着一幅佛像，像前一张柳木桌子，桌上瓦瓶，供野花数枝而已。地上蒲团数个，随便放置。和尚指一蒲团，叫鄂王取来自坐，和尚自己也就盘膝坐下。

鄂王道："吾师既肯教诲，便是岳飞的师父，不可不拜。"

和尚要禁止时，鄂王早推金山倒玉柱，纳头便拜。

拜过了师，阿难摩谛道："弓马末技，不足称雄，我今授汝根本之学。"说着，取出书籍一册，郑重吩咐道："这是拳技的秘谛、易筋的要诀，你拿回去精心练习，有难解的地方，尽来问我。"

鄂王接了书，再三称谢，阿难摩谛道："此书的来历，大概你还没有知道。当初元魏孝明帝正光年间，达摩大师自梁适魏，面壁于嵩山少林寺。有一天，向徒众道：'你们各把所知，说给我听听，我要瞧瞧你们的造诣。'徒弟于是各把自己心得告知大师，大师道：'某得吾皮，某得吾肉，某得吾骨，只有慧可，独得吾髓。'当时众人以为达摩大师的话，不过是譬说入道浅深罢了，哪里知道都是实有所指呢？到后来九年功毕示化，葬在熊耳山脚，乃携只履西归，后来面壁处碑砌坏于风雨，寺僧督众修葺，得着一个铁匣，并无封锁，只有一条合缝，不知怎么百计不能开启。又一僧悟出必是胶漆所封固，于是烘之以火，匣果然就开了。见里面灌的都是蜡，中有秘书两册，一册是《洗髓经》，一册是《易筋经》，才知大师说的得皮、得骨、得肉、得髓，都是指此。《洗髓经》慧可师收去，《易筋经》留在少林，作为镇山之宝。但是经上的字，都是天竺文，少林僧也不能够尽解，也有译得十之二三或四五的，不免各逞己意推演，竟成旁门，落于技艺，失了修真的正旨。"

鄂王道："现在少林僧以拳技闻名天下，想来就是得此经之一斑了。"

阿难摩谛道："可不是呢。后来众中一僧，志识超绝，想到达摩大师既留圣经，宁为小道，寺中无人能译，世上岂无能译之人？于是，怀经远访，遍历名山，在四川峨眉山遇着西竺僧般刺密谛，出经共读。密谛言佛语渊奥，经不可译。此僧言通凡达圣，经义可译。秘谛感其意，为一一指示，详译其义，留僧于

50

山，提携进修，一百日而凝固，二百日而充周，三百日而畅达，修成了金刚不坏真身，就此化游净域，不知所之。后来徐洪客在海上遇着此僧，得其密谛，徐洪客授予虬髯客张仲坚，张仲坚授予药师李靖，李靖不能出世，化游净域，只不过帮助唐太宗东征西讨，打成了唐家三百年天下。现在你我遇着，也是有缘，我把此经授给你，你拿回去，细心揣摩，休轻视了。"

鄂王拜谢，收了书，问道："你老人家就一个儿在此么？"

阿难摩谛点点头，鄂王道："那么一日三餐，都要自己干办，也太劳碌了。明日起，弟子来帮助你老人家。"

阿难摩谛笑道："很可不必，我不食烟火已久。"

鄂王大惊失声道："师父是异人，岳飞幸遇，真是有缘。"

当下辞别回家，取出秘书，细心研读，按图练习，有不懂的地方就到草庵请益。练有一年光景，觉着两足足尖，两手指端，都有一股热气，腾腾欲出。胸背胁腹，也都现有一种异样，总之体魄大异从前。练到了二年，返刚为柔，依然温文尔雅了。练到了三年，探手能拈翔燕，志其左右足爪之尖，十不失一，腾身取游空之蜻蜓，翅足无损，手不畏刀斧，视寻常锋利，如枯朽物，再弄刀枪器仗时，疾于飙轮闪电，满场猎猎生风。

阿难摩谛大喜道："岳生，汝功已成，可随余入山修道去。"

鄂王慨然道："现值国家多故，金人南侵，峻隘雄关，委手于敌，中国无人久矣。飞蒙师父教诲，体魄已异凡庸，自当戮力王室，稍尽臣子之分。"

阿难摩谛道："这是大数，汝一人之力何能与天数相抗？从前汉室之衰，诸葛竭尽智能，想把乾坤扭转，究竟有何补益？像汝这么的人，实是旷世稀逢的，我把秘籍授汝，实望汝光大我法门，不料汝依旧志在人间勋业。"

鄂王道："富贵功名，弟子倒也不在心上，只是做了大宋人民，眼看神州陆沉，心终有所未忍。"

阿难摩谛叹了一口气，也就不说什么。

不多几时，京师残破、二帝蒙尘的警信传到，鄂王投袂而起，到草庵来拜辞师父。阿难摩谛道："汝既愿替国家出力，我也不能阻止，但望你急流勇退，十五年后，我来迎汝，慎勿忘记，至嘱至嘱！"

鄂王应诺，就往真定投军，累立显功，由列校起官至元帅。高宗赐鄂王手札道："设施之方，一以委卿，朕不遥度。"鄂王乃遣部将牛皋、王贵、杨再兴等经略西京、汝郑、颍昌、陈曹、光蔡诸郡，又命梁兴渡河纠合忠义社，取河东北州县，又遣兵东援刘锜西援郭浩，自率精锐，长驱以图中原。屡战屡捷，金人大震。郾城之战，大破拐子马一万五千，杀得金将兀术大败而逃，直追至朱仙镇，时乃宋高宗绍兴十年秋七月也。

这时光，鄂王的部将宏毅将军牛皋，表字鹤九的，驻军在颍昌。忽见一个游僧，赤脚草鞋，披着红袈裟大踏步闯入行营来，指名要见牛将军。军士报知牛皋，牛皋出见，见那和尚状貌奇古，手持一函，问他来营何事。

和尚道："衲有书信一封，上烦将军转交与岳元帅。"

牛皋道："大和尚与我们元帅有旧么？"

和尚道："衲与元帅的交情只有元帅知道，将军知道元帅有神力么？"

牛皋道："不很仔细，但见我们元帅能挽三百石神弓，私心以为非人所及耳。"

52

和尚道："将军瞧元帅神力是天生成的么？"

牛皋道："敢怕是天生成功的。"

和尚道："哪里天生有这么的呢？那是我教给他的呢，元帅少时尝从学于余，神力功成，余嘱其相随入道，他的志在人间勋业，不肯听从。现在名虽成，志难竟，天也命也，今将及矣。所以我特地给他一封信，接阅我信，或能反省获免呢。"

牛皋听了不胜悚异，询问名号，和尚笑而不答。问大师今将何往，和尚道："我将西游访达摩。"言毕，飘然而去。

牛皋把僧函呈于鄂王，鄂王泣下道："吾师神僧也，不吾待，吾其已矣。"

因取出秘书一册，付与牛皋道："好好收藏着，择人而授，勿使进道法门中绝而负神僧也。"牛皋应诺。

此时鄂王的军势十分厉害，两河豪杰李通等都率众来降。从此金人的动息、山川的险要，鄂王全都洞悉。中原各路英雄都派使来营，约期兴兵，与官军相应，扯的都是岳家军旗号，父老百姓牵牛送饷的不绝于路。自燕以南，金人号令不行，金将兀术欲整军抵抗，颁出军令，河北数千里竟没一个应令的，叹道："自从我朝起兵北方以来，不曾有过今儿的挫衄。"

金将乌凌噶思谋素来骁勇桀黠，到这会子，也不能制其下，只得论道："别轻动，待岳家军来即降。"

金将王镇、崔庆、李凯、崔虎、华旺都率所部先后来降。龙虎大王的心腹将噶克察等也密受鄂王旗榜，自其国来降。此外金将自拔内附的不可胜记。鄂王得意之极，向部下道："直抵黄龙府，与诸君痛饮耳。"

方拟指日渡河，一日之间，接着班师之诏，金字牌一十二道。鄂王乃愤然泣下，东面再拜道："十年之力，废于一旦。"于是引兵而回。不多几时，鄂王为奸人所构，冤成三字狱，成了千古忠臣第一。

宏毅将军牛皋，心伤鄂王，冤愤莫申，视功名如粪土，不复有人间之想。因念鄂王之嘱，不忍负，又恨自己是个武人，没甚巨识，不知世界上谁是可授的。择人既难，妄传无益，遂把这一册秘书，固藏在嵩山石壁中，听凭有缘之人自己找得，却在秘书卷首作了一篇序文，叙明缘由。这一部到底是什么书，就是《伏气图说易筋经义》。

# 第八回

## 太极峰强藩警绝技
## 五台山侠客遇奇人

话说清朝康熙初年，因天下才定，人心犹未全服，东南边省特派藩王率兵镇守。那时一总派出三位藩王，平南王尚可喜镇守在广东，靖南王耿继茂镇守在福建，平西王吴三桂镇守在云南。

那三位藩王之中，平西王吴三桂兵马最强，功劳也最大，藩属共有五十三佐领，绿旗兵一万二千，丁口数万。此外更有左右都统、前后左右援剿四镇，雄兵百万，猛将千员，真是国家屏障，西南重镇。平西王又把五华山永历帝旧宫，改作为藩府，括沐国公旧庄七百顷改作了藩庄，贵极人臣，富堪敌国。平西王的侧福晋陈圆圆，绝艳惊才，原是天下美人第一，平西王特替她在城北商山前面，建造一座梳妆台。这平西王在云南地方，富贵繁华，威权势焰，都可称当世无两。

这日，暮春天气，平西王携带藩眷，游览太极峰，心腹藩将吴国贵、吴应麒都各骑马护从。登峰造极，到了上面，平西王立马峰巅，顾盼自喜，扬鞭道："我吴三桂到今日才不负大丈夫平生也！"

左右都称万岁，侧福晋陈圆圆道："王爷英雄盖世，妾请歌大风之章，为王爷寿。"

平西王喜道："美人真是我的知己，山顶风狂，仔细着了凉，咱们帐内坐吧。"

于是平西王与侧福晋都入了皮帐，藩下各将都在帐外站立。平西王一时高兴，传令排宴。藩府出游，锅灶酒菜都是随营携带的，一声令下，酒菜现成，海错山珍，咄嗟立致。平西王喝着酒，陈圆圆慢声缓歌。

听到中间，平西王忽地拍案道："可惜，可惜。"

陈圆圆停了歌，问道："王爷，我歌得有不合拍么？"

平西王道："你的歌清扬婉转，如何还有批评？"

陈圆圆道："那么王爷怎么又说可惜呢？"

平西王道："可惜没有携带琵琶的，不然请你手弹一曲，还要有兴呢。"

陈圆圆道："那也不值什么，叫人去取了来就是。"

平西王道："此去离城三十里，路有多么远，此种弹唱的事情，不过是一时兴致，谁愿意久驻在这里，我的千里马偏偏又不在这里。"

道言未了，忽见一个虬髯汉子当筵站立，拱手道："王爷要取琵琶，老汉不才，情愿替王爷走一趟，请赐下记号，立刻去取，保在半个时辰里取到琵琶，倘有虚言，甘按军法。"

平西王猛吃一惊，仔细打量那人，碧眼虬髯，身量高大，状貌魁梧，端的是一个好汉。

平西王道："我竟不曾留意，你在我府中当什么职司？"

虬髯汉道："老汉蒙恩新补护卫，王爷贵人事忙，自然不及留意。"

平西王道："侧福晋那只琵琶，是翠玉雕成的，珍贵无比，藏在藩宫，你能够取来么？"

虬髯汉道："我能够取得。"

平西王道："给你一道谕，着你立刻去取来。"

当下随营女记室缮好藩谕，用了印。虬髯汉接了，才待起行，陈圆圆道："王爷赏他一杯热酒，宠宠他的行。"

平西王就亲自执壶，斟了满满一杯热酒，虬髯汉笑道："谢王爷恩赏，待老汉取到了琵琶，再领这杯酒。"说着唰只一闪，早不见了影踪。

陈圆圆惊道："这个人竟是个飞客，王爷有了这么的人做护卫，藩府中晚间是万无一失的了。"

平西王道："惭愧得很，我竟不曾赏识他，倘不是这回取琵琶，一显男儿好身手，不埋没了他一辈子么？"

此时帐外站立各将，瞧见护卫中出了一个飞行绝迹的人，都各纷纷议论，平西王在帐中，把酒听歌，陈圆圆侍坐着，慢声婉歌。一曲未终，忽闻有声飒然，宛如梧桐叶落，陡见当筵站立一人，手中捧着一物。平西王瞧时，站立的人不是别人，正是方才差去的虬髯汉，双手捧着个锦囊，两个红穗子还不住地甩荡。

陈圆圆喜道："果然是我的碧玉琵琶。"接过琵琶，瞧那杯酒时，却还温温的，没有凉透。虬髯汉谢过了，接那杯酒一饮而尽。

平西王这日回府，翻阅护卫职名簿，才知虬髯汉姓沈，名年大，四川人氏，从此把他另眼看待。

平西王的儿子在京做额驸，自从得了沈年大，就叫额驸刺探

57

朝政，用年大飞递消息，事无巨细，瞬息皆知。

到康熙十二年三月，年大送来一信，这一个信却非常紧要。平西王立命召集藩下文武，大开藩府会议。一时文武齐集，平西王道："尚平南奏请归老辽东，留儿子尚之信镇守广东，皇上交部臣议奏，部臣奏称：'藩王无归老成例，请下旨尽撤藩兵回籍。'皇上已经准奏，降旨与平南王了，这不是平南王一藩之事，关系着大局。咱们四藩，自从定南王孔有德阖门尽忠而后，只剩得平南、靖南和本藩三家藩王了。咱们三家荣则俱荣，辱则俱辱，休戚相关，苦乐相共，这会子朝廷撤了平南，牵一发动全身。靖南与本藩也断不能安然无事，你们想想可有甚好法子？"

众人都道："王爷功高望重，无论如何，朝廷绝不敢轻动，尚平南因为被他儿子所制，才自请归老辽东，若不是他自己奏请，朝廷也绝不会撤他的。"

有几个文官想出了一个试探的法子，索性上本奏请撤兵，瞧朝廷如何应付。平西王大为赞赏，立刻依计而行，却仍命沈年大飞行探信。

云南与北京相离虽然遥远，沈虬髯飞行迅捷，竟能朝发夕至。

一日报称皇上已把平西王奏本交与廷臣会议，廷臣都言："滇黔苗蛮反侧，撤了藩必须调八旗兵前往驻防，钱也不省，一动不如一静，还是不撤的好。"只有户部尚书米思翰、兵部尚书明珠、刑部尚书莫洛力请撤藩。皇上已把主留、主撤两议交与议政王贝勒大臣复议了。

隔了几日，沈年大又报王大臣复奏，仍旧主张不一。

平西王道："照我这点子功劳，朝廷必当温旨慰留，如明朝沐英世守云南故事。"

不意隔不到十日，沈年大报来警信，说朝旨已下，恩准撤藩。平西王大惊，即与心腹文武密谋抵御之策，议决发兵谋反，即于十一月二十一日祭旗起事，蓄发易服，马步三军，文武百官，全都汉装。平西王自称天下都招讨兵马大元帅，以明年为周元年。那吴大元帅立下将令，派沈年大飞行进京，行刺皇帝，限他三日里头，要把康熙的脑袋交来验看，如违未便。沈年大接了军令，立刻动身，排云驭气，飞行如电。

这日经过五台山，忽见紫气冲霄，祥云四罩，心下奇诧，赶忙住了飞行术，降身下地，见是一座很大的大寺。

正在瞧看，只见山门口一个小沙弥向自己招手道："居士不是从西南方来的么?"

沈年大暗吃一惊，不觉问道："然也，你如何知道我?"

小沙弥道："我们师父神于卜课，知道今日今时，在本山本寺有一个从空中飞行的，就是从西南方来的，叫小僧候在此间，问明了务要把居士请进寺去，跟他会面。我们师父说有几句要言面告。"

沈年大听了大为惊诧，当下跟了那小沙弥，入了寺门，抹角转弯直到禅院深处，才见一个异僧。

那和尚生得广颡长颐，龙颜凤目，罗汉似的一尊，趺坐在蒲团上面。小沙弥上去回过，那和尚只叫："请进来吧。"

年大上前施礼，那和尚只在蒲团上合十答礼。年大道："大师见招，不知有何话讲?"

那和尚道："居士气色不善，杀身之祸即在目前，还不知道么?"

沈年大惊问："吾师神见，尚望指引迷途，不知还有解救的法子么？"

和尚道："解救的法子不在老衲，却在居士自己。"

年大道："弟子愚昧，总要求大师指示。"

和尚道："苦海无边，回头是岸。只要疾速回头，还不晚呢。"

沈年大问："如何回头法？"

和尚道："只要居士肯少管闲事，就能安然过去。"

沈年大问："不知哪一种事情是闲事？"

和尚道："事不干己，都是闲事。"

沈年大一想："罢咧，我现在进京行刺，正是很闲的闲事，听这和尚能有这么的前知，必是一位圣僧，我从前遇着异人，练成这飞行奇术，也很非容易，现在为吴大元帅送掉性命，死得很无名，很犯不着。吴大元帅他受过清朝封号，究竟定了君臣之分，此回造反，究竟是师出无名。兵势虽强，名分终逆，将来胜负就在不可知之数了。我又何必属身其间，自取祸辱。"

于是幡然悔悟，就在五台山披剃为僧。沈年大遇见的那僧，据说就是康熙的生身老父顺治皇帝。

# 第九回

## 老镖师跨骡寻仇
## 小孝子间关访父

话说达摩祖师自梁适魏，在嵩山少林寺面壁九年，功成示化，葬在熊耳山脚，携双履西归。达摩祖师当日，因见寺僧精神萎靡，有碍真修，特传下锻炼身体秘诀，共有龙虎豹鹤蛇五拳。龙拳是练神，虎拳是练骨，豹拳是练力，蛇拳是练气，鹤拳是练精。自从祖师爷示化之后，继绳的人高低不一，精粗各殊，遂致渐传渐弱，不免愈弄愈错。

传到清朝雍正年间，少林宗法却分了三派，洪家为刚派，孔家为柔派，俞家为刚柔适中派，其实刚派乃虎拳之遗意，柔派是蛇拳之余风，适中派不过得着鹤拳之一鳞一爪。但是传久失真，在当时这三家拳技已经都很自负。

你道我这一番话从何说起？原来安徽凤阳府宿州地方有一个拳师，姓张，名叫兴德，是个俞派少林专家，善使两柄柳叶钢刀，有神出鬼没之能，所以江湖都称他为"双刀张"。张兴德四十岁上才得了一子，取名叫福儿，那孩子天性淳厚，孩提时光就知道孝顺父母，因此张兴德夫妇爱之如珍宝。兴德家里设着个镖局，专替客商保镖，因此张兴德三个字，江湖上颇颇有名。

宿州城中有一日大火，楼梯焚断，楼上还有母女二人，哭喊着救命。众人见了白着急，没法可想，张兴德奋身扑上，从火焰丛中抢出来，一手挟母，一手挟女，跳下地，火焰燎及须发，他竟全然不顾。八公山多狼，过路客商不结伴不敢走，张兴德挟刀而往，三日工夫杀掉九狼，行旅就平安。凤阳府五县两州的子弟，慕他拳技，都来从学。兴德虽然诲人不倦，但是几手看家拳终不肯轻易传人。

一日兴德派徒弟邓锦章到许州去干一件什么事，不意邓锦章事毕回来，却同了一个少年来，说是途中结识的，姓汤名隆，河南人氏，为忻慕师傅绝技，愿来从学。

兴德把那人直上直下打量了一会子，笑道："老夫也不过仗着虚名混一口饭吃，谁有真实本领呢？汤兄千里远来，恐怕有负你的来意，我看还是另请高明的好。"

邓锦章替他再三婉求，张兴德碍不过情面，才答应了。汤隆大喜，立刻备上贽仪香烛，参谒师父师母，又与众同学一一相见。

张门徒众足有二十多人，论到就学之勤，事师之敬，跟同学们的和气，就要推这汤隆为第一，偏偏兴德待他很是落寞。汤隆毫不在意，还时时拿酒食来孝敬师父，并分馈各同学。师父偏偏是待理不理，不过间一授之而已。邓锦章很是不平，常借事探问师父，为甚疏远汤隆，师父终不肯说。偏这汤隆于各种拳艺，进步非常迅速，屡次请益，张兴德颇难对付。汤隆待到邓锦章却非常要好，见锦章技有未到之处，从旁指点，总是知无不言，言无不尽，锦章因此十分感激。

一夕，汤隆与锦章谈论技击，汤隆道："闻得俞派以罗汉拳为最精，是不是？"

邓锦章道："怎么不是，咱们师父最精的就是罗汉拳。"

汤隆道："此技第八解第十一手，作何形式？烦你代为探问，我于这一解，颇为疑虑，师父尊严，又不敢擅问。"

邓锦章道："这是很易的事，我就去问师父是了。"说着起身就走。

汤隆拖住道："快休如此，师父多疑，你这么询问，定遭根究，必不会告诉你。后天是师父生日，咱们醵金为寿，俟他老人家饮酒微酣时，你就有意无意地问他，只说外间人议论，这一解失传已久，现在没有会的人，此语确否？师父倘然见告，必须留心静听，不必多问，起他的疑心，你听到了，就转告我知道。"邓锦章应诺。

到了这日，众门生醵金为寿，张兴德异常高兴，喝了八九壶的酒，邓锦章乘间询问，兴德时已半醉，不觉侈口回答。锦章告知汤隆，汤隆喜极，再三称谢。

次日晨起，汤隆忽失所在，众门生告知师父，张兴德顿足道："果然我所疑不错，你们快瞧瞧，马棚里我那一头骡在不在，要紧要紧！"

原来张兴德有一头健骡，日行五百里，是关外一个商人赠的。当下邓锦章奔到马棚一瞧，哪里有骡的影子。回报张兴德，张兴德道："锦章，你昨晚为什么替强盗做侦探？"

邓锦章道："徒弟实不知情，求师父恕罪。"

张兴德道："不知情也还罢了。他进来时光，我心里就疑惑，因欲徐观其变，没有说破他，不意被鼠辈先觉，此人必被孔家手

63

法所困，知道此技只有俞家能够破掉，必是学得没有完全，所以辗转窃取。这一节情犹可原，偷我的骡，明明心怀不良，有意相陷了。幸喜这一着我早已料到，锦章，你快到州衙去报案。"

众门生都言骡子走得快，怕州里捕役追不及呢。

张兴德道："不必多讲，快去快去，迟了怕有祸。"

于是邓锦章立往州衙进状，过了两天，没有消息，张兴德又亲自诣官请为追比。衙门中人都笑张镖师开着镖局，家里遇盗，还不瞒着人，大张晓谕地闹出来。

不意隔上一个多月，本州州衙忽接着一角缉捕公文，是河南归德显来的，内称："有贵官南归，遇盗被戕，贵重物品尽被劫掉，该盗遗有一骡，烙有字样。知系贵地张某之物，望速将张某捕拿，归案询办，实为公便等语。"

州官检查张兴德控追状纸，移知归德，才得没事。张兴德闻知此事，立即具金入署，请赎原骡。一面遣散门徒，告别乡里，愤然道："我在江湖上闯走了二十多年，从不曾失手过，不意今回败在鼠辈手里，我此去跨骡寻仇，不管山南海北，地远天高，找不着这小子，誓不回来。"妻子牵衣哭阻，哪里阻拦得住。

一日，骡子解到，张兴德便跨着去了。兴德在江湖上交游极广，这回跨骡寻仇，逢人打听，侦探了一年多，才探知汤隆的真姓名，是嵩山大盗毕五。兴德便找到嵩山，访求他的巢穴。访来访去，都访不着，到后来打听山中樵夫，才知本来原有一所小小庄院，春间已经自己毁掉，人不知哪里去了。兴德愈益愤怒，于是隐姓埋名，混迹在屠沽里头，遍历城镇，虽然找寻未着，寻仇之念益加坚。且暂按下。

却说兴德的儿子福儿，性极孝顺，他老子出门时光，通只十

**64**

一岁，就哭着要出外找父。他母亲不许，严行管束，寒来暑往，一年又是一年，福儿到十四岁那一年，忽从学堂中逃去，留信一封，禀告他母亲，言明出外找寻父亲，不遇着，不回家。他母亲大惊，派人四出寻访，哪里找得着。他母亲急得死去活来，邻人都来劝慰，言福儿虽然年幼，已曾得几路家传拳技，并且江湖上英雄都与镖师有交情，只要说出镖师大名，就可得人提携，断然不会遭难。他妈听了，心就少安，怎奈年年岁岁，父子两人消息杳然。岁月既久，乡里中也几乎忘记掉这件事情了。

忽一日，突有晶顶武弁带了四个兵，跨着高头大马，闯入村来，那武弁跳下马，即把马鞭遍叩门户，问："张家在哪里？张家在哪里？"

邻人开门问何事，那武弁道："张大人已荣任海州参将，我奉张大人命，送家报到来，并迎接太夫人到任，老大人早已迎养在任了。"才知福儿已做到三品大员。

原来张福儿出门访父，离乡背井，戴月披星，但是一到外府他州，坐要坐的钱，站要站的钱，亏得家学渊源，于俞派拳技已得着大概，一路卖技糊口，访寻父亲。江湖上英雄半与镖师认识，见了福儿，一来怜他孝勇，二来念及上辈交谊，倒都肯资助他，照抚他，因此路上倒并不受困。这张福儿南及闽粤，东至辽阳，北走京师，往返万里，不意跟他老子总走了个错路，没有碰见。到了这里，听说在那里；赶到那里，又说向彼方去了。从十四岁上出门，首尾已历五年，意志坚决，还如初出门时一般的孝勇。

这一年，从甘肃宁夏赶到西安，就在西安市上设场卖技，才聚拢人，就听哗说："镇台大人来了。"

接着马步军一队队过来，福儿急忙收场，不意已被马上那位镇台大人瞧见，派弁前来询问："你那卖技的孩子，不是宿州人姓张么？"

福儿回称是的。那镇台道："我爱你的小小年纪有此技艺，真是可造之才，可惜你此中还有许多缺陷，随我衙中去，我当一一指示于你。"

福儿跟随镇台到衙门，镇台询问家世，福儿说了姓名籍贯，并言父亲开设镖局，专替官商保镖，为了寻仇离家，久无音信，自己卖技访父，也已五年有余。

镇台道："十几岁了？"

福儿回："十八岁了。"

镇台道："且在我这里住上十天半月，我要指点你拳技。"

当下把张福儿留下，教他逐套演习，一一指点其谬误，反复详解，很是热心。张福儿住了三天，便辞着要去，说我离家出外，原为寻访父亲，不能久住。

镇台道："我知道尊大人不久就要来此，你安心住下，总可以父子团圆。"福儿只得住下。

过了两天，镇台叫标下守备告知福儿，言镇台有位小姐，愿许配福儿为妻。

福儿不肯答应，回言："镇台厚爱，可惜我没福，我出来为的是什么？婚姻大事，须当禀明父母，现在父亲还没有遇着。"

守备道："镇台意思，尊大人果然就在此间，但总要你应允了这门子亲，结过了婚，才肯引你相见，不然就走遍天涯，怕也未必碰得见。"

张福儿没法，只得允下。于是，镇台立即择日为女儿完姻，镇台小姐也会武艺，与福儿很是相爱。

一日，镇台出令："明日黎明，本镇亲至校场大阅。"

到这夜四鼓，唤张福儿到公事房，向他道："今日，你可穿了我的盔甲，骑了我的马，代我到校场阅操。"

福儿应诺，顿时顶盔着甲，穿扮起来，猛一瞧时，宛然是一位镇台。

那镇台又给他一个锦囊道："途中倘有人来劫，瞧见了你，必然惊去，你急把锦囊授他，切不要忘，若遗忘了，父子便不能相见了。"

张福儿接了锦囊，跨马出衙，马前两个很大的棚灯，标着镇台官衔。亲兵十二名簇拥着掌号出发，将近校场，忽闻风声飒然，晓雾中一个黑影，宛似一双大雕，搏空扑向马前来。众亲兵齐声发喊，张福儿已从马上跌下，见抓己的人，放了手，欲转身腾去，急喊道："且慢且慢，我为镇台送信的。"

那人接拆锦囊，从晨光熹微中瞧视，正在踌躇，跟随的人齐声喊道："张姑爷，不认得你父亲么？"福儿顿时醒悟，急抱了那人痛哭。

那人被福儿抱住，摆脱不得，忽见镇台从亲兵中驱出，伏地请罪道："师父，你老人家万勿见恼，徒弟毕五自知诳师之罪，万祈宽恕。"

原来大雕似的黑影，不是别个，正是那埋名隐姓跨骡寻仇的宿州镖师张兴德，跪地的镇台，正是化名汤隆、偷学罗汉拳、盗骡逃走的毕五。

毕五学会了罗汉拳，盗骡出走，在归德地方作下了一头血案，恰值年大将军延揽英雄，搜罗豪杰，毕五就投在大将军帐下，出征青海罗卜藏丹津。立下了汗马功劳，荣升到个总兵之职。闻知镖师跨骡寻仇，想不出个解救的法子，恰好福儿万里寻亲，找到西安，心想："这点子年纪，就这么大孝，万里寻亲，古今来能有几个？这种女婿不选，还选谁？冤家宜解不宜结，结了这门子亲，就解了两家的冤。"于是把福儿招入衙中，做了娇客。

当下张兴德见毕五如此，没法奈何，双手扶起毕五道："老弟你的智谋竟是个诸葛亮，我老匹夫竟屡次中你的计，事已如此，还讲什么呢。"

于是毕五委了个中营代己大阅，自己陪着张兴德父子回衙，置酒款待。一面命女儿出堂叩见。张兴德父子团聚，又得了个美淑媳妇，不禁喜出望外。毕五待到张兴德，非常恭敬，非常诚挚，又以从前所学，尤有未至，密求请益。兴德揪髯道："老夫十年来两败于君，君智谋出众，这区区小技，还不肯轻弃，岂欲独擅人间双绝么？"于是悉心指点，毕镇台尽得俞派之学。

镇台把张福儿补了个千总，恰值回部叛乱，镇台就派张兴德父子率众往讨，乱平之后，镇台把战功尽归在福儿一个身上，得授为海州参将。父子两人走马到任，就派人回宿州接眷。

这一头天外飞来的喜事，村人都引以为荣。偏偏镖师父子都以服官为苦，反不及做百姓的活泼。所以只作得二年参将，就告病回来了。但是张孝子万里寻亲，就成了宿州的千古佳话。

# 第十回

## 邓九公名震江湖
## 十三妹威行草泽

　　话说清朝雍正年间，山东东昌府茌平县二十八棵红柳树邓家庄，有一位老英雄姓邓，名振彪，排行第九，人家都称他作邓九公。这邓九公长拳短套，马上马下，本领都很来的。邓姓原是个富户，到九公手里，设了个镖局，专替官商保镖，闯走江湖，单身出马，整整地走了六十多年，不曾失过一回事。

　　雍正三年三月十二日，是邓九公九十岁生辰，九公就定于这日摘鞍下马，永不替人保镖。先期发出请柬，遍请宾客，各路客商都特送彩礼来，给他庆功，又大众醵金，替他上了个匾额，题着"名震江湖"四个字。邓九公雇了一班戏，就在家里肆筵设席，大宴宾客，宾主酬酢。

　　正在欢乐当儿，忽庄客入报外面来了一个人，口称前来送礼贺喜，问他姓名，只不肯说。邓九公叫请，一时请进，只见那人身穿青绉绸夹袄，斜披件咯喇褂，歪戴顶乐亭帽儿，脚穿千针帮跳鞋，背着蓝布缠的一件东西，估量去是件兵器，后面一个伙计，跟着手托一个红漆小盒儿。那人走上厅，一拱手只说"请了"两个字，就站着不动。

邓九公问他："足下何来？"

那人道："姓邓的你休装聋作哑，假作糊涂，我叫海马周三，你我牤牛山曾有一鞭的交情，今日听得你摘鞍下马，贺喜庆功，特来会你。"

邓九公方才想起五年前，在牤牛山遇见镖友金振声的货，被周三抢去，路见不平，赶往相助，把他打了一鞭，夺回镖货，现在他必然来此寻仇。遂道："朋友你错怪了我了，这同行彼此相救，是我们一个行规，况这事云过天空，今日既承下愿，现成儿的酒席，咱们喝酒，你我借着这杯酒作个相与，你道如何？"

众宾客也都起身相劝，周三道："不必让茶让酒，自从你我牤牛山一别，我埋头等你，终要和你狭路相逢，见个高下，你既摘鞍下马，我若暗地里等你，也算不得好汉，今日到此，当着在座的众位，请他们做个证明，要跟你借一万或是八千的盘缠，补还我牤牛山那桩买卖，你倘若不肯，我这盒儿里，装着胭脂香粉、通帅花儿，只要你打扮好了，就在这台上扭个周遭儿我瞧瞧，我尘土不沾，拍腿就走。"说罢，把个盒儿揭开，放在当中桌上。

邓九公捺住了火，掀髯笑道："我知道你要一百万八十万的，那可叫短了我了，一万两银子还备得起。"回头就叫人盘银子去。在座的宾客都起身苦苦相劝，邓九公道："众位休得惊慌，我邓某虽不才，还分得出个清浊皂白，这事无论闹到怎样，场中绝不相累。"

霎时银子搬讫，都堆在当院一张八仙桌儿上。邓九公道："朋友，白银一万两在此，只是我邓九公的银子是凭气血筋骨挣来的，你这么轻轻松松，只怕拿不了去。这里是我的舍下，自古主不欺宾，你我两家说明，都不许人帮，就在这当场儿见个强弱，你打倒了我，立刻搬了银子去，哪怕我身带重伤，一定抹了脂粉，带了花朵，凑这个趣儿；万一我的兵器没眼睛，一时伤犯了你，可也难逃公论。"

说着便甩了衣裳，取出那保镖的虎尾竹节钢鞭来，周三也脱去马褂，抖开蓝布缠的那兵器，也是一条钢鞭。两位英雄，一双豪杰，邓九公是一张肉红脸，满腮银丝须，剑眉星眼，高鼻子，大耳朵，六尺来长身子，那须直遮到肚腹上。周三是浓眉大眼，黑脸短须，一个五短身材。

两人亮了兵器，交起手来，鞭来鞭去，难解难分，分成两股寒风，聚作一团杀气，两条钢鞭打了个风雨不透。台上的戏也停了，做戏的戏子，看戏的宾客，数百双眼睛齐注在两位英雄身上。

正在这当儿，只见正东人群里闪出一个人来，手使一把倭刀，把两人的钢鞭用刀背儿往两下里一挑，说："你两位住手，听我有句公道话讲。"

邓、周两人各个收回兵器，跳出圈子一瞧，只见那人身穿素妆，戴着孝发髻，生得两条春山含翠的柳叶眉，一双秋水无尘的杏子眼，鼻如悬胆，唇似丹朱，莲步生波，桃腮带靥，是个绝色年轻女子，手执着倭刀，斜捺张弹弓。

邓、周两人才待答话，忽然正西方向咻地飞过一支镖来，正奔了那女子胸前。女子一闪身，那镖就打了个空。接着第二支镖打来，女子并不躲闪，只一蹭身，伸手向上一绰，早把那支绰在手中。不意第三支镖，电一般飞来，女子立把手中的镖还飞出

71

去，"叮"，打个正着。镖打镖，火星乱迸，两支镖双双落地。那四面看的人，像海潮一般喝了个连环大彩。

女子道："你二位今日这场斗，我也不问你们是非短长，只是一个靠着家门口儿，一个仗着暗器，便就赢了，也被天下英雄耻笑。这耻笑不耻笑，也与我无干，只是要我问问，怎么输了的，便该擦脂抹粉戴花朵，难道这脂粉花朵里头，便不许有个英雄不成！如今你两个且慢动手，这一桌银子算我，你两个哪个出头和我试斗一斗，且看谁输谁赢，哪个带花儿擦脂抹粉。"

邓九公还未答话，周三趁他冷不防，嗖地就是一鞭，女子也不举刀相迎，只把身子顺着来势，翻过腕子，从鞭底下用刀刃往上一磕唰，早把周三的鞭，削作两段。众人又齐声喝了声彩。

就这喝彩声中，夹着一片喊声，只见人丛中扑扑跳出二三十条梢长大汉来，那女子腾起一腿，把周三踢得趴在地下，赶上一步，一脚踏住了脊梁，用刀指着那群伙盗道："你们哪个上前，我就先宰了你这匹海马，做个榜样。"

那班原是周三预先布置埋伏的，现在见这个势派，唬得多不敢上来，倒退下去。

女子向那班人道："就请你众人偏劳些，把那红漆盒儿捧过来，给你们这位大王戴上花儿，抹上脂粉，好让他上台扭给大家看。"

周三叫道："众兄弟休得上前，这位女英雄也且莫动手，我海马周三也做了半生好汉，此时我不悔来得错，我悔我看轻了天下英雄。今日出丑当场，我也无颜再生人世，便是死在你这等一位英雄刀下，也死得值，就请斫了头去，不必多言。"

那班伙盗急忙丢了兵器，跪倒哀求，都道："这事本是我家头领不知进退，冒犯尊威，还求贵手高抬，给他留些体面，我等自当重报。"

女子冷笑一声道："你们这班人也晓得体面么？假如方才这九十岁的老头儿被你们一鞭打倒在地，他的体面安在？假如方才若不亏你姑娘有接镖的本领，着你一镖，我的体面安在？"

众人只是磕头认罪，女子也不睬，一脚踏定周三，一手擎着倭刀，换出一副笑盈盈的脸儿，向在场大众道："你们众位在此，休猜我和这邓九公是亲是故，前来帮他，我是个远方路过的人，和他水米无交，我生平惯打无礼硬汉，今日撞着这场是非，路见不平，拔刀相助，并非图这几两银子。"

说到这里，回头向那班盗伙道："我本待一刀了却这厮性命，既是你众人代他苦苦哀求，权且寄下这颗脑袋，只要依我三件事。一，要你们当着在场的大众，给这主人赔礼，此后无论哪里，见了不准错敬；二，这二十八棵红柳树，邓家庄周围百里以内，不准你们前来骚扰；三，你们认一认我这把倭刀、这张弹弓，此后这两桩东西一到，无论何时何地何人，都要照我的话行事。这三件事件件依得，便饶他天字第一号这场羞辱。"

众人还未开口，海马周三早在地下喊道："只要免得戴花擦脂抹粉，都依都依，再无翻悔。"众人也齐声答应。女子才一抬腿，放起周三。

周三同了伙盗，走到邓九公跟前，齐称"邓九爷"，磕下头去。邓九公忙扶起周三道："周朋友，从来说胜败兵家常事，今日这桩事，自此一字休提，现成的戏酒，就请你们老弟兄们在此开怀痛饮，你们作一个不打不成相与的交情，好不好？"

周三道："既承抬爱，我们就在这位姑娘的面前，敬你老人家起。"

邓九公叫人收过兵器银两，重开戏筵，推让那女子首座，那女子道："我十三妹今日理应在此看你们两家礼成，只是我孝服在身，不便宴会，再者男女不同席，就此失陪，再图后会。"说着，出门下阶，嗖的一声，托地跳上房去，顺着那房脊，迈步如飞，霎时间不见踪迹。

看官你道这十三妹是何等一尊神佛？原来这位姑娘姓何，闺名玉凤，她的老子，便在七省经略一等公抚远大将军年羹尧手下，当一个中军副将。年大将军听得何玉凤有恁般的人才本领，恰值第二个儿子断了弦，叫人前来作伐，要给儿子做填房。偏这何副将不肯仰攀，一口回绝了。大将军大怒，借一桩公事，参了何副将一本，参他刚愎任性，贻误军情。旨意下来，革职拿问，立刻下在牢里。何副将是个铁汉，不到几日，就此郁结而亡。玉凤殡殓了老子，寄柩在萧寺中，奉了母亲，远走高飞地避祸。闻得邓九公年高有德，就投奔了来，因庄上正有勾当，庄客们把她让在前街店房暂住。

当下邓九公探明原委，就赶到店房，跟十三妹相见。见共是母女两人，她那母亲是个既聋且病的，看光景十分清苦。邓九公就要把那赌赛的万金相赠，十三妹分文不受，请她母女到家赡养，她再三推辞。不过说自远方避难而来，只为一家孤寡，到此人地生疏，只要给母女遮掩个门户，此外一无所求。

于是十三妹与邓九公认作了师徒，十三妹就在东冈青云山，结了几间茅屋，自己仗着那口倭刀、那张弓弹，自食其力，赡养老母。

一日，单人独骑，经过岔道口土山，只见土山上面有两个脚夫似的人坐在那里，鬼鬼祟祟地讲话，十三妹见了奇诧，隐身树林背后，静静地听。

只听一个道："依我，这老人华忠病了，不在眼前，可是你我的时运来了。咱们这会子，拿了他这三吊钱，逛一会子回去，就说到了邓家庄，见着褚一官，他没空儿来，在家里等。咱们把那个文绉绉的雏儿，诳上那道儿，咱们可不往南奔二十八株柳树，往北奔黑风冈，赶到那里，大约天也就是时候了。等走到冈上头，把那小么儿诳下牲口，向这没底儿山涧里只一推，这二三千两银子行李，看就属了你我呢。"

一个道："好敢是好，只是人家候在悦来店里，怕罪过么？"

十三妹知道褚一官是邓九公徒弟，既有二三千银子行李，不知何等一人，一抖缰，拍踢拍踢，径向悦来店来。

进了店门，才离鞍下骑，只见东配房里一个十八九岁的哥儿，跟自己正打个照面，那哥儿斯文一派，怯生生宛如是个女孩子。十三妹就在西配房开了个房间，叫跑堂的把驴拴在窗根底下，自己却不转睛地瞧着那对面房间，估量这哥儿就是岔道口两个脚夫算计的那人。正拟闯入房去，问一个青红皂白，偏偏那哥儿叫跑堂的要把墙根下那陷在泥里的石头碌碡拿进房去，跑堂的便叫了两个更夫，备了镢头杠子，正摩拳擦掌地闹着。

十三妹心中明白，知道哥儿错认自己作歹人，要这石头堵门防备的，便就抬身款步，走到墙边道："弄这么一块小小石头，何至于闹得这等马仰人翻。"

说着，便挽了挽袖子，用两只手靠定了那石头，只一撼，往前一推，往后一摆，石头根脚四周的土儿，就拱了起来，转过身子，又一撼，就势轻轻一撂，把那块石碌碡就撂倒了，用右手推

75

着一转，照着个关眼儿，伸进两个指头去钩住了只一提，笑问那哥儿道："尊客这石头放在哪里？"

那哥儿羞得面红过耳，眼观鼻，鼻观心地应了一声："有劳，就放在这屋里吧。"

十三妹手提石头，款动金莲，上台阶，掀帘进房，把石头放在南墙根儿底下，回转头来，气不喘，面不红，心不跳。

只见那哥儿讪讪的，才欲躲开，十三妹就靠桌儿那张椅子上坐下，开言道："尊客请坐，我有话请教，请问上姓贵乡，你此来从上路来，自然是到下路去，是往哪方去？从何处来？看你既不是官员赴任，又不是买卖经商，更不是觅衣求食，究竟有什么要紧的勾当，怎生的伴当也不带一个，就这等孤身上路呢？"

请教那哥儿只说了个姓名，是个在旗的旗籍，名叫阿桂，此外左遮右掩，支吾而对，被十三妹剥蕉抽兰，一阵细驳，驳得他哇的一声哭了。

十三妹道："奇了钟不打不响，说不说不明，你哭好了，我到底要问，你到底得说。"

阿桂到此，只得把父亲阿克敦，半生苦攻，才得了个榜下知县，因方正不阿，为上司所忌，参了一本，革职下在牢里，限期赔修黄河，自己从京中变产南下，图救父亲。偏偏老人家华忠病在半途，不能做伴，为此差驴夫去，叫褚一官来的话，尽情倾吐。

十三妹不听犹可，一听此话，顿时柳眉倒竖，杏眼圆睁，腮边烘两朵红云，面上现一团杀气，口角儿一动，鼻翅儿一扇，那副热泪在眼眶子里几乎直滚下来。

她便搭讪着，理了理了两鬓，用袖子把眼泪揩干，向阿桂道："你原来是位公子，你如今是穷途末路，举目无亲，便是你请的那褚一官，我也晓得些消息，大约他绝不得来，你不必妄等，我既然出来得，这件事便在我身上，还你个人财无恙、父子团圆。我眼前还有些未了的小事，须得亲去走荡，此时才不过午初时分，我早则三更，迟则五更必到。倘然不到，便等到明日，也不为迟。你须要步步留神，第一拿定主意，你那两个驴夫回来，无论他说褚一官怎样个回话，你总等见了我的面，再讲动身，要紧要紧！"说着叫店家拉过那驴儿骑上，说了声"公子保重"，一阵电卷星飞，霎时不见踪影。

此时店主人因十三妹举动非常，都来询问，阿桂据实回答，店主人道："此女的行径，我虽开了数十年客店，饱经阅历，也难窥测她是何意思，总之是凶多吉少，避之为是。"

恰值两个驴夫回店，言褚一官没暇来此，请爷到他家去歇宿。店主人又极力撺掇，阿桂初次出门，未通世故，遂搬行李，上牲口，跟随驴夫出门，顺着大路，转了那条小路，直奔了岔道口的那座大土山来。上了山坡，驴夫才待下手，忽林中扑出一头猫头鸱，一翅正扇在驴儿眼睛上，驴吃了痛，只一掀，早把个驴夫掀下了地，脱了缰，飞一般跑下山去。那三头驴子跟着飞跑，直到一所古寺，才住了蹄，驴夫也恰赶到。

那寺名叫能仁古刹，半已惨败，一个化缘老和尚拦道："天已晚将下来，本寺安寓过往行客，请歇一宵吧。"

阿桂回头见丛莽可怕，也就允了。驴夫上来拦阻，已是不及。

寺中又走出两个和尚，一个是瘦子，一个是秃子，把驮行李的骡子，拉进门去。阿桂入内，两个和尚卸行李往地下一放，觉得分两沉重，瘦和尚就向秃子丢了个眼色道："告诉当家的一声，出来招呼客呀。"

秃子去不多时，就见走出一个胖大和尚来，生得浓眉大眼，赤红脸，糟鼻子，一嘴巴子硬触触的胡子根儿，脖子上现有三道血口子，像似抓伤的似的。那和尚打着问讯道："施主辛苦了，这里不洁净，请到禅堂里歇吧。"

阿桂答了礼，便跟了那和尚往东院。一进门，见是极宽展的一所平正院落，正北三间出廊正房，东省院墙，另有个月光门儿，望到里面，像是个厨房样子。进了正房，东间有个槽隔断堂屋，西间是一通连的。那和尚让阿桂堂屋正面东首坐下，自己在下相陪。八月初旬天气，一轮皓月，渐渐东升，照得院子里如同白昼。接着两个和尚把阿桂行李送了进来，堆往西间炕上，那当家和尚吩咐道："脚上两个朋友，你们招呼吧。"两个和尚笑嘻嘻答应着去了。

只听那胖和尚高叫一声："三儿点灯来。"

便有一个十六七岁的小和尚，点了两支蜡烛来，又去给阿桂倒茶，打脸水。门外化缘的那个老和尚也来帮着，穿梭价服侍。阿桂很是过意不去，一时茶罢，紧着端上菜来，四碟两碗，无非豆腐面筋之类，安上盅筷，老和尚又送上两把酒壶，一把壶梁儿上拴着一根红头绳，说："当家的这拴着红头绳的，是你老的。"胖和尚执了那把没拴头绳的酒壶，满满地斟了一盅酒，赔笑敬与阿桂。

阿桂道："大师父，我天性不会饮，这酒倒免了。"

两个人推来推去，阿桂失手，连盅带酒掉在地下，盅子碰了粉碎。那酒一着地，竟冒上一股火来，胖和尚顿时翻脸道："我将酒敬人，并无恶意，你摔了我的盅，泼了我的酒，你这个人好不懂交情。"

说着伸过手来，把阿桂的手腕执住，往后一拧，阿桂哎哟一声，不由得就转过脸去，口里说道："大师父，我是失手，不要动怒。"

胖和尚更不答话，把阿桂推到廊下，从僧衣袖里，取出一条麻绳，将阿桂两手，反缚在厅柱上，缚了个结实，怒哄哄脱下外面大衣，又取了根大绳，向阿桂胸前一搭，前后抄手，绕了三四道，扣了个死扣儿。

阿桂吓得魂不附体，苦苦地哀求，胖和尚高叫"三儿，拿家伙来"。只见连应来了，手里端着个红铜镟子，盛着半镟子清水，镟子口上，搁着一柄一尺来长泼风也似价牛耳尖刀。

胖和尚睁着圆彪彪两只眼睛道："呔！小子，别说闲话，你听着，我也不是你什么大师父，老爷行不改名，坐不改姓，有名的赤面鼠黑皮大王便是。因为看破红尘，在这座能仁古刹出家，做这桩慈悲勾当，像你这么的，我也不知宰过多少，今日天月二德，你老爷有一点儿摘不开的家务，偏是你肥猪拱门，我为你这一片孝心怪可怜儿，特地赏你一口药酒喝，给你留一个囫囵尸首。偏你这鼻子尖，眼睛亮，瞧出了，抵死不喝，如今也不用你喝了，倒要瞧瞧你那颗心有几个窟窿。这也不值什么，吓得这个嘴脸，二十年又是这么高的汉子，明年今日是你的周年，再见吧。"

说着，两手扯开阿桂的衣襟，便就露出白嫩嫩胸脯来，拿起那柄尖刀，按住了阿桂心窝。才待下手，忽见一道白光儿，闪烁烁从半空里扑了来，他一见就知有了暗器了，连忙把刀子往回来一掣，想要躲闪，已经不及，啪的一声，一个弹子正着在左眼上，直打进后脑勺子，痛得他哎哟一声，咕咚，往后一倒，手里的刀也扔了。

三儿唬了一跳，说："你老人家怎么了？准是使猛了劲，岔了气了，等我扶起你老人家来。"

才要扶时候，一个弹子，从他左耳朵进去，右耳朵出来，一直打到东边那个厅柱上，啪嗒，打了一寸来深，嵌在木头里。三儿只叫了一声"妈呀"，跌倒在地，铜镟子咣啷啷滚下台阶去了。

阿桂本已魂飞魄散，只剩得一气悠悠。现在听得铜镟一响，倒惊得苏醒过来，见自己依然绑在柱子上，两个和尚倒横躺竖卧，丧了残生。

正在不解，只见半空里一片红光，唰，好似一朵彩霞一般，扑，直飞到面前，却是一个人。只见那人头上罩一方大红绉绸包头，从脑后燕尾边兜向前来，拧成双股儿，在额上扎一个蝴蝶扣儿，上身穿一件大红绉绸箭袖小袄，腰间系一条大红绉绸重穗子汗巾，下面穿一件大红绉绸甩裆中衣，上蹬着一双大红香羊皮挖云实纳的平底小靴子，左肩上挂着一张弹弓，背上斜背着一个黄布包袱。

只见她芙蓉面上挂一层威凛凛的严霜，杨柳腰间带一团冷森森的杀气，雄赳赳气昂昂的，一言不发闯进房去，先打了一照，回身出来，就抬腿一脚，把那小和尚的尸首，踢在那拐角墙边，后用一只手，捉住那大和尚的领门儿，一只手揪住腰裤，提起来只一扔，和那小和尚扔在一处。她把脚下分拨得清楚，便蹲身下去，把那牛耳刀抢在手里，直奔了阿桂面前。一伸手，先用四指搭住阿桂胸前横绑的那一股儿大绳，向外只一带，阿桂哼了一声，她也不睬，便用手中尖刀，穿到绳套儿里，扑溜地只一挑，那绳子就期期地断了，她顺手便把刀子咔嚓一声，插在窗边金柱子上，才向阿桂说了一个字道："走。"

阿桂道："我的手还捆在这里，如何走法？"

那女子听了，转向柱后一看，果然手还捆着，立刻给他解开了，说："这可走吧。"

阿桂此时浑身酸麻痛楚，一步也不能行走，那女子便从左肩上退下那张弹弓，叫阿桂执住弓背，女子托住弓靶，扶他进了那间房里。

阿桂双膝跪倒道："你可是过往神灵、庙中的菩萨，来解我这场大难？我阿桂果然不是父子相见，那时一定重修庙宇，再塑金身。"

那女子笑道："你方才同我在悦来店，对面谈了那半天，又不隔了十年八年、千里万里，怎的此时会不认得了，闹什么神灵菩萨起来？"

阿桂再留神一看，就跪在尘埃说道："原来就是店中相遇的那位姑娘，断不料姑娘就肯这等远路深更，赶来救我这条性命，你真真是我的重生父母再养。"说到这里，自觉不像话，人家才不过二十以内的女孩儿家，怕惹恼了，忙咽住声，紫涨面皮，一个字也说不出来。

谁想这女子，不但不在这些闲话上留心，就连阿桂在那里磕头礼拜，她也不曾在意。只见她忙忙地把那张弹弓挂在北墙一个钉儿上，便回首解下那黄布包袱来，提起了往炕上一掷，只听扑咚一声，那声音觉得像是沉重。又见她转过脸去，两只手往短袄底下一抄，咔吧一声，就从衣襟底下，忒棱棱跳出一把背儿厚刃

81

儿薄、尖儿长靶儿短、削铁无声、吹毛过刃、杀人不沾血的缠钢折铁雁翎倭刀来。那刀跳将出来，映着那月色灯光，明闪闪，颤巍巍，冷气逼人，神光绕眼。阿桂不禁哎哟了一声。

十三妹道："你这人真糊涂，我如果要杀你，方才趁你绑在柱上时动手，岂不省事些?"

阿桂连连答应。十三妹指着炕上那黄布包袱道："我这包袱，万分的要紧，如今交给你，给我紧紧地守着。少刻，这院子里定有一场大闹，你要爱看热闹儿，窗上通个小窟窿，巴着瞧瞧使得，可不许出声儿。万一你出了声儿，招出事啦，弄得我两头儿照顾不来，你可没有两条命。"

说着，噗一口吹灭了灯，随把房门掩上，倚在门旁，不则一声，听那外边的动静。

约莫也有半碗茶时，只听得远远的两个人，说说笑笑，从墙外走来。他便吭破窗枢，望外一看，果见两个和尚嘻嘻哈哈，醉眼模糊地走进院门，一个是瘦子，一个是秃子。

他两个才拐过那座拐角墙，就说道："咦，师父今日怎么这么早，就吹了灯儿睡了?"

瘦子道："想是了了事了吧。"

秃子道："了了事，再没有不知会咱们扛架桩的，不要是那事说和了盖儿了，老头子顾不得这个了吧。"

二人你一言，我一语，只顾口里说话，不防脚底下当的一声，踢在一件东西上，倒唬了一跳，低头一看，原来是个铜镟子。秃子道："谁把这东西扔在这里? 这准是三儿干的，咱们给他带到厨房里去。"说着，弯下腰去捡那镟子。

一抬头，月光之下，只见拐角墙后，躺着一个人，秃子道：

"你瞧，那不是架桩，可不了了事么?"

瘦子走上前一看，说道："怎么个了事?"再弯腰一看，就嚷道："敢情是师父，你瞧三儿也干了，这是怎么说?"

秃子连忙扔下镢子，赶过去看了道："怪呀，难道那小子有这样大神通不成?"

一语未了，只听房门响处，嗖地早蹿出一个人来，站在当院子里，二人冷不防唬了一跳，一看是个女子，便不在意。

秃子向前问道："你是谁?"

十三妹道："我是我。"

秃子道："是你就问你咧，我们这屋里那个人呢?"

十三妹道："这屋里那个人，你交给我的么?"

瘦子道："先别讲那个，我们师父这是怎么了?"

十三妹道："你们师父大概是算死了吧。"

瘦子道："知道是死了，谁弄死他的?"

十三妹道："我呀。"

瘦子道："你讲什么情理弄死他?"

十三妹道："准他弄死人，就准我弄死他，就是这么个情理。"

瘦子听了，一伸手就奔了十三妹，十三妹不慌不忙，把右手从下往上一翻，用了个叶底藏花架式，一反巴掌，早打在他腕子上，拨了开去。

瘦子一见，说："怎么着，你大概也不知道你小大师父少林拳有多么霸道，可别跑，咱们爷儿俩较量较量。"

十三妹道："有跑的就不来了。"

瘦子甩了外面的僧衣，交给了秃子，紧了紧腰，转向南边，向十三妹吐了个门户，把左手拢住右拳头，往上一拱，说了声请。十三妹也丢个门户，一个进步，便到了和尚跟前，举起双拳，先在他面门前一晃，这叫作开门见山，却是个花着儿。破这个架式，是用右胳膊横着一搪，封在面门，顺着用右手往下一抹，拿住他的左腕子一拧，将他身子拧转过来，却用右手从他脖子反插将去，把下巴一掏，叫作黄莺搦嗉。

那瘦和尚见十三妹的双拳到来，就照式样一搪，不想她把拳头虚晃了一晃，趄回身就走。

那瘦子哈哈大笑道："原来是个玩女筋斗的，不怎么样。"

说着一个进步跟下去，举手向十三妹的后心就要下手，这一招叫作黑虎偷心拳头。已经打出一眼，看见十三妹背上明晃晃直颤颤地披着把刀，他就把拳头往上偏左一提，照左胳肋打去。明看着是着上了，只见十三妹左肩膀往前一扭，早打了个空。他自觉身子往前一扑，赶紧地拿了拿桩站住。就在拿桩的这个当儿，十三妹就把身子一扭，甩开左脚，一回身嗔的一声，正踢在那瘦和尚的左肋上，和尚哼了一声，才待还手，十三妹收回左脚，把脚跟儿向地下一碾，抡起右腿，甩了一个旋风脚拍，那和尚左太阳上，早着了一脚，站脚不住，咕咚，向后便倒。这一招叫作连环进步。

鸳鸯拐是十三妹的一桩看家本领，真实艺业，那秃子看见骂一声："这不是反了么?"一气跑到厨房，拿出一把三尺来长铁火剪来，抡得风车儿般，向十三妹头上打来。十三妹也不去搪他，连忙把身子闪在一旁，拔出刀来，单臂抡开，从上往下，只一盖，听得嘈的一声，把那火剪齐齐地从中腰里斫作两段。那秃和尚手里只剩得一尺来长，两根大镊头钉子似的东西，怎的个斗法，他说声："不好！"丢下回头就跑。十三妹赶上，喝一声："哪里走！"举起一刀，咔嚓，从左肋里砍过去，劈成个斜岔儿，回手又把瘦和尚头枭下来。

忽见一个老和尚，用大袖子握住脖子，从厨房里跑出来，溜了出去。十三妹也不追赶，向他道："不必跑，饶你的残生，谅你也不过是出去送信，再叫两个人来，索性让我一不做二不休，见一个杀一个，见两个杀一双，杀一个快活。"说着，把两个尸首踢开，先清楚了脚下。

只听外面果然闹吵吵的，一轰进来了四五个七长八短的和尚，手拿锹镢棍棒拥将上来。十三妹见这班人浑头浑脑，都是些刀疤，心想，这倒不好和他交手，且打倒两个再说。就把刀尖虚按一按，托地一跳，跳上房去，揭了两片瓦，朝下打来，一瓦正打中拿枣木棍的，一个和尚额角扑的一声倒了，把棍子撂在一边。十三妹一见，重新跳将下来，将那棍子抢到手中，掖上倭刀，抢开棍子，指东打西，指南打北，打了个落花流水、东倒西歪，一个个都打倒在东墙角前，翻着白眼喘气。

十三妹冷笑道："这等不禁打，也直来送死。我且问你们庙里，照这等没用的东西，还有多少？"

言还未了，只听背后暴雷也似价一声道："不多，还有一个。"

那声音像是从半空里飞将下来，紧接着就见一条纯钢龙尾禅杖，撒花盖顶地从腰后直奔顶门。十三妹眼明手快，连忙丢下棍子，拿出那把刀来，往上一架，棍沉刀软，将将地抵一个住，单臂使劲，用力挑开了。那棍回转身来，只见一个虎面龙行者，前发齐眉，后发盖颈，头上束一条日月渗紧箍，浑身上穿一件元青缎排扣子滚身短袄，下穿一条元青缎兜裆鸡腿裤，腰系双股鸾带，足蹬薄底快靴，好似一蒲东寺不抹脸的憨惠明，还疑是五台山没吃醉的花和尚。

十三妹见他来势凶恶，先就单刀直入，取那和尚。那和尚也举棍相迎，他两个一个使雁翎宝刀，一个使龙尾禅杖，一个棍起处似泰山压顶，打下来举手无情，一个刀摆处如大海扬波，触着她的头便死。刀光棍势，撒开万点寒星，棍竖刀横，聚作一团杀气。一个莽和尚，一个俏佳人，一个穿红，一个穿黑，彼此在那冷月昏灯之下，来来往往，喝喝呼呼，这场恶斗斗到难解难分。

十三妹暗忖，这和尚倒怎地了得，若跟他这等游斗，斗到几时？想毕，虚晃一刀，故意让出一个空子来。和尚一见，举棍便向她顶门打来。十三妹把身子一闪，闪在一旁，那棍早打了个空。和尚见上路打她不着，掣回棍便从下路打来。十三妹踢踏一跳，跳过了那棍去，和尚见两棍打不着，大吼一声，双手攒劲抡开了棍，取她中路，向左肋打来。十三妹这番不闪了，把柳腰一摆，半身向右一折，那棍便擦着左肋，奔了胁下去。她却扬起左胳膊，从那棍的上面向外一绰，往里一拉，早把棍绰在手中。和尚见兵器被人吃住了，咬着牙，撒着腰，往后一拽，十三妹便把棍松了一松，和尚险些儿不曾坐个倒蹲儿，连忙地插住两脚，挺起腰来，往前一挣。十三妹趁势把棍往怀里一带，那和尚便跟了过来。十三妹举刀向他面前一闪，和尚只顾躲那刀，不防十三妹抬起右腿，用脚跟向胸脯上一蹬，他立脚不稳，不由得撒了那纯钢禅杖，仰面朝天倒了。

十三妹笑道："原来也不过如此。"

那和尚在地下还待挣扎，十三妹道："还敢起动，我就把你这蒜锤子碰你这头蒜。"

说着掀起那根棍来，手起一棍，打得他脑浆迸裂，呜呼哀哉死了。

十三妹回头见东墙边五个死了三个，两个挣扎起来，在那里把头碰得山响，口中不住讨饶。

十三妹道："委屈你们几个算填了馅了，只是饶你不得。"随手一棍一个，也结果了性命。

十三妹片刻之间，弹打了一个当家和尚、一个三儿，刀劈了一个瘦和尚、一个秃和尚，打倒了五个做工的僧人，结果了一个虎面行者，一共是十个人。她这才抬头望着那一轮冷森森的月儿，长啸了一声，说："这才杀得爽快，只不知屋里这位小爷唬得是死是活？"说着，提了那禅杖，走到窗前。

只见窗棂上，果然捅了个小窟窿，她把着往里一望，原来阿桂还方寸不离，坐在那个地方。

十三妹叫道："公子，如今庙里的这班强盗，都被我断送了，你给我守着那包袱，等我把这门户给你关好，向各处打一照再来。"

阿桂说："姑娘，你别走。"

十三妹也不答言，走到房门跟前看了看，那门上只钉着两个大铁环子，她便把手拿纯钢禅杖，用手弯了转来，弯成两股，把两头插在铁环子里，只一拧，拧了个麻花儿，把那门关好，重新拔出刀来。先到了厨房，踅身就穿过月光门，逐一查看，直查到马圈南头。

那一间只见草堆上仰卧着两个驴夫，上身剥得精光，胸前血迹模糊，开着碗大一个窟窿，心肝五脏都掏去了。细认了认，却就是在岔道口看见的那两人，点头道："这还有些天理。"迈步出门，嗖的一声，纵上房去，又一纵便上了那座大殿。站在殿脊上四边一望，只见前是高山，后是旷野，左无村落，右无乡邻，只那天上一轮冷月，眼前一派寒烟，这地方好不冷静。又向庙里一望，四边寂静，万籁无声，再也望不见个人影儿，端是都被我杀尽了。

看毕，顺着那大殿房脊，回到那禅堂东院，从房上跳将下来。才待上台阶，忽听得一股哭声，跟着哭声找去，却见一间破屋里，有水缸般大小一口破钟罩在一个大荆条的煤筐上，那哭声就从筐子中发出的。十三妹揭起破钟，掀开筐子一瞧，一个人蹲在那里抖着哭呢。

喊起询问，那人自称姓张名叫乐世，河南彰德府人，在东关外落乡居住，因为连年荒歉，同了妻女进京投亲。女儿张金凤，年已一十八岁，今早走岔了路，投在这庙里，被和尚把妻女推了入内，把我扣在钟下。

十三妹叫张乐世在此静候，我务要把你妻女寻出来。执刀往寻，寻了半天，果然寻得一个地窟，张金凤母女都在那里。见张金凤长得和自己一模一样，知道她死不肯从，把大和尚抓了个伤，是个九烈三贞的烈女，心下十分钦敬。又因张乐世夫妻母女是要往北，阿桂是要投南，自己一人断难分身护送，挺身做媒，把张金凤配给了阿桂。两家并为一路，即叫张乐世护送阿桂到淮安，又向阿桂道："这黄布包里是二百两金叶子，是我赠予你的，我方才在悦来店，你不说你令尊的官项，须得五千余金，才能无事么，如今我囊中通只二千数百金，才有一半，所以特向邓九公借了这二百金叶子，足可抵三千银子之数，你权且拿去纪念。"

阿桂感激涕零，请问姓名。十三妹只说了"十三妹"三字，请问住址，只说了"上不在天，下不在田"两句，到临走，十三妹泼墨挥毫，在墙上题词一首，其辞是："贪嗔痴爱四重关，这阇梨重重都犯。他杀人污佛地，我救苦下云端。铲恶锄奸，觅我时和你云中相见。"

题词时用的笔砚，却是阿桂行囊里取出来的家传宝砚，匆匆就道，忘了收拾。直到行了二十里外，十三妹取下自己的弹弓，交与阿桂道："明日经过牤牛山，就有人出来拦阻，可把我此弓交与那人，就向他们说，说是我的话，向他们借两个人，要护送到淮安。此弓是我传家至宝，千万不可损坏失落。你到了淮安，差一个妥人送来邓家庄交与褚一官，叫他转交与我。"

阿桂听到"传家至宝"四字，才想起寺中宝砚，要回去取，十三妹道："砚我替你收藏着，交来弹弓，取回宝砚。"于是珍重而别。

阿桂行抵牤牛山，海马、周三果然下山拦阻。阿桂示以弹弓，周三大惊失色，立派两伙计护送阿桂安抵淮安。

父子相会，告知一切，阿克敦道："什么十三妹，是我故人之女何玉凤也。"

当下阿克敦官事既毕，即亲往邓家庄访邓九公，即请邓介绍见玉凤。恰值何玉凤新遭母丧，欲往西安行刺年羹尧，为父亲报仇雪恨。阿克敦就此与邓九公结为兄弟，定计娶何玉凤与阿桂为妻。阿桂于是双拥两凤为并妻。后来阿桂为钦差大臣，奉旨平大小金川土司，运筹决策，听说都出何玉凤同梦之谋呢。

当阿克敦派遣大媒说亲时光，何玉凤一口回绝，并袒臂出示守宫砂，证明守贞不字的素志，究竟十八个将军，抬不动一个理字，被张金凤璨花妙舌，说得心回意转，实砚雕弓，成了大礼。后来阿克敦官至协办大学士、刑部尚书，阿桂官至协办大学士、户部尚书，封诚谋英勇公，赐宝石顶、四团龙服。张金凤、何玉凤经阿桂据实陈明，乾隆特旨都封为一品夫人，作为熙朝佳话。

燕北闲人就把这一段佳话，演为《儿女英雄传》一书，却把阿桂的"阿"字，谐音改作了"安"字，又把"桂"字拆开，作为"玉格"两字，"圭"本是玉东西，"格"《说文》解作长木，"玉格"两字分明是个"桂"字。阿桂别字云严，云从龙，所以安玉格的表字，又叫龙媒。这一件事是果有其事，果有其人的，并不是鼓儿词虚话。

# 第十一回

## 岳钟琪杯酒结张熙
## 吕四娘月夜刺雍正

话说清朝雍正年间，湖南郴州永兴县地方，有一个经学先生，姓曾名静，欢喜研究公羊春秋，于尊王攘夷之道，最为崇信。

一日，赴州城应试，从书坊中买得一部《吕晚邨时艺》选本，揣归细读，不禁欣喜欲狂，不但所选篇篇是珠玉，吕先生的评语，如论夷夏之防、井田封建之制，都是独具双眼从古书堆里搜出的真知确见，把个曾静佩服得五体投地，当下就与门人张熙商量要他到浙江访求吕晚邨。

这张熙是曾静的得意门人。奉了师命绝不推辞，即日登程赴浙江访道，访到那里，不意吕晚邨已经作古，只晚邨两个儿子吕葆中、吕毅中在家里。吕葆中病着不曾出见，吕毅中见张熙大远的诚心来了，接待得十分殷勤，并取出晚邨所著的诗文刊本，叫张熙拿回去转送与曾静，又替他介绍与严鸿逵、沈在宽相会。严鸿逵是晚邨得意门人，沈在宽又是严鸿逵得意门人，志同道合，无不相见恨晚。

张熙在浙江住了一个多月，才告辞回来，报知曾静，曾静大喜过望，师徒两人批阅晚邨书籍，愈读愈有兴味道，那夷夏的成见，也一日深似一日。偏偏雍正帝所行各政，都是拂民好恶，心下已不胜愤愤。

　　这日又听得一个消息，说雍正把废太子妃嫔尽收入宫，勃然道："这是禽兽夷狄，我可再不能够耐他了。"

　　遂与张熙商议起事，言："川陕总督岳钟琪是大宋武穆王岳飞二十一世孙，手掌兵权，统属文武。现在雍正很猜忌他，他也很畏惧，去年雍正为岳钟琪权柄太重，迭降谕旨，要削夺他的兵权，杀戮他的性命，岳钟琪唬得不敢进京。雍正想起岳钟琪是大学士朱轼保举的人，遂派朱轼到陕西召他，岳钟琪只得跟随进京，陛见之下，向雍正道：'皇上用人莫疑，疑人不用。'雍正见他亲身来了，疑已稍释，遂道：'朕因念你，才召你呢。你在那里办事很好，朕心上很喜欢。你耽搁几天，仍旧回陕西去吧。'岳钟琪道：'总要有人保臣，臣才敢去。'雍正问朱轼，朱轼不敢保，又问六部九卿，六部九卿都不敢保，雍正道：'他们不肯保，我来保你，尽管去。'岳钟琪乃谢恩出京，哪知才一出京，就有大臣参他，说：'岳钟琪与朱轼，阴结党援，奸谋叵测，皇上屡次钦召，岳钟琪屡次逆命，其目无君上可知，朱轼一去就翩然就道，两人结为心腹又可知，今日回任陕西，朱轼是原保之人，理应保他，而乃故意推脱，这明是朱轼脱身之法，他晓得岳钟琪将来必有变志。'雍正立派吴荆山飞马往追，务把岳钟琪追回，吴荆山追着岳钟琪，钟琪不肯回京，吴荆山就在路上自刎而死。岳钟琪到了任，就拜发一折，说上雍正许多不是。现在我就趁他君臣猜忌当儿，写一封信，把大义的话，向他讲说明白，可惜没个有胆的人到西安投这一封信。"

张熙道:"门生情愿走一遭。"

曾静道:"这一封信,关系着圣道的隆替,华夷的剖别,总要当面交与岳钟琪,再者我们并无利禄之见,只去献议,不必告诉他里居姓氏。"

张熙应诺,当下曾静写好书信,付与张熙。张熙收拾行李,即日起行,奔向陕西大道,不到一日,早来到西安省城。

在马坊门投了一家客店,问明总督衙门在北院,径往投递。恰值辕期,司道州县镇副各文武簇簇的轿马,挤满了辕门内外。张熙全都不管,高视阔步,昂然直闯入去。

兵弁拦住问话,张熙道:"我有机密大事,面禀制军。"

兵弁索取名帖入内,一时传令进见。张熙跟着到一间陈设极精雅的所在,一个五十左右年纪的官儿,相貌堂堂,威风凛凛,坐在那里,七八个当差的雁翅般分伺在左右,知道就是岳钟琪了。打拱进见,口称:"晚生张熙谨谒。"

岳钟琪道:"方才巡捕官说你见我有机密大事,不知是什么事情?"

张熙道:"晚生从湖南到此数月披星,走了千余里的路,无非为的天经地义古圣先贤的道理。"说着,呈上书信。

岳钟琪拆开一瞧,唬得面如土色,喝令:"拿下!"左右立把张熙拿下,岳钟琪请了抚院藩臬,会同审问。

这个法堂,森严厉害,从来不曾见过。向外四个座位,中间是督抚两院,左右是藩臬两司,两旁戈什哈执仗军官,排列得刀斩斧截,阶下列着各项刑具。

岳钟琪传令带上犯人,一时带到,一个军官上堂报唱:"谋反逆犯张熙带进。"那两旁军弁差役齐声呼喝，这一般声势，真是唬得煞人。瞧张熙时，从容不迫，依然没事人一般。

岳钟琪喝道："本朝深仁厚泽，八十多年，何曾亏负于你，你这逆贼，胆敢到本爵帅跟前，献上逆书，劝本爵帅谋逆，现在问你逆党共有几人，姓什么叫什么，巢穴在哪里，到此献书，究竟奉谁的使命，快快讲来。"

张熙道："公言差矣，满夷入关，到处杀人，到处掳掠，仁在哪里？这几年来抽粮抽饷，差一点儿半点儿，就要革职拿办，也不管官职大小，也不问情罪重轻，泽在哪里？血滴子到处横行，小百姓夜难安梦，还说不曾亏负我。公是大宋忠良武穆王后裔，令祖为夷而死，我公倒帮着夷人死心塌地，替他办事，背祖事仇，很为我公不取。再者出了死力帮夷人，夷人见你情也罢了，我知道非但不见情，倒还要算计你呢。何不幡然变计，自己做一番事业？上观天象，下察人心，这件事成功倒有八九分。"

岳钟琪喝道："该死的逆贼，谁愿听你那种逆话，只快把同党几人，巢穴何处，此番到本爵帅这里，奉谁的差遣，供上就是，别的话不用讲。"

张熙听了，只是冷笑，并不答话。

岳钟琪喝令："用刑。"

军弁番役答应一声，随把夹棍砰地掷于面前，一个军弁道："快供了吧，爵帅要用刑了。"

张熙冷笑道："你们爵帅至多能够治死人家，我是不怕死的，恁他剑树刀山，拿我怎样呢？"

岳钟琪拍案喝："快夹。"

早上走四五个军弁，鹞鹰抓小鸡似的，把张熙提起离地二尺来高，套在夹棍只一收，痛入骨髓，其苦无比。

岳钟琪喝问招不招，张熙咬紧牙关，一言不发。岳钟琪道："不招再收。"

张熙熬痛不住，哎了一声，晕厥过去，军弁番役忙把冷水喷醒，岳钟琪道："谁派你来，可招供了，免得受苦。"

张熙道："我张敬卿只知道舍生取义，不晓得卖友求生，你要夹尽夹，我拼着一死就完了。"

岳钟琪见他如此，料难势逼，遂命退堂。这夜，想出了一条密计。于是换上了一副脸，把张熙请到里头，延为上客，满口称誉好汉子。

张熙见他忽地改腔，心下很是纳罕，遂问："制军何其前倨后恭？"

岳钟琪道："我与先生素昧平生，今日忽蒙下降，叫人如何不疑，开罪之处，尚祈原宥。"

遂命摆酒与张熙压惊，席间虚衷询问，辞气之间，万分谦抑，张熙心终不释，岳钟琪因言："我也久有此心，只不敢造次发难，一为兵马缺少，二为没辅助之人。现在瞧了这一封书，这写信的人我虽没有会过面，却信得他是个非常人物，经天纬地的大才，能够聘他来做一个辅助，我的事就成功了。"又说，"家里人也藏着一部《温山集》，所发的议论与这写信的人，无不相合。"

张熙嘴里随便答应着，心里终不相信。岳钟琪又请了伤科大夫，替张熙医治刑伤。这夜，亲自陪他宿在书房里，屏去从人，细谈衷曲，披肝露胆，誓日指天，说不尽的诚挚。

张熙究是个念书人，人情的鬼蜮，世路的崎岖，何曾知道，见岳钟琪这么对天设誓，泣下沾襟，只道："果是真心。"不觉把曾静里居姓氏倾吐了个尽。

岳钟琪探出了案情，顿时翻脸，把张熙发交首县看管，一面飞章告入，一面移文湖南巡抚，拿捕曾静。雍正帝见了本章，立刻下旨派了两位钦差大臣，到湖南审问此案。

两位钦差到了湖南，湖南巡抚已把曾静拿获多时，问了几堂，问出为购读吕晚邨所选文章，因而起意，并与严鸿逵、沈在宽交结等事。两钦差便把审得情形，拜折奏京，雍正帝一面下旨叫把曾静、张熙提解来京，一面下旨浙江总督李卫，叫他查看吕留良、严鸿奎、沈在宽三家的家藏书籍，并命将所获书籍，并案内人犯，一并拿解赴部。李卫奉到谕旨，便亲自带兵下乡，把吕晚邨先生的住宅，团团围住，亲自带弁查抄。

这吕晚邨，名叫吕留良，已经去世，晚邨的长子吕葆中，正卧病在床，病势本极沉重，经不起遭此一唬，就唬得一命呜呼。李卫在吕晚邨书房里，查出好多部书籍，是《晚邨日记》《晚邨文集》《晚邨诗集》《晚邨杂抄》等，都是吕先生遗著。揭开细阅，见上面不少叛逆的话，遂命："把吕氏男女人口看守起来，俟本部堂拜折请旨。"军弁应诺，立刻将吕宅前后门牢牢守住。李卫又去查抄严鸿奎、沈在宽两家书籍。

哪里知道次日查点人名，就少了两个女子，一个是晚邨的夫人吕老太，一个是晚邨的小姐吕四娘。这吕四娘原来是个女侠，曾经遇过一个老尼广慈，被广慈师携入山中，悉心教练，练成个身剑合一，来去自如，有着这般本领，遭着这般变故，她肯安安静静听候官府办理么？她就半夜里背着她母亲从家中逃出，在吕家奉令看守的军弁人等，但觉眼前一道白光，迅疾自内而出，一眨眼间就没有了。大家还不在意，哪里知道次日就少了两个人。

李卫见逃去要犯眷口，关系着自己前程，不敢奏闻。此时雍正帝已经降旨："吕留良之罪，尚在曾静之上，将留良及其现在子孙嫡亲弟兄子侄，照何定例治罪之处，着九卿翰詹科道会议，各省督抚提督两司秉公各抒己意评复，定议具奏，听候处置。"

文武百官，自然仰承圣旨，没一个人敢奏请经办的。雍正帝于是下旨，命把已死的吕留良、严鸿奎及吕留良之子吕葆中皆锉尸枭示，所有子孙及嫡亲兄弟子侄，俱发极边烟瘴地充军，妇女发与穷披甲为奴，在生的沈在宽凌迟处死，又罚停浙江乡会试，又下了几道很长的上谕，中有"逆贼等以夷狄比于禽兽，未知上天厌弃内地无有德者，方眷命我外夷为内地主，若据逆贼等论，是中国之人皆禽兽之不若矣，又何暇内中国而外夷狄也"等语，又把曾张两人的口供与皇皇圣谕，汇成了一厚册，名叫《大义觉迷录》，刊行天下，颁发学宫，既正两观之诛，又秉春秋之笔，办得何等严万，哪里知道吕四娘远走高飞，奉了老母，早逃入了飞龙岭，韬光匿影，等待时机。

到雍正十三年，八月二十三日这一天，雍正帝驻跸在圆明园，勇健军统领史贻直，带了勇健军兵士，全身披挂，弓上弦，剑出鞘，在各座园门口不住地逡巡，里面更有侍卫更番防护，守卫得异常严密。

这夜二更时光，雍正帝为了一件什么事，与军机大臣鄂尔泰谈了大半天，觉着身子乏了，遂叫鄂尔泰退去，自己也想歇歇。不意鄂尔泰方才退去，就听得园中防卫的勇健军，齐声怪叫起来，都喊道："白光白光。"才待差人去瞧，只见一缕白光，电一般地从窗棂中直穿过来，奔激飞绕，雍正帝头颈里才转得一转，脑袋儿早已堕了下来。旁身两个小太监，一见这个样子，唬得魂飞天外，魄散九霄，要喊时结住了舌，要走时钉住了脚，挣了半天，才挣出一句："不好了，你们快来。"

值宿的侍卫听得里面急喊，赶紧来一瞧，也都唬魂不附体。一个侍卫有主意，飞步去报知鄂尔泰。此时鄂尔泰在圆明园值宿，已经就寝，惊得跌下地来，不及披衣，跟了侍卫就走，跑进寝宫，见了那凄惨情形，不禁抚尸大哭，哭了一会子，收泪道："国不可一日无君，现在变出非常，遗诏都不曾有。"

急取纸笔，就在寝宫中草了一道遗诏，用过了宝，一迭连声叫备马，捧了诏，就要起行。小太监道："鄂中堂，你还穿着短衣呢。"

一句话提醒了，鄂尔泰急叫人取了袍套来穿了，外面回称夜流了马没处找，只找得一头运煤的驴子，鄂尔泰道："事极急迫，就驴子也好。"

当下捧着遗诏，哭着上驴。黑夜里飞奔进城，心慌意急，东冲西撞，当时全未觉得，喊开京城，拥皇四子入禁城即皇帝位。鄂尔泰就此宿在宫中，保护新主。因为事出非常，防有他变，连着七日七夜没有回家。太监人等见鄂尔泰左脚裤子上一大块红湿，走进细瞧髀血淙淙，还在下来，喊道："鄂中堂，你腿上血出，脱了肉呢，痛么?"鄂尔泰揭起，自瞧，才知仓促间被驴子所撞伤。

看官你道这白光是什么东西，是剑光，是侠客，侠客是谁，是吕四娘。四娘自雍正七年四月遭了这灭门惨祸，埋首山林，操练剑术，先后亘七年之久，直到此刻，才雪深仇积恨。后人有人诗道："重重寒气逼楼台，深锁宫门唤不开。宝剑革囊红线女，禁城一啸御风来。"

## 第十二回

## 甘凤池投师习剑
## 陈美娘卖艺招亲

话说江南甘姓是三国时东吴大将甘宁之后，原是将门将种，到清朝雍乾年间，却出了一个非常豪杰，姓甘，名叫凤池，大江南北，泰山东西，提到甘凤池三个字，是无人不知，没个不晓得的。

这位豪杰，虽然名震江南，誉满蓟北，他的出身却在海外一个岛上。顺治入关之后，中原疆土渐次归隶大清，只有延平王郑成功、兵部治书张煌言，死不投清，在东南海角，起兵恢复，保一隅的中国冠裳，留万古的君臣大义。凤池的祖爷爷，名叫甘辉的，在赐姓延平王部下，做到中军提督，爵封崇明伯，跟随延平王北征，三入长江，死于金陵之役。凤池的老子甘英，在嗣王郑经部下，当一个中军守备。此时海内尽归一统，只海外台湾岛一块弹丸之地，还守着大明正朔。甘英的夫人谢氏于康熙二十一年七月就在台湾岛上，生下凤池来。谢夫人的哥哥谢品山做着延平王府典礼官，听得生了个外甥，不胜之喜，走来一瞧，见这孩子啼声洪亮，许为英物，就替他题了个名儿叫作甘凤池。

不意次年，清兵入台湾，甘英跟随刘国轩出屯牛心湾，清兵前锋将蓝理、曾诚、吴启爵、张胜、许英、阮钦为、赵邦试等七艘战船，抢进台湾。甘英驾舟，突浪而前，纵火焚烧敌船，风发潮涌，清前锋七船，簸荡漂散，清军主将水师提督施琅，亲督大艅，冲围赴援，甘英与刘国轩分为两翼夹击。甘英一箭射中施琅右目，无奈施琅是个劲敌，分兵作三路，拼命杀来，不列大阵，用五艘攻一艘的新战斗法。甘英随着刘国轩猛发火箭喷筒，毒焰涨天，清兵至死不退。甘英力战身亡，大小战舰三百余艘都被焚毁，刘国轩由吼门逸去，清兵乘胜入台湾，到处淫掠。

甘国公父子都殉了国难，所存一门细弱，何堪御侮，清兵逼近邻右，谢夫人就把凤池交给奶妈子，叫她逃向谢品山家去，嘱咐道："甘氏两世唯此而已。"奶妈才抱凤池出后门，前门清兵早进来了，见人杀人，见物掠物，谢夫人怕受辱，投井而死。甘辉两个姨太太也都悬梁自尽，众婢仆杀的杀，掳的掳，逃的逃，偌大一座国公府，沉沉甲第，霎时间风流云散。

甘英的妹子甘苕华，才只十五岁，为一卒所得，强欲侮辱，甘小姐抵死不从，正在撑拒，一个少年将军乘马而入，喝退小卒，救出苕华，并为殡殓阖门尸体。甘苕华一因感激恩德，二因无家可归，遂委身少年，成为夫妇。

这少年姓秦，名叫德辉，原是谢品山家奴，为犯了奸淫的事，谢品山要把他处死，太夫人不忍，暗地里纵他逃去。秦德辉航海到中国，投奔在施琅提督麾下，此番随征到此，因素艳甘苕华姿色，遣兵一队，先来掳掠，自己却就乘间施德，果然哄骗到手。苕华是个不出阁的闺女，谢氏家奴况已逃走多年，叫她如何认识？

彼时延平嗣王郑克塽捧印投降，都做了清国俘囚，谢品山抚着甘凤池，一叶扁舟，浮家泛宅，归隐去了。后来见镇江城外谢村，境地清幽，就此觅地卜宅，做了个江南寓公。甘凤池家的人亡家破惨祸奇冤，凤池自己却未知晓。

到十岁这一年，遇着一个画鹰的异人，那人姓路名民瞻，画了鹰就题"英雄得路"四个字，那路民瞻见了甘凤池，仔细打量一番，见他骨相非凡，心地纯厚，不禁大大地赏识，发愿收他为徒。于是把凤池引出谢村，领到山深林密之所，一心教练，面壁二载，练剑三年，堪堪造成个剑侠，才准他入世行道。凤池拜别师父时，师父嘱咐他路过金陵，须小作勾留，当有所遇，凤池信疑参半。

这日，行到南京地方，果然遇见一个卖解老翁陈四并陈四的女孩子陈美娘，父女两个在那里卖艺招亲。这位陈美娘，年才十六岁，生有隐娘、红线之能，西子南威之色，奉了父命，在中正街趴蜡庙中卖艺招亲，谁要胜了，就配给谁为妻。已经卖过两日，未逢对手，今日是第三日，满城中茶坊酒肆都是纠纠桓桓之士，一半是好胜，一半是好奇，还有几个是真心要老婆的。

甘凤池到处都听得人夸说这位姑娘怎么标致，怎么漂亮，手脚怎么活泼，怎么灵捷，说胜了她取得这么一个老婆，真不枉人生一世。凤池随步走入一家酒楼，沽了两角酒，喝着消遣，只见邻座两人在那里喝酒讲话。

一个道："卖解的父女两个可真有点本领，只要瞧那场中那两个铜瓮，瞧去不很大，不是有水牛般力的人，休想移动他分毫，他父女两个却移东移西，轻便非凡。因此有入场较艺的人，他们必先叫他搬移这两个铜瓮，一百个人里难有一两个移得动，移得动铜瓮，才准他交手较艺，这两个铜瓮差不多是武场中报名挂号。"

那一个道："我初意也要显显手段，后来见师父、师兄许多人与头头来了，连铜瓮都移不动，白出丑，所以死了这一个心。"

凤池心想："既是这么传说的，这卖解的父女本领想必不错，我倒不妨去瞧瞧。"会过钞，出了酒店，就向中正街趴蜡庙而来。

一时走到，进了庙门，早见人山人海，彩声如雷，排众直入，只见一个和尚，正在那里搬移铜瓮，心想："敢是和尚也想成家不成。"心里这么想那一副眼光早注意到陈美娘身上。

只见她头上罩一方大青绸包头，从脑后兜向前来，扎成个蝴蝶扣儿，身穿青绉绸箭袖，小袄系着重穗子青绸汗巾，下穿青绸甩裆中衣，脚蹬青牛皮平底小靴，铜包头铁包跟，那模样儿更是艳丽俏俊，秋水为神玉为骨，芙蓉如面柳如眉。只见她一言不发，站在那里，那双凤目不转睛地注着那和尚。

凤池回眸瞧那和尚时，只见他手举两个铜瓮，运动如飞，只见陈四站出身来，向和尚拱手道："大师父，你的本领我已经知道，咱们结一个朋友，再不必较量了。"

那和尚笑道："四老爷，咱们江湖上可以不讲信义的么？你既然说过比武招亲，我既然上来了，自然比赛比赛。"

陈四道："且住，你要比赛，安着什么心？"

和尚道："自然安着好心肠，终不然倒安着坏心肠，比赛输了不必说，倘然天可怜见，赢了你千金小姐，自然做你的袒腹东床。"

陈四怒道："你说的些什么？"

和尚道："目下大清世界，喇叭僧原可以有老婆的，你不过

103

要招一个女婿，管什么僧呀俗呀。"

陈四怒道："秃驴安敢无礼！"就伸手奔了过来。

哪知和尚早预备了，笑道："陈四老爷，说一句不怕你恼的话，我此番上来，原要与我新夫人见一个高下，现在新夫人没有来，你老丈人倒先找上我来了，纵然胜了你，又不能拿你当老婆。"

陈四大怒，当下各自站了地步，丢了个门户，开手较量起来。打到八九个围合，陈四一时兴起，放出看家本领，喤的一脚踢在和尚左肋上，回身一个旋风脚，和尚左肩胛上又中了一脚，站脚不住，咕咚跌下一个狗吃屎，那和尚羞惭满面，爬起身向陈四拱手道："后会有期，咱们再见。"跳出场子向人丛里一挤，早影踪儿都没有了。瞧热闹的人，早轰雷般喝了个彩。

凤池到此，一撩衣，唰，纵身入场，抱拳拱手道："小子甘凤池，方才瞧见老丈拳脚灵捷、活泼、巧妙、神化，十分钦佩，不觉一时技痒，小子自揣身份，万不敢与老丈较长论断，倘蒙宥我不恭，就女公子手里赐教一二，小子受赐多矣。至于先运铜瓮，自当遵例举行。"

说毕，捋起衣袖趱过去，提起两个铜瓮，玩球似的玩。场上场下一片彩声，早轰雷似的哄起来。

陈美娘瞧见甘凤池剑眉星眼，猿臂狼腰，宛似一株临风玉树，先有几分合意，也不等老子命令，走出场，笑向陈四道："爹，孩儿就与这位较量几手吧。"

甘凤池大喜，卸去长衣，各立了门户，就比较起手来，棋逢敌手，将遇良才，斗有半个时辰，把场上场下的人都看呆了。美娘一时性起，飞起左脚，啪地踢去，那靴尖儿险些儿够着凤池眼珠子，凤池忙用口儿衔住靴尖，美娘一笑，跌倒在地。

陈四忙过来扶起，凤池作揖道："小子一时鲁莽，尚恳老丈恕罪。"

陈四道："小女输了。"

甘凤池道："此乃女公子自己跌下，不干拳技之事。"

当下陈四收了场，留凤池到寓中细问家世，知道是甘国公后裔，大喜道："怪道有这等本领，这等人才，原来是忠良之后。"又向凤池道："我有言在先，谁胜了小女，就招谁为婿，现在你就是我女婿了。"甘凤池听说，便恭恭敬敬叩见岳丈。

陈四不亢不卑，答了半礼，便道："结了骨肉，便是一家人了。贤婿，我有句肺腑的话跟你讲，我有志遨游天下名山大川，就为这个赔钱货累人举动不得自由，现在她有了着落，我也可以脱然无累了。你现在十五岁，咱们美娘长你一岁，论到男婚女嫁，却也不算过早，今年凉秋风起，我就要瞻嵩岳，渡黄河，越秦岭，叩函关，西游陇上，一览周秦汉唐遗迹，然后由陇入蜀，遍历剑阁栈道诸险，浮长江而下，东至浙江，登会稽探禹穴，一穷天台雁荡之胜。我这游兴，万万不可为你所误。今日已经不及，明日恰好天德不将，上好吉日就寓中结了婚，愧我浪游半生，无多奁赠，就只两个铜瓮，作为小女的妆奁。"

甘凤池道："岳父尊命，自当敬从，只是我甘凤池身负奇冤，家遭惨祸，孑然一身，倘没有舅舅收留，姓甘的早没有种子了，舅恩如父，儿舅如娘，这婚娶大事，如何好不禀明舅父？再者我自十一岁上与师父相遇，学艺五年，这五年中音问不通，没一时没一刻不想到舅舅，只因遵着师父教训，不敢私自回家。现在舅家离此咫尺，哪有背着舅舅先娶老婆之理？"

陈四询问遭的是何等冤祸，甘凤池道："遭难时光，小婿才及周岁，经奶妈子抱出，逃至舅舅家，内中情节须得问舅舅才明白。"

陈四道："回家禀舅原是孝义的勾当，只是我们闯走江湖，却是行云流水似的，今儿在这里，明儿在那里，浪迹萍踪，再没个定所，要找也没处找，我看不如现在结了亲，新夫妇两个双双见舅舅，我想令母舅也断不会不喜欢的。就是报仇雪恨，咱们美娘也好助你一臂之力。"

凤池见说有理，也就应允，次日，甘凤池、陈美娘合卺礼成，老英雄陈四就忽忽地跨着马去了。这里甘凤池、陈美娘就携带了两个铜瓮，从水路回镇江来。

这日先抵镇江，到离城五里之谢村，泊了船，久客乍归，听到两岸乡音，心中倍觉欣喜。

凤池向美娘道："我先上去见舅舅，你且等一会子。"

随离船上岸，只见舅舅谢品山策杖而来，态度虽然如故，面貌却苍老了许多。甘凤池抢步上前，叫声舅舅，行下礼去。

谢品山出其不意，猛吃一惊，急问："台驾是谁，敢是错认了人么？"

甘凤池道："舅舅不认识我了？外甥甘凤池，乳名玉儿的便是。"

谢品山怔了半天，说道："玉儿，你我又在梦里不成？"

甘凤池道："玉儿真个回来了，舅舅。"

谢品山瞧了瞧天，瞧了瞧凤池，又把自己腿上的肉拧了一把，觉着有些痛，知道这一回不是梦了，方才大喜，携住凤池的手，说道："咱们回家去讲吧，你这孩子几乎不把舅舅想疯了呢。

这几年你在哪里？怎么音信全无？"

凤池道："舅舅，外甥还要告一个罪，外甥此刻同了外甥媳妇回来，没有禀明，先自娶妻，实属罪无可逭。"

谢品山喜道："外甥已成了家了，外甥媳妇在哪里？我见见。"

甘凤池道："现在船中。"

当下谢品山携了凤池到家，就派两名仆妇接了陈美娘上来，见过了礼，摇船人搬运行李，凤池亲自搬运铜瓮。

这夜，品山设筵宴请美娘、凤池，凤池就把这五年中如何师从、如何练剑、如何辞师下山、如何比武招亲，倾筐倒箧，说了个尽净。

谢品山道："我的儿，你有这么一日，做舅舅的听了也欢喜，你知道么，你原来是将门将种，并且身负奇冤，现在这里不但箕裘克绍，大仇也可以报复了。"

甘凤池道："舅舅，我正要请教，到底我这一身子，负什么奇冤大耻，师父也曾提起过，只是不肯细说。"

谢品山道："我的儿，自从你会吃饭时，这个仇就结下了。"遂把秦德辉掳去甘苕华、杀死甘姓一门之事，说了一遍。

甘凤池听了便怒发冲冠，立刻就要去报仇，谢品山道："报仇雪耻，也不在意这一时半刻，十多年都过去了。"

甘凤池道："没有知道呢，十多年就是一时半刻，易过得很；已经知道了，一时半刻就是十多年，何能容忍？"

谢品山叹道："难得你这么有志气，令祖甘国公为不死矣。但是这个仇，怕你一时半刻不易报复呢，此奴很蒙新朝恩眷，由游击升为副将，现在方署登州镇总兵呢。"

甘凤池喜道："蒙舅舅指示，感激得很，外甥明日就动身登州去。"

谢品山道："你出去了五年，才回来住得一宵，又要报仇。报仇原是大事，我也不好阻止你，只是舅舅有了年纪，已经是风中残烛，总算抚养了你一场，这一世里，不知能会多少回的面。既然回来了，又何妨住个三五天。"

甘凤池只得又住了几天。夫妻两口子，商议定当，同伴上山东报仇雪恨。

这日，凤池、美娘搭趁海船，扬帆行海，偏偏风头不顺，走了七八天，才抵登州码头。上岸进城，下了客店，问明镇台衙门所在，急忙忙赶去，想先探视一回，以便晚间动手。

不意行到那里，只见左右两角门开着，镇标兵弁乱哄哄地出入，好似衙门内出了什么大事似的。凤池心下诧怪，打听旁人，都说不知道，后来问到一个标兵，那标兵道："咱们大人出了事了。"

甘凤池道："是不是镇台大人出了缺么？"

那标兵道："是的。"

甘凤池失声道："哎哟，我白来了一回了。"随问："镇台几时没的？"

那标兵道："才咽气的，昨儿还下校场看操的。"

甘凤池问："什么病？"

标兵回："是被刺身亡的。"

凤池惊问："谁刺死他的？"

标兵道："谁是刺客，此刻还不很明白，光景就是镇台夫人呢。"

凤池听了，又吃了一惊，忙问："镇台夫人为甚行刺镇台？"

那标兵回说："不知道。"

甘凤池怔了半天，回到下处，告知美娘，美娘也很奇诧。

一会子，外面哗称："镇台夫人自刎身死，书有冤单一纸。"

凤池出外打听，才知秦德辉并无子嗣，娶了三五个妾，都没有生育，只甘苔华生有一女，闺名叫肖华，姿容绝世，聪慧过人，德辉夫妇爱如珍宝，请了个先生，同儿子一般教养。这先生姓陈，表字子刚，是扬州一个老学宿儒，带了个儿子律和来馆附读。肖华与律和，亲热不异兄妹，初则两小无猜，渐至未免有情。

到去年秋季里，肖华忽然害起相思病来，德辉知道了，就挽人作媒，订了婚约，把肖华配与律和，师生变为翁媳，同学变为夫妇，就不便在一处念书了。于是子刚辞了馆，带子回家，约定于今年今月来衙招赘。

一到肖华嫁期临近，甘夫人自然忙着整理女公子妆奁，不意无意之中开到镇台体己箱子，就瞧见了几件甘家的传家至宝，查问起来，镇台酒后忘情，失口道："那是台湾一家世家，被我杀掉了，抄掠来的。"

甘夫人再三根究，镇台忽然醒悟，乘着酒意大喝道："你来了吾家十五年，肖华已经十四岁了，还怕你变心么？"

甘夫人才知秦德辉是甘家的仇人，当下满面笑容，不作他语，殷勤劝酒，把秦德辉灌了个稀泥烂醉，切齿咬牙，一刀刺死，怕自己当官受辱，写好冤单，也就刎颈而亡。

这一件事，要是凤池来得早一步，就不会碰着。当下，凤池、美娘见大仇已复，也就起程回南。

不过一年光景，谢品山得病身亡，凤池恸哭极哀，如丧考妣，丧事过后，美娘因寄人篱下，终不方便，夫妇两人就辞了舅母、表兄，在松江西门外高家巷，购下一所宅子，就此住在松江。

　　到乾隆帝登极之后，闻得甘凤池大名，请召进京，在保和殿上献出种种绝技，辫钩八王爷，蹭身牡丹叶，重时重若泰山，轻时轻若鸿毛，把个乾隆爷喜得什么相似。向左右道："这个甘南蛮，真可算得是拳仙。"当下要封他官职，甘凤池力辞不就。补被出都，翩然南下。这一件事，问及松江父老，还都知道的呢。

# 第十三回

## 韩宝英深心报知已
## 石达开易服遁空门

　　话说清朝咸同年间，洪秀全起兵金田，蹂躏半天下，沦陷六百城，蓄发汉装，号称太平天国。清将瞧见洪家军旗号，都吓得魂不附体。洪军除天王洪秀全之外，更有东西南北四王并翼王石达开，内中要算翼王军纪最严，兵锋所至，绝无骚掠情事，可算得节制之师。这时光，烽火连天，湘桂一带都成了战场，除官军、洪军之外，更有无数土匪乘间窃发，当地人民流离迁徙，备遭荼毒，苦不胜言。

　　且说彼时贵阳地方，有一个女神童，姓韩名叫宝英，他老子是个贡生，生有三子，到结末才生这女神童。貌既秀美，性又聪慧，因此贡生夫妇爱如珍宝。三岁时光，她老子抱在膝上教给她唐人诗句，已经朗朗上口，七岁已经解吟咏。

　　到洪家军起，女神童已经十四岁了，跟着父母哥哥逃难，仓皇奔窜，偏偏撞着了土匪，一家子都断送了残生性命。女神童躲在草堆里，也被土匪搜着，逼她跟着走。

　　韩宝英哭喊救命，土匪笑道："娃娃，你喊破喉咙也没用，

111

谁来救你？"

一语未了，军号起处，一彪人马，风驰电掣而来，绣旗招展，写着翼王石达开字样，那几个土匪瞧见翼王兵到，丢下宝英，四散奔逃去了。来的正是翼王大军前哨，一个首扎黄巾，身穿红袍的大将，一马驰到，瞧见宝英，喝问："你那女子为甚啼哭？"

韩宝英稽首马前，慷慨陈词，声泪俱下，正在诉说，一员红巾骑将飞马传令，口称："翼王有令，不准沿途掳掠。"

那黄巾将军应声道："不敢掳掠。"

来将指宝英道："此女何来？"

那将回："是难女。"

红巾将如飞而去，霎时一将手持大令，骤马而来，说翼王有令，传这难女回话。那黄巾将就叫牵一匹马，叫韩宝英坐了，同来将去见翼王。

一时行到中军帐，只见营外刀枪旌旗，密布如林，黄巾各将，依次排立，站成一条甬道。翼王高坐帐中，首扎黄巾，身披绣袍，一张银盆脸，几撇黑髭须，剑眉星眼，鼻直口方，两目精光奕奕，顾盼之间，都流露出英风锐气来。

宝英跪倒叩拜，翼王问她姓名年岁，"是不是我部下掳你来的？"

宝英先回明了姓名年岁，然后陈述家难，并言："土匪根株，求为剿除，以安乡里。"

翼王见她娇小可怜，不禁大为感动，立命一黄巾大将，率步兵一千，搜剿土匪。洪家军究竟厉害，只半日工夫。大将回营缴令，土匪全都拿获。翼王传宝英进营，叫她自己厮认谁是你杀父仇人。宝英遵命辨认，当时指出了七个人。翼王传令斩掉，立时斩讫。又令备办棺材，把韩宝英的父母哥哥都殡殓了，派三百名军士担土助葬，只半日工夫，早成了个大冢，又赐给宝英二千两银子，叫她好好过活。

宝英感激异常，跪伏在地，情愿委身做妾婢，服侍翼王一辈子。翼王道："这如何使得，本王申明军法，严禁掠掳，现在自己临阵收妾，如何还能够禁止部下？并且本王年近三十，你通只十四岁，花朵儿似的人，你纵然自愿，本王也很不忍呢。这是本王一片好意，你省得么？"

韩宝英道："王恩天高地厚，我岂有不知，不过小女子孑然一身，无依无靠，王爷虎驾一行，土匪余党势必甘心于我，小女子依然不幸呢。"

翼王道："不料你小小年纪，已有这么的远虑，也罢，我就抚你做义女，留在军中，等过一天替你择一个佳婿是了。"

宝英大喜，立刻改口称父，"父王在上，女儿宝英叩见。"

翼王喜极一时，文武各官、马步各将都入营称贺，并参谒郡主。

原来这翼王石达开是桂平白沙人，家有万贯家财，也曾读书应试，性极和平，喜行仁义。洪家军起事，都仗他的资财，洪天王封他为左军主将、翼王五千岁，加封电师，威望名号，仅居东北两王之亚，当下认宝英做了义女，就留在营中帮办文案。

宝英禀性敏捷，办文牍顷刻立就。翼王爱之如己出，即命她为文牍主任，从此翼王营中但见韩宝英据案中坐，运笔如飞，左右各设一案，两个书生侍坐伺候。宝英手写口授，两书生低头疾写，三牍并成，文不加点。部下文武哪一个不叹服郡主惊才

113

绝艳。

翼王府第在南京大中桥，宝英为了办理军书，常常在营歇宿，不很入居翼王府，所以翼王家人，皆遭韦氏之难，只宝英独免于祸。

一日，有一个上饶监生姓马的来营投效，帐下文武一见了那人，都窃窃私议，说天下地方竟有恁般相像的人，投效人跟翼王就是亲兄弟，也没有如此相像。猛一瞧时，竟辨不出谁是翼王，谁不是翼王。宝英听了，也很奇诧。

忽报翼王来了，宝英抬身，只见翼王笑盈盈进来，向自己道："宝儿，我告诉你奇怪事。今儿来一个姓马的投效人，长得跟为父竟一模一样，停会子，我叫他来见你，就派在你这里办事，你瞧着就知道了。"

宝英道："夫子貌似阳货，项王目亦重瞳，不料女儿竟然及身亲见，欣喜之极。"

一时马监生入谒郡主，宝英仔细打量，果见他躯干面貌，长得跟翼王一般无二。不过眉宇之间，一个显出庸琐懦弱，一个露着锐气英风，倘不细心，断难分辨。

宝英问了他好一会子话，马监生嗫嗫嚅嚅，答语很不流利，考他的学问，小楷之外，别无他长，不过人极诚朴是了。宝英把他留下，只叫他办理眷录的事。

过了一月有余，宝英告知翼王，甘愿嫁给马监生，翼王笑道："这个腐儒，有何才具，你竟这么赏识他起来？我军中文武双全的少年英俊，也颇不乏，为了军书旁午，不暇议及婚嫁，你何不早话，要选一个快婿很不难，何必这厮呢。"

宝英听到此语，眼圈儿一红，几乎滴下泪来，开言道："父王果然疼我，但是孩儿也有孩儿的意思。"

翼王道："你有什么意思？"

宝英道："孩儿的意思，现在未便禀知父王，好在父王他日总会知道。"

翼王听了，也不深究，随下令招赘马监生为郡马。马监生骤遭殊恩，惊喜出于意外，军中文武有替郡主扼腕的，也有艳羡马监生有福的，宝英夫妇却依然安安分分，随营办理文牍。

过了一年多，宝英已生了一个女孩子，马监生爱如珍宝。

此时翼王已经与南京洪秀全脱离关系，别树一帜，踞着江西八府，与清师曾国藩相持了好多年。又率众闯入浙江、福建、江西，以扰湖南，声势震荡。清湖南巡抚骆秉章调了许多宿将，竭力抵御。翼王西回军攻打广西诸郡，绕道湖南北，径窥四川边境，退入滇黔之交，往返一万余里，蹂躏二百余城，避实蹈瑕，使官军震骇失措。

同治二年三月，南京洪家军已遭挫败，翼王接到警报，立由云南犯四川，特命饶将赖裕新，率马步四万为先锋，从宁远冒险深入，一面派人买通四川土司为声援。

郡主韩宝英闻知此事，即入谏道："夷人贪利，性极反复，怕靠不住呢。并且蜀道崎岖，进退不易，钟会邓艾之功，怕难幸致。"

翼王道："这话我也知道，就为穷年用兵，胜败得失，无从定局，闻得蜀、西藏卫，外险而内腴，地广而民懦，倘然夺得，生聚教训，也是张仲坚海外扶余呢。现在并力疾走，过城不攻，不过一个月，泸雅之隘，皆为我有。官兵虽然赶到，有什么用。"

于是不听宝英之谏，发令行。偏偏出军不利，赖先锋吃了大败仗，力战身亡。亏得副先锋也是一员良将，率领余众昼夜兼行，飘然如风雨，阑入陕西，欲引官兵追来，俾南路空虚，翼王大队可以乘虚而入。

翼王却亲率马步三军，渡过金沙江，将北窥大渡河。这大渡河为西南巨堑，翼王倘由越嶲、冕宁大小两路而来，必须走安庆坝及万工汛，缘河二百多里，有渡口十三处。如果西绕土司辖境，都是仄径，可以北越松林小河，从上游泸定桥及化坪林径渡，入薄天全雅州。

这时光四川总督是骆秉章，四川布政使是刘蓉，都是头等干员，探知松林地各土司，都被翼王买通，将要让路。骆秉章于是调总兵唐友耕率兵专防安庆坝至万工汛，调知府蔡步钟率雅州劲勇驰往接应。檄诸军陆续驰扼雅州、荣华坪林，以张声援。檄松林地土千户王应元率所部土兵，驻守松林小河。檄印部土司岭承恩统率夷兵，截断越嶲大陆，逼敌人入土司境，伺敌入了险，即抄其后路，使不得退。并重贿岭承恩王应元夷兵土司，许他所获敌人财物悉数给赏。

布置堪堪完备，翼王大军恰好绕道越嶲、冕宁前进，知道越嶲诸要隘，都有官军扼守，于是率众由小路直趋王应元所辖之紫打地。这紫打地两边悬崖峭壁，中间一线羊肠，隘口险仄，易进难退。三面都阻着水，前是大渡河，左是松林河，右是老鸦旋河。翼王为了土司已经买通，深信不疑，长驱入险。行抵大渡河，下令造船结筏，赶紧北渡。

渡到万余人马，恰恰天暮，翼王道："我平生行军谨慎，现在兵渡未及半数，倘官兵猝至，这是很危险的危道，不如到了明朝，大军整队齐渡吧。"遂令北岸之军，撤还南岸。

116

不意次日黎明，军士入报，大渡河松林河的水，一夜之间陡高数丈，翼王道："山水暴发，也是常有的事，过一二日就平了，不必惊慌。"

哪里知道过了一二日，水势果然稍平，北岸官军营垒却已密密层层，沿岸排列枪炮，红旗一挥，大炮就隔岸打来，打死了两三名军士。翼王道："既然敌人有备，咱们就退兵吧。此间地势过险，防敌人断我归路，传下军令，令后队作前队，前队作后队，马步三军，一齐回头赶路。"

不意行未多路，前锋军早发起喊来，翼王派将询问，回报归路已断，紫打地隘口被土司断下千年古木六大干塞住了，且有夷兵把守。翼王大惊，下令找寻小路，军士得令找寻。找了一整日，都是千仞绝壁，不能攀跻。翼王大为失望，只得率众在大渡河松林河南岸游弋，昼夜伺间冲突，都被官兵土司击退，伤掉了一万多人。一夜岭承恩率领土兵，前来偷营劫寨，由后路抄入，攻夺马鞍山翼王营垒，绝其粮道，夷兵三五为群，时时伏险狙击。有时从山岭推陨木石，压着脑浆迸裂而死，官军又不时渡河袭杀。

翼王进退无路，焦急异常，叫韩宝英起稿，给信与王应元，许他重利，让一条路走。写好之后，就把信扎在箭上，隔河射入王应元营。王应元不睬，再许岭承恩厚利，向他买路，岭承恩攻打益急。翼王向部下道："我起兵以来，十四年矣。跋险阻，济江湖，如履平地，随遭时艰难，亦尝蹇而复奋，转败为功，若有天佑。今不幸受土司之诳，陷入绝地，重烦诸君血战出险，须死中求活，绝处求生，终不然束手受缚，为天下人所笑骂。"说着跪地叩头，遍拜诸将，泣下几行英雄泪来，众将也都泣下。于是克日加造竹筏，誓于死中求生。

四月癸巳这一夜，翼王叫把向导二百人悉数捆缚，斩首祭旗，悉数分扑大渡河、松林河。每数十人乘一筏，每人用挡牌蔽身，都披发衔刃，挺予植立，令旗一挥，众筏同时齐奋。隔岸官兵、土兵，枪炮齐施，焰焰涨天，弹丸如雨，竹筏中了炮，悉随惊湍漂没，浮尸蔽流而下，宛如群鹜浴水。

翼王没法，只得收队困守，彼围匝月，糇粮既罄，初还杀马而食，渐至采掘桑叶草根。后来桑叶草根也都搜掘尽净，官兵、土兵共有三万多众，四面兜击，直入紫打地，尽毁洪军营垒。翼王丧其辎重，率了残兵七八千人，力战两昼夜，杀出重围，逃至老鸦漩，复被夷兵挡住去路。

翼王此时自度万万不能脱身，向韩宝英道："不听汝言，果有今日。"说着掣剑在手，即欲自刎，左右急忙救下。

宝英道："父王使气任侠，孩儿早知道有今日之难。"回顾马监生道："你知道我嫁你的用意么？"

马监生道："倒没有知道。"

宝英道："我之嫁你，就为今日。翼王待到你我，可为天高地厚，难道忍心瞧他老人家同归于尽么？要救他老人家出险，都在你一个儿身上。军中也没有第二个人长得跟他老人家一模一样，你难道还自惜身命么？"

马监生惊道："你敢是要我代翼王死么？"

宝英道："你到今日还要活命，你也没有人心了。"

马监生闻言踌躇，宝英喝道："蠢才，你还恋恋妻子么？"

这时光，宝英手中正抱着二岁多的亲生女孩儿，立向地下一掷，呱呱一声，女孩儿早已脑浆迸裂而死。

马监生大骇，宝英拔剑自刎，临死还咽其将断之声道："快与翼王更换衣服，我死才瞑目。"

　　马监生即从翼王入帐后一会子，军中大呼："石达开愿降。"于是岭承恩即把投降的假翼王送到唐友耕营中，转解成都，骆秉章即专章入告，将假翼王凌迟处死。

　　其实翼王早与心腹将七人走入卬雅山中，欲图再举。后见大势已去，事不可为，乃至青神山，遇着一个九十多岁的老僧，向翼王道："虏运犹未衰也，逆天行事，劳而无功，公前身原是维摩郡主，原是散花天女，都大有来历，不如随老衲披剃，忏悔半生杀孽。"翼王允诺，那七将跟随出家的有五人，只剩两个没有受戒。

# 第十四回

## 胡立人生游鄮都城
## 张汶祥行刺马新贻

话说清朝同治九年五月十三日，向午时光，南京中正街制台衙门，来了一个远客，那客四十左右年纪，胖白脸儿，嘴上乌黑两片髭须，打着一口绝脆的京腔，跟一个巡捕官讲话。

那巡捕官接到客的手本，且不通报，抬头仔细打量，见客头戴线纬凉帽，花翎明蓝顶子，纱箭衣外套，朝珠补服，倒是个三品顶戴。再瞧那手本，写着"受业门人胡立人顿首百拜"一行细字，忙赔着笑问："胡大人是从京里下来？"

胡立人道："是从京中来，要往四川赴任去。"

巡捕官道："原来胡大人荣任四川，不敢动问贵班。"

胡立人道："兄弟是新授成都府知府。"

巡捕官闻言，知道来客是大帅的门人，不敢怠慢，急忙入内通报。制台恰在签押房办公，巡捕官上前回过，制台接手本一瞧，自语道："仁圃来了。"随道："引他这里来吧。"巡捕官应了一声是，飞步出传，霎时就把胡立人引入。

胡立人见了制台，抢步请安，口称"老师"。制台道："瞧邸报，知道你外放了四川，几时出的京？"

胡立人回道："门生还是上月二十六动身的，到了天津又耽搁上几日，此番搭的是洋船，所以快一点子。"

制台又问了问京中景况，遂道："仁圃你是个寒士，当了这许多年翰林，熬到如今，一麾出守，偏又放了四川，蜀帅跟我又是没甚交情的，难为你绕道来瞧我。"遂留他便饭。

制台起身回上房，叫太太取出五十两银子来，太太问："有什么用？"

制台道："今儿来了一个得意门生，新放成都府知府，他是个寒士，难为他大远的诚心绕道赶来瞧我，我想送他些程仪。"

太太道："就送这五十两银子么？"

制台道："是的。"

太太道："你是个堂堂制台，巴巴地拿五十两银子送人，那人还是你的得意门生，生臊不臊呢？"

制台道："该送多少？"

太太道："你门生既是寒士，送他二三百两银子，也不为过，人家是绕道来的呢。"

制台道："你说三百就三百是了。"遂命取银子三百两，叫跟班用盘盛着，跟自己到外面，即席赠予胡立人。

立人惊道："老师何故这么重赏？"

制台笑道："不瞒老弟，我初意原拟奉赠五十两，是你师母说胡某既系寒士，绕道远来，何妨多赠点子，叫我备了这毛诗之数。"

胡立人起立称谢，心中很是感激。饭毕，又闲谈了半天，才告辞而出。

次日搭船长行，溯江而上，走了好多天才抵汉口，换搭江船上水，直到宜昌，改雇了一双大号官舫，扬帆拉纤，径向成都进发，长途水程，立人十分寂寞。才过重庆，未至泸州，忽岸上有人高呼乘船，水手大声呼叱："这是府太爷上任的船，哪里容人搭乘？"岸上的人偏偏哀恳："通融。"

胡立人听得喧闹，不过推窗外望，见那人已有六旬上下年纪，貌极清秀，衣服也颇整洁。遂道："你们问问他，要到哪里去？"

水手问过，回道："那老头儿说是要到成都呢。"

立人道："此间到泸州要三四日，泸州到叙州又要四五日，叙州到成都又要十六七日，路程这么的远，年纪这么的高，叫他如何走得动，咱们船上也不争他一个人，就叫他下船来吧。"

水手见立人允了，自然不说什么，于是停下船，把那人招呼下船，叫他住在头舱中，跟家人一块儿起坐。

立人隔舱听得那人吐谈倒很不俗，自己正苦寂寞，于是就命请他到中舱来，接谈之后，不禁相见恨晚。原来此老渊博异常，经史百家，无一不晓，胡立人在翰林中也很自负的，不意自己瞧过的书说出来，那人竟没一样不对答如流，有时那人回提出一两语，立人竟然瞠目，因此十分钦佩。

那人自言姓秦，表字月波，家住在成都北门外。不过有一桩奇异的事，每当停船寄碇时光，秦月波就告辞上岸，立人留他，他说："宁公祖进许趁搭，受惠已经不浅，途遥日久，两便的好，并且治生奉的是长斋，叨扰倒觉不便。"

立人道："月翁狷介，兄弟也未敢相强，但是寄碇开船，在一块儿免得彼此相候。"

秦月波道："毋庸候得，宁船开行，总要鸣锣的，治晚闻声，赶到也不晚。"

立人见他如此执意，只得罢了，从此停船上岸，开船下来，从泸州到叙州，叙州到成都，都是如此。

这日船抵码头，月波称谢告别，立人道："兄弟到任之后，当即造府拜谒，以后还望常临弊衙赐教。"

月波道："治晚是山野之人，蜗居僻陋，不敢当公祖宁驾。"说着，拱手登岸，翩然而去。

胡立人先到督藩两辕禀到禀见，然后定期接印，接过了印，谒上司，拜乡绅，忙忙碌碌，直到第三日方才想起秦月波还未曾去拜。这日是同治九年七月二十七日，胡立人一早传验轿马伺候，吃过早饭，登轿专诚去拜一个客，登上轿，轿班请示方向，立人只说了北门两个字。

于是鸣锣喝道，霎时间已到北门，轿夫回："北门已到。"

立人吩咐出城去，轿夫听了此话，顿时脸上都惊诧的样子。立人问故，轿夫道："回太爷，此间北门是终年不启的，如何能够出城？"

立人道："为甚终年不启？"

轿夫道："这座城门是阴阳界，城内是阳间成都府，城外是阴界酆都府，所以每一任太爷到任，就加工上一道封皮，太爷请瞧，那不是层层封条着么？"

立人随他所指瞧去，果见城门紧闭，封上无数的封条。遂道："本府饱读诗书，从来不信阴阳的事，给我启封开门。"

轿夫跪地谏阻，立人不依，众衙役又再三谏阻，立人定要开封，于是众人一齐动手，顿时间把城门开了个直。

轿子出城走了一阵，忽见大山挡住去路，两边双峰插天，中间羊肠曲径，轿子循山路而走，就觉阴风惨惨，很是怕人。走尽山径，却是一片平阳，黄沙漫漫，众役人都觉寒冷起来，立人在轿中也不住地打噤。轿夫不肯再走，胡立人没办法只得出轿，带了一个家人，步行向前。

经过一所树林，陡现出偌大一座城池来，巍巍百雉，气概非凡，渡过吊桥，抬头见城门上石额刻有酆都城三个大字，猛吃一惊，不意早有人迎上来道："来的可是成都府太爷胡太爷么？"

胡立人应道："是的。"

那人道："家主恭贺已久。"

胡立人跟随他进城，见市面也很繁盛，一时到一所衙门，轩昂壮丽，宛似王公府第。那人向立人道："请太爷略候一会子，小人进去通报。"

旋见秦月波满面春风迎出来，笑道："公祖宁驾降临，蓬荜生辉矣。"

手挽手地迎进去，立人见秦月波青衣小帽举止很是潇洒。迎入书房坐定，家人送上茶来。月波亲手接来敬上，才待讲话，忽一家人走入，向秦月波附耳低言。月波皱眉道："我陪着客呢，偏这不巧。"

胡立人知道他有事，遂道："月翁有事尽请便。"

月波笑了一笑，起身道："那么我就放肆失陪了。"一拱手，就出去了。

立人见图书满架，随意取一册，瞧时却是手抄秘本，忽闻外面有人呼喝之声，仿佛有堂事似的，不禁置下了书，跟着声音找去。

见左侧大厅上设着公座，摆着案子，公座上高坐的正是秦月波，头戴平天冠，身穿金龙皂袍，两旁牛头马面无常夜叉站立整齐。阶下油镬烧得正沸，烟焰腾天，一小鬼喝报："马新贻解到。"月波喝令推上来，两旁鬼役应声如雷。

就见三五个鬼役推入一辆囚车，车中那囚蓬首垢面，铁索锒铛，认得就是两江总督恩师马新贻马制台，这一惊真是不小，暗忖怪呀，我到任之前绕道江南谒见还好好的，怎么会到这里来呢？

想远未了，鬼役喝报："犯妇马金氏解到。"

随见拥入一辆囚车，车中囚的却是个月貌花容的女子，马新贻见了那女子，叹道："我害了你也。"

随见月波翻阅案卷，拍案喝道："马新贻！"鬼役打开囚车，马新贻提到案前跪倒。月波连连拍案喝问得三五语，就提问马金氏，又令马金氏与新贻对质。立人因隔离得远了，听来不很清晰。一时月波下令，叫把马新贻、马金氏押赴剑树刀山受刑。众鬼役一声呼喝，簇拥着去了。

立人瞧得目骇心惊，找原路回到书房，堪堪坐下，靴声响出，月波已经进来，拱手道："放肆放肆。"

立人道："月翁办的不知是什么要公？"

月波道："就是那马新贻一案。"

立人道："可就是江南制台马公？"

月波道："是的。"

立人道："不知马公犯了什么事？"

月波道："这厮之罪，擢发难数，可恶之极。"

立人道："实不相瞒，马公是我的敝业师，敢想推情减等。"

月波道："此间不比阳世，按律科罪，万难意为轻重，恕我不能从命。"

立人道："即使阴世法律森严，我想师母女流之辈，业师外面干的事，师母未必知道，尚望援'罪人不孥经义'免其连坐。"

月波笑道："宁公祖无非为三百两厚赠罢了。"

立人大惊，即告辞。秦月波殷勤相送，送到大门，立人带了家人出城，回到原处，轿夫执事人等都在那里等候。坐轿回衙，心下十分奇诧，随行文江南询问。

不多几时，回文到来，言江督马公已于七月二十七日在署右箭道被张汶祥刺死，刺客张汶祥当场擒获。朝廷已派漕督张之万、刑部尚书郑墩谨办理此案，胡立人心愈惊骇。

原来河南彰德北门外，有一条漳河，为河南直隶的分界，漳河之阳，有一座铜雀台，是三国时光魏武帝曹操所建造，这地方名叫保漳村，村中有两个豪杰，一个姓彭名叫翔龙，一个姓张名叫汶祥，原是汝阳县人，因跟彭翔龙意气相投，才搬居到此的。两人都是英雄肝胆，豪杰性情，惯打不平，喜管闲事，彰德府一府七县，提起彭翔龙、张汶祥是没一个人不知道的，称为临漳两侠。但是这两个人彭则禀性粗豪，张则为人精细。同治初年，河南捻匪大起，攻城略地，到处骚扰。彭翔龙、张汶祥也团众数千，称雄一隅。

一日，彭翔龙忽投鞭而叹，张汶祥问他，翔龙道："张总愚那么英雄，而今安在？做贼终没有好结局，我想不如早早投诚，凭着这身本领，博一个封妻荫子，才不负大丈夫一生。"

张汶祥道："此话很是，新任武安县知县马新贻，听说是抚院的心腹，咱们投诚无路，不如带了兵马杀到武安城下，马新贻如果出城来打，咱们就借他做路子，投诚官军，岂不是好？"

翔龙大喜，当下尽率马步三千多人，拔寨齐起，摇旗呐喊，杀到武安城下，把城子四面围住。

彭翔龙一马当先，直抵吊桥，高喊："马新贻出城答话。"

这知县马新贻是科甲出身，分发到省未久，因抚院是他乡榜座主，上了个平匪条陈，纸上谈兵，说得十分动听。抚院信以为真，派他署理武安要缺，不意现在兵临城下，指名要他出城打话，唬得个魂不附体。

家人飞报："贼将高声叫喊，老爷不出去，打破四门，立刻把武安城踹为平地。又报阖城绅士求见，求老爷顾念万万生灵，快出去见贼。"

马新贻哪里敢出衙一步，叫三班衙役衙门守住了，休放绅士一个进来。到黄昏时光，外面喊声如潮，报称贼众进城来了。马新贻才待逃走，灯球火把涌进来，火光中一众大汉高喊："马新贻在哪里，谁是马新贻？"马新贻唬得结住了舌，一个字都说不出口。

那大汉正是彭翔龙，带众闯入，有一个小兵认识马新贻，指道："这就是马知县。"

彭翔龙喝道："马知县过来，我有话问你。"

马新贻唬得双膝跪倒，不住地碰头求饶。此时张汶祥也已走到，笑道："彭大哥，你这么粗豪，仔细唬坏了马老爷。"说着，双手扶起马新贻道："马老爷受惊了，恕我们粗鲁。"

马新贻道："二位英雄，我马某性命在二位掌中呢。"

张汶祥道："马老爷放心，我们此来并不怀甚恶意。"

遂把自己志愿说了出来。马新贻喜道："二位果肯弃邪归正，替国家出力，必能得大大的功名。"

张汶祥道："我们的富贵功名，马老爷敢保得定么？"

马新贻道："二位跟我共事，富贵功名都在我身上，倘然不信，可以神前结盟，我们三个人荣则俱荣，辱则具辱，有福同享有难同当，二位总可以信我了。"

张汶祥道："好敢则是好，但是老爷屈尊，怕折了我们小民的草料。"

马新贻道："四海之内皆兄弟也，你我披肝沥胆，无非为的是义气。"

彭翔龙道："既是马老爷好意，恭敬不如从命吧。"

马新贻道："还是彭兄爽利。"

于是三人就在县衙结盟设誓拜作了兄弟，彭翔龙为长，马新贻居次，张汶祥做弟，彭大哥马二哥张三弟叫得非常亲密。

马新贻本来是个干员，满肚子神谋诡计，一朝平添着这么两员心腹虎将，自然使臂使指，得力非出。抚院见他干练，凡遇难平的匪、难办的案，一概交给他办，马新贻仗着彭张两侠，居然旗开得胜，马到成功，屡以殊功专折密保，由县而府，由府而道，陈臬开藩，不数年间，已做到方面大员，彭张两侠也保到参游武职。

偏偏彭翔龙英雄性一仗着年长，二仗着功高，对于马二弟常常摆他大哥的架子，那马新贻已经官高职显，对了这么一个粗鲁的大哥，心下自不免不很舒服，偏偏彭翔龙的夫人金氏，又是个绝色女子，轻盈妖媚，楚楚动人，偏偏马新贻又是个色中饿鬼，见了金氏这么姿容，宛如苍蝇见了血，哪里肯就此丢手。不知被他用了一个什么计，竟然诱入衙中，成了苟且之事。翔龙是个粗

128

人，还没有觉着，张汶祥却早瞧了出来。

一日马新贻唤彭翔龙进衙，给了他一角公文，向他道："奉旨协济浙饷，这押解饷银，是最优的差，我特替大哥留下，解饷回来，就好保升协台了。"

翔龙大喜，捧檄而出，恰遇张汶祥，告知往浙的事，张汶祥道："我劝大哥浙江不去吧，倒不如辞了差，我和你回到临漳去，依旧做我们的小百姓，玩玩铜雀台，倒很快乐呢。"

翔龙不听，汶祥道："大哥不听弟言，我怕你此去只有去的马迹，没有来的车尘了呢。"

翔龙惊问缘故，张汶祥没法，只得把大嫂和二哥有暧昧的话说了出来，并言二哥是深心人，此行怕不怀好意。

翔龙大怒，立刻入藩署责问马新贻，马新贻毫不恼怒，也不分辩，大笑道："大哥也太莽了，你我神前结义，同福同难，人可欺，神可欺么？大哥已贵为参府，兄弟也位至藩司，就是不结义，论你我的位望，你我的身份，也断不会有此事，那必是外面人见我们义气，故意设法离间呢。"

翔龙道："别人说是离间，三弟也会离间么？"

马新贻道："三弟他也上了人家当呢，久后见人心，两位老弟将来自会明白。"

翔龙信以为真，押了饷银，即日出发，向浙江而去。张汶祥直送出十里外洒泪而别，汶祥回到下处，收拾了几两盘川，远走高飞，自去埋踪潜迹。

却说彭翔龙到了浙江大营，缴清饷银，又呈上马藩台书信。浙帅开函，见写着"彭翔龙出身捻匪，心怀反复，不可不防，请留在大营，因诛事之"。浙帅瞧毕，喝令把彭翔龙推出去斩首，一句话也不由分辩，霎时间血淋淋人头呈进。可怜临漳彭侠就此断送残生。

马新贻得报，哭了个死去活来，一面替彭翔龙开丧设吊，极尽手足之谊，向众人道："浙帅杀他是国法，我哭他是尽私情。"

众人无不称马新贻义气。彭夫人金氏，马新贻接在署中，视嫂子般看待。不到一个月，恩旨下来，马新贻升受了浙江巡抚。盟嫂随任，究竟诸多未便，想出一个成全的法子，两姓化作一家人，索性收作了姨太太。到浙江未久，偏偏马夫人因病身亡，马新贻因金氏温柔敦厚，就把她扶了正，升为正室夫人。

偏偏官运亨通，抚浙未满一年，又奉恩旨，升为两江总督。卸任这一天，浙江文武，文自藩臬、粮道、杭府、仁钱两县，武自抚标、中营以下参游各弁，前拥后呼，护送出城。经过街市，爆竹噼噼啪啪，络绎不绝。

才抵城门，忽人丛中一件东西飞一般向马制台大轿而来，马新贻眼快，瞧见一道白光直奔面门，知道是暗器，躲闪已经来不及。急忙一伏身，听得脑后啪当一声怪响，轿后的玻璃窗已经粉碎，轿夫急忙住步，马新贻回头见是一支水磨钢镖，明晃晃堕在座后。忙命戈什哈传谕"捉拿刺客"。仁钱两县顿时忙乱起来，文武各官都来道："受惊了。"忙了一会子，刺客影迹全无。

马新贻自从这一天遇了刺，遂出重聘，雇了两名江湖镖师，影形不离地跟随保护，一路平安到省。接过印，私向金氏道："张汶祥在外，我总寝食不安。"

金氏道："那支镖，未必就是老三所放，也许适逢其会，人家玩镖,你轿子经过,恰巧碰了一下,也说不定呢。"马新贻终是闷闷。

一日,马制台到武圣宫行香,正从轿子中步出来,斜刺里一颗铁弹子直向脑门飞来。马新贻口说:"不好!"一低头,啪当一响,但觉顶门一震,跟随的人都唬得面无人色。原来马新贻的珊瑚顶儿、翡翠翎管儿,都打得粉碎,险些儿送掉性命。下令捉拿刺客,把武圣宫道士都捉到江宁县严究,也究不出什么。从此防备得愈益严密。

不意日日防备,日日平安,过上三五个月,也就懈怠了。到同治九年七月二十三日,制台衙门忽然接到一角公文,封印模糊,辨不出是哪一个衙门印章,拆开瞧时,并无文书,不过书"死马一匹"而已,急命拿捕投文书人,已经不知所往。二十七日是两江总督月课武职之期,马新贻绝早起身,亲临校场校阅骑射。

这校场在制台衙门的右边,有一条箭道与署后便门相通。马新贻校射完毕,步行由箭道回署,将入便门,前导已过,后从未来。忽有一人跪伏道旁,口呼:"大帅开恩。"

新贻住了步,接呈瞧时,乃是一个同乡武生求助川资的。新贻道:"已经助过你两次,怎么又来了?"

一语未了,忽右边有人高呼:"大人申冤。"

新贻回头,只见那人声若巨雷,势如奔马,风一般地来。说时迟,一个虎跳已到前面。那时快,那人举手呈上禀单,大拇指用力只一抵,一柄七寸来长纯钢炼药晶莹毒刀,已搠进马新贻胸脯一大半,从人恰好赶到,马新贻道:"我已被刺,快拿刺客。"

案前将弁闻声奔集，立刻动手拿住了刺客，并那求助川资的武生。从人扶新贻上房，金氏夫人奔来瞧视，马新贻执住夫人玉腕，只说得"张汶祥"三个字，就咽了气，金氏夫人放声大哭，这夜也就一个儿悄悄悬梁自尽。

此时，刺客与武生捉到衙门，经江宁府知府督同上元、江宁两县会审，审得刺客是张汶祥，河南汝阳县人，问他有无指使，答称："没人指使。"问他为什么行刺，答称："要他死才行刺。"此外也问不出什么口供，提审武生，不知情不相干的，先行开释。

原来张汶祥埋踪影迹，早料定彭侠必然无幸，果然噩耗传来，彭翔龙死在浙江。于是专心一志替彭侠报仇。杭州城的钢镖，武圣宫的铁弹，都是他干的，经过两回失败，自咎道："张汶祥，你心思这么的粗，技艺这么的拙，如何能够报仇雪恨，这并不是马贼命不该绝，实由我看事太易之故。"

于是就在僻巷中赁了一所房子，闭了门，制炼毒刀，日间出去，到深山绝涧，搜寻各种毒虫毒草，夜里上炉制炼，先把钢刀烧得透红，再浸入毒药汁中，浸了再烧，烧了再浸，炼到后来，药汁上刀，不会收干，毒药刀方才成功。汶祥炼成了药刀，先把一头狗来试验，刀才着体，狗即滚倒，这名叫见血封喉，厉害无比。当下有人见了，问他为甚杀死此狗，他答称："我是要杀一马，权把狗来试刀。"这会子一刺成功，仇已报，恨已雪，竟不逃走，挺身到案。

漕运总督张之万、刑部尚书郑敦谨先后奉旨到南京，跟承藩司员会同熬审。汶祥终无一词，即于次年二月十五日，把张汶祥绑赴南京北小营地方，凌迟处死。

时人论之道："汶祥锐身而报知己，义过豫让；戎马中而杀卿相，勇过专诸；彭未行而知其必败，智兼曹沫，刻意诛马，历三四次，事成而后已，其行又胜于荆卿。"评得真是不错，不过成都的北门自从胡仁圃太守开辟之后，就反成为交通要道，阴阳界的话，竟然无人知道了。

附录一：

# 新孽海花

# 序

    友琴子小说有嗜痂癖，倦绣之余，每手一编以自消遣。以故古今人文章凡类小说家言，余无弗览。浏览虽富，淡忘几过半，良以庸庸之作不足萦余心曲也。

    去年夏，友人以陆君云翔所著之《残明余影》稿见示，余亦视为寻常小说，未之奇也。及展卷细读，见字里行间皆有精意，而笔情细致，口吻如生，古今小说界实鲜其匹。循环默诵，弗胜心折。呜呼！世有云翔，小说界放一异彩矣。

    嗣后连读其新著十余种，觉字字行行皆我心所欲言而未发者。余不觉技痒，于是逐种为之谬加评点。面云翔亦深许余为知言，每一稿成，必先持以示余。文学之交，遂成莫逆。

    今秋复以《新孽海花》稿相示，余读云翔书此为第十八种矣。评竟，问之曰："君前所著意多在惩恶，此书意独在劝善，然乎？"云翔笑曰："唯，子何由知之？"余曰："君前著之《官场真面目》《风流道台》等，其中无一完人，嬉笑怒骂，几无不至。而此书中人物，如慧儿、其昌、孔生，人格之高，实为前著所未有。即海里奔，不过江湖一剧盗，而磊落豪爽，自异猥鄙烦琐之徒，读之令人精神勃发。君非欲以此书鼓舞国民乎？"云翔

**137**

笑曰："子真知我者也。曷弗为吾序之?"余遂濡毫泼墨,录问答之言为《新孽海花》序。序竟祝曰:

　　墨为旗帜,笔作刀枪。辟兹新世,宏发其光。飞龙破壁,鳞爪郁张。醒狮怒吼,万国震惶。名山永寿,神鬼是相。

宣统元年冬十月镇海李友琴女士
序于海上之春风学馆

卷　上

第一回


## 任教务苏女进漕溪
## 访良朋朱生游孔宅


　　幽姿独立背斜阳，谁唤名花作断肠。坠泪不红应少恨，含情太洁转无香。瘦难藏蝶偏迷蝶，弱畏经霜却斗霜。拟把绿章重奏乞，春阴一例洗华妆。


　　这一首七律，并不是作者的新词，乃系前人的旧句。咦？既不是你的新著，为甚置在这里做一个开场的幌子？原来，作这首诗的人就是本书的主人翁。这个人既是本书的主人，他的诗就何妨借作全书的纲领。戏剧中有未曾出场先在戏房中高唱而出者，便觉精神奕奕，分外的好看，在下也就窃取这个意思。这主人翁究竟姓甚名谁？何方人氏？看官不要性急，待士谔铺了纸，磨了墨，蘸了笔，一一写来。

　　此人却是个女子，姓苏，小字慧儿，江苏昆山县井亭港人氏。生得明眸皓齿，雾鬓风鬟，小蛮杨柳之腰，樊素樱桃之口。这模样儿在现今女界中已是绝伦超群，更兼潇洒出尘，清高拔俗。讲她的面貌，则温如良玉；讲她的心志，则坚似精金。不要说上海滑头、苏州浪子不足邀其青眼，就是小说界上著名的人物，什么贾宝玉、张君瑞真个生于今世，也不足邀其一盼。在下为甚知道呢？因苏慧儿守定一个不嫁主义。她这不嫁主义并不是厌世派，实缘尘寰扰扰，举世庸庸，找不出一个配得上自己的，所以在伯父前誓言守贞。

这苏慧儿自幼父母双亡，在伯父母手里抚育成人的。伯父名叫继坡，是县学秀才，在井亭港开门授徒，教读为生。秀才家寒酸彻骨，瞧得银钱比常人分外的重。慧儿的父亲做过一任华亭教谕，死下时也有千两银子现蓄，尽被继坡吞没了。这时候慧儿只有十岁，跟着伯父度日。差幸伯母李氏十分慈爱，看待得与自己女儿一般。她伯父也没有儿子，只有一个女儿，名叫小玉，却与慧儿同庚，生日早慧儿十天，所以慧儿称之为姐。慧儿在伯父家四年，伯母李氏忽得了个伤寒症。她伯父是个节俭的人，舍不得钱，不去请医服药。后来实在瞧不过了，方忍着肉痛，拿出一百个钱来，请了个城隍庙里摆摊的施药郎中（医生吴中称为郎中），开了几味七不对八的药，一帖吃下去就呜呼哀哉了。她伯母有个内侄叫作李墨迂，在上海钱庄上做生意的，得着信忙赶下来吊丧。这李墨迂是个胖子，生得头肥脑满，俗气一团。他脑筋中除了"金磅涨落银杤大小"八个字，此外一无他念。这时候年已二十二岁，尚没有娶妻。哪知一见了慧儿，便失了他的魂魄，一心一意想娶她作妻子。因在姑母丧中，不便提议；况慧儿只有十三岁，稍晚一二年也不要紧，所以待过丧就回到上海去了。此后李墨迂被东家调了山西去，便时时有信问候姑丈，就中稍露求婚之意。慧儿晓得了，在伯父跟前立誓终身不嫁。在下已经表过，慧儿的不嫁并非是厌世主义。

这一段虽是叙述慧儿家世，然其中苏继坡、小玉、李墨迁，都是本书重要人物，与慧儿一生事业很有关系的，看官们切勿等闲看过。

却说中国自庚子年拳匪闹事，受了大亏后，朝廷翻然改悟，锐行新改。各处官吏及地方绅士仰承朝廷德旨，竭力兴办学堂。井亭港虽是一个小镇，却颇有些办事的人才，办了一个两等小学，几个初等小学，形式精神都很完备，镇绅又商议兴办女学。内地兴办女学，比不得通高大埠，第一困难的就是教员无从聘请。上海女学可以随随便便聘请男教员的，内地男女的界限严得了不得，女学堂申请了男教员，还有人来读书么？当时井亭港兴办的女学堂，就叫漕溪女校。这个漕溪女校中，各种教员都聘就了，缺来缺去只缺个国文教员。吾国女子识字者已属不多，能文者尤为稀少，要找才德双备、品学兼优的教员难不难呢？校长正在没奈何的时节，忽有人问他道："本镇的苏慧儿女士国文是很好的，经史词章没一样不精透，何不就请她来担任国文这一科呢？"校长道："苏慧儿学问果然不差，可惜性儿太怪僻了，孤高绝俗，做教员是不相宜的，况请她也未必肯来。如今请不着人，说不得只好到她那里去碰一碰，不知可肯赏我的脸不赏。"

当下校长就到苏家，只见苏家房屋是三开间三进，都是平房。走进墙门一个小小天井，一排三间，两间是继坡的学馆，一间是会客所。第二进也是三间，中间是家人吃饭之所，左间有廊可通至后堥，是慧儿的妆阁，右间即是小玉的卧房。后堥三间，中间是厨房，右间是堆柴之所，左间是慧儿、小玉刺绣读书之所。天井中种着无数名花异草，都是慧儿亲手栽种的。

当下校长带着仆妇至苏家，先见了继坡，表明来意。继坡听得女校请侄女去当国文教员，喜得莫之所对，赶忙陪着校长进来到慧儿房中，向慧儿介绍道："这位太太就是漕溪女校的校长，你好生接待着，我去叫你姐姐弄茶来。"校长忙说不消，继坡已走得无影无踪了。

校长回首把慧儿打量一番，只见她丰神潇洒，态度清华，娇如解语之花，皎若中秋之月，不由得心中不生起爱念来。走过去执住手，亲亲切切叫了声慧妹妹。

慧儿道："伯母这个称呼，侄女不敢当的。侄女只有十七岁的人，哪里好与伯母称姐道妹，乡党莫如齿，符辈一道断断乎不见乱的。"

校长道："是我差了。我因见了小姐的模样儿异常清秀，心里一喜欢，不知不觉就叫差了。"

慧儿道："这里龌龊得很，请伯母那边去坐坐吧。"说着，推开了走廊的门，陪着校长到后埭书房来。

走到书房，只见小小一间，收拾得十分清洁。校长就沿窗单靠椅上坐下，先讲了几句闲话，慢慢谈到正文，申明延请的意思。说毕，瞧着慧儿，专待她的回复。以为慧儿的回复，总不过是与不是两句了。那知慧儿莺吭里发出来的娇声，竟出校长意料之外。

慧儿道："伯母，女子读了书做什么呢？"校长惊诧了半日，开口道："小姐难道不知女子读书是为求学问起见么？"

慧儿道："求了学问作什么用处？"校长道："学问是为立身处世用的。"

慧儿道："既这么样，所定的学科与女界前途没甚用途的，

142

似可裁去一二。"校长道："哪几样是无用之学，尚希指教。"

慧儿道："我呢，年纪也小，阅历也浅，本不懂什么学务。不过，想女孩子入学读书，无非为成人后致用起见。现在学校中所定的课程，什么英文唎，唱歌唎，做花唎，编物唎，这些学问将来有甚用处？照我意思，一概都除了，易上裁衣、做鞋、刺绣、烹调好得多呢。"

校长道："小姐识见高明得很，我就照你的话办是了。只是国文一科要借重小姐，想为公益起见，小姐也不至于推托呢。"

慧儿道："我自己国文幼稚得很，哪里可以充当教习？既是伯母瞧得起我，特特赶了来，我若一定不应承，在知道的呢，自然原谅我本领浅薄，不浚献丑；在不知道的，只道我装腔作势，高抬什么身价。我最恨人家说短论长，倒不得不应承了。但是年纪小，阅历浅，各样事情都要恳求伯母指点指点的呢。"

校长见慧儿并不推托，一口应允，不觉大喜过望道："言重，言重，我也不懂什么的，彼此照顾是了。"于是定了进校日期，欣辞而去，次日就送过关约及脩金来，从此苏慧儿就在漕溪女校教授国文。暂时按下。

却说松江府华亭县有位豪杰，姓朱名其昌，年方二十一岁。生得五官清正，鼻直口方，器宇轩昂，英雄出众。做事如青天白日，待人如霁月光风。十四岁应童子试，就中了个案元。入泮后，见国事日非，遂弃去举子业，负笈至东瀛游学，入高等校，毕业回国年方二十一岁也。家中父母俱全。父是一个孝廉公，平日研究理学，宗程朱之说，为人固执，治家很是严厉。母沈氏，温和慈惠，却很爱其昌。

其昌在日本留学时，其父朱孝廉即为他聘下邑绅曹大令之女为媳。曹家这位小姐生得倒也清秀，只是赋性凶悍，习惯奢华，远近四五十里内没有一个不知她的悍侈。因此几个好事的人，给她起了个绰号，唤作花老虎。朱孝廉并非是不晓得，只为图着媳妇一副厚奁，就不顾儿子闺房苦乐了。从来理学先生与人谈论起来，天理人欲分别得很是清楚。碰到自己身上，也就马马虎虎，只知人欲不管天理了。这也是理学先生的通病，不必讲它。其昌自日本回来，听得父亲已给自己定下妻子，并且定的不是别个，就是盛名鼎鼎的那只花老虎，心下如何会舒服？只因素来惧怕父亲，不敢怎样罢了。

这年恰值初春时候，睛光乍放，残雪未清，其昌忽然发念出外访友，遂告知父母道："儿子有个同学朋友孔生，住在青浦县孔宅地方，多时不会面，须得去瞧瞧。"他父母应允，其昌遂雇了一只小船，一叶扁舟荡向孔宅地方来。

孔宅在青浦北门外，原是一个小村落。其地有孔子衣冠墓，并有一座孔庙，阖村数十家都孔姓，乃系曲阜孔家的支派。自松江到孔宅，不过半日水程。朱其昌一个子坐在小舟中，开去小窗观看两岸风景。只见田中残雪映着阳光，晶莹耀目。湖边老树的茬枝上，都长出寸余的青苗来。行过几许村落，穿过几许桥梁，方见一只黄色亭子，亭内一块石碑，望去巍峨宫殿，松柏森然，舟人报说孔宅到了。其昌开发了船资，上岸走向村落中。犬儿见了洋装少年，嗥嗥地吠。村人听得犬吠奔出来瞧，都说外国人来了，外国人来了。正在闹里，忽然走出一个少年来，向其昌兜头一揖道："我道是谁，原来却是朱兄。"欲知此人是谁，且听下回分解。

# 第二回

## 十里梅花国士欣逢国色
## 一潮春水奇人陡吃奇惊

话说朱其昌见有人叫他，举眼瞧时，正是自己专诚拜访的那个朋友，连忙回礼，口称："孔兄，小弟特来瞧你呢！"孔生道："兄来很好，弟正拟到彗日寺赏梅花，一个子没甚趣味，兄来了不必寂寞了。"说着已行进了村，让其昌到家坐下，煮茗开谈。

原来这孔生也是日本留学，当初在东京时，与其昌相识，虽非莫逆，还算合得来。孔生是学医科，其昌是学法律，都是去年毕业同伴回来的。

当下孔生道："朱兄知道么？我们留学生有迂试的希望呢。照吾兄大才，定可高掇巍科。"其昌道："这个消息你从哪里得来的？恐怕不确么。"

孔生道："确之又确。我有个朋友在北京，他来信告知我说，上头正在提议这事，已有八九分道理，大约今年八九月里一定可以举行的，并且考试起来注重的依旧是国文，经议策论，白折小楷，一样不能缺少。他叫我预先练习着，省得急来抱佛脚。"其昌道："这也奇极了，我终不甚相信。"

孔生道："不信由你，到那时瞧是了。"其昌道："天下哪有这样矛盾的事情！为了自己国里没有懂学问的人，方巴巴地还渡重洋到外国去留学，学毕业了却又叫不懂学问的人来考试我们，又把我们平日所不习的什么经议策论、白折小楷来强我们应试，我们到外国去留学又不会学这经议策论、白折小楷，真是中国之大无奇不有了。"

孔生道："这也怪不得他们。我们所学的都是专门学问，就是说给他们听，也都不能明白，自然只好拿他们所晓得的经议、策论来考我们了。这考试留学生，也是朝廷奖励国民出洋留学起见，倒并不是轻视我们。"其昌道："现在的人出洋留学，都不过抱着一个做官主义，自然上头就拿这'官'字来吓我们了。"

孔生道："到那时我兄去不去呢？"其昌道："扬名所以显亲，父母在堂，弟也未能免俗。"孔生道："这事就叫有幸有不幸。我有令朋友姓张的，论他的学问与我也不相上下，可惜不曾出过洋，这事就轮不到他了。"其昌道："也是医生么？"孔生道："是医生，他在上海同济医院学出的，现下就在珠街阁行道开一个小小医院，生意倒也不恶。"（伏笔无痕，妙。）

二人说了会子闲话。孔生道："彗日寺梅花开得盛，同去逛逛高兴么？"其昌道："彗日寺梅林闻名久矣，一径不曾到过，今日倒要去瞻仰瞻仰。我们此去，船行呢步行？"孔生道："五六里路，步行吧，省得上岸落船了。"

当下二人吃毕饭，联袂出门，沿着塘路徐步向彗日寺来。一路上高瞻远瞩，赏览野景。路上行人见了二个洋装少年，只道洋教士，都远远地避让。霎时行到彗日寺，只见一带梅林约有八九百株，繁枝缭绕，香气萦纡，白压压宛似一个雪海。一阵风来，香气扑鼻，从鼻管中直透到脑海里，觉着全身顿然清逸。（真情真景，如何会被他描写出来？）其昌失口道："妙哉，妙哉！踏到此地，令人俗念都消，怪不道林和靖要妻梅子鹤。"孔生笑道："兄也娶了梅花吧。"其昌道："几生修得到梅花，不知我有这福没有。"一边讲话一边瞧，只见赏梅花的人有成群结队的，有独自徘徊的，有摆了食盒在梅林下聚饮的，有啜茗细赏的，有低头吟咏的。朱、孔二人在梅林中穿来穿去，玩赏了好半日。孔生道："那边有座梅亭，我们且去休息会子。"其昌道："很好。"

　　其昌在前，孔生在后，穿过五六株梅树，走到亭前，抬头一瞧，陡见亭内一个绝色女子凌云而立，大有仙子状态。（"凌云"二字，摹神之笔。）只见她瘦瘦脸儿，长长身子，五官之中皆含颖秀可人之意，两泓秋水媚而不荡，一种清高拔俗之气自然流露。其昌吃了一惊，暗想此女好似哪里见过的，怎么再想不起来。那女子见二人洋装少年人来，只道是洋人，斜流着凤目一盼，见是出洋过的学生。只见面前那人器宇轩昂，举止倜傥，目光眉彩奕奕照人，心下奇诧道：男子中竟也有这样不俗之人！（"奇诧"者，不意之调也。"有"者，未满之辞。此女平日固以男子皆庸俗卑鄙者也。）这时候，两个人四只眼的眼光齐巧射成一个交互线，不知不觉都呆了。

　　看官，大凡青年男女脑海中，另有一条专司情爱的脑气筋，这条脑气筋叫甚名目，在下于生理一学有限得很，未知其细，照我们做书人杜撰，就不过叫"脑电"两个字。这脑电奇怪得很，男女相遇有爱情没爱情，都在它的感激力上发生出来。男子碰着女子脑电，闪然而发，打到女子脑海中，女子受了刺激力也把回电打过来，那便就有了爱情的根苗了。以后情苗愈久愈长，情根

147

愈久愈深，彼此的情遂至固结而不能解散。若脑电发出的时节，那一边不受感动力，没有回电打来，那便没有爱情了。有人驳问士谔："世界上男女交际，不尽由于互相慕爱，有我爱彼彼不受我之爱及我偏不肯舍去偏很爱之者，如李墨迁之与苏慧儿，难道不好算情爱么？"士谔答道："这叫作一相情愿，哪里可以亵渎'情爱'两个字。'情爱'者，爱由情生，情因爱固。其议至奥，其说弥穷，在下一支拙劣的笔，一时也描写不出，在情场中阅历过的，自能信吾言之不谎。"

当下朱其昌见了梅亭中的女子，脑电闪地发出，那女子忽觉全身震荡，脑流中不知不觉把那股回电从双瞳中发了出来，二人的脑电一交接，身子就不觉麻木了。这时候两个人相去不过五步远，呆立至十分钟。孔生再也耐不住，喊道："朱兄，你进亭子不去？"其昌依旧呆立着，竟如不曾听见一般。孔生只得放大声音道："朱兄，你着了魔么？"这个声浪激刺到其昌耳中，方把他唤醒。其昌见了孔生，自觉不好意思。那女子也觉悟过来，便冉冉地向亭后走了进去。这几步路真如杨柳随风，春云出岫，说不尽千般袅娜，万般旖旎，把已配的其昌依旧浑了过去，那个魂灵儿早跟着女子的玉影也到亭后去了。

忽觉耳畔有人叫唤，回头见是孔生。孔生道："兄何魔到如此地步？"其昌道："我不是不曾见过世面的，凡花俗艳曾不足邀我一盼，今儿自己也不晓得为甚颠倒得这样。孔兄，你知道么？世界上女郎娟媚的尽多，艳丽的尽多，哪里比得上方才这位女士，清高拔俗，潇洒出尘，她这个相貌，她这副品格，比了这村里的梅花，高情逸致还要超起十倍呢。"孔生道："兄称此女为女士，兄与她并未交接一语，何由知其必有学问呢？"其昌道："我虽不曾讲过一句话，我确信这位女士必有学问，确信她的学问必定超过你我，你不见她眉宇间书卷之气盎然流露乎？古人说腹有诗书气自华，这样的清华绝俗会得没有学问，我一定不信。"说着，又道："我也到后边去逛逛，站在这里很没有意思呢。"孔生道："我劝兄不要着魔了，玩一会子一同回去吧。"其昌道："谢兄关切，我此刻天君已乱，自己也做不得主，兄可不必俟我，请先回吧。我总要探听着女士的住处，方能再到兄家。"孔生再三相劝，其昌执意不从，没奈何只得先自回去了。

其昌一个子在梅林中穿来穿去，无心赏玩梅花，一意地找寻方才这位女士。直到梅林尽处，方见那人同一个四十多岁的太太挽着手徐步同行，后面跟随一个仆妇，约有三十多岁。其昌就紧紧跟随到湖边，只见一只小船泊着，仆妇上前扶着那人下去，然后那位太太也下去了。舟人把篙向岸上轻轻一点，那一叶扁舟便船艄向东船头向西，欸乃橹声荡着去了。其昌瞧着小船去路，连连顿足。正在没作理会处，忽见一只没篷小船打桨而来，其昌大喜，就喊住小船道："我雇你赶路行不行？"小船上人道："我们到珠街阁去载粪的，你叫别的船吧。"其昌道："我多给你钱是了。"小船上人听得多给钱，就停桨问道："外国人，你要到哪里去？"其昌道："我也不知道什么所在，你只与我跟着西面的那只有篷小船是了，它到哪里你也到哪里，赶到了我自多给你钱。"小船上人暗想：那只船瞧光景是到珠街阁去的，落得答应了他，发一注小小的洋财。遂道："洋先生，如到珠街阁呢，只要你一块洋钱，倘还要过去是不够的呢。"其昌道："不多，不多，依你便了。"小船上人一想，完了，价钱索得太贱了。遂道："洋先生，酒钱是在外的呢。"其昌道："要多少？"船人回答："也要一块洋钱。"其昌道："一总依你，快快摇吧。"于是下了无篷小船，冲开绿水，划破清波，咿咿呀呀向前直追下去。

　　其昌平日极讲究卫生的，今因追赶意中人，坐在恶臭熏熏的载粪船上，全不觉着。坐在舱中，眼望着前舟。前舟快，亦叫舟人行得快；前舟迟，亦叫舟人行得迟。霎时间，已到三混荡地方。那青浦的三混荡，其长短与上海黄浦相等，中间寥阔处比了黄浦等要阔过三四里，四通八达，港汊纷歧，时有歹人出没其间。这时候两只小船开到湖心，已是并着行了。只见水平如镜，万顷一碧，斜目倒影，水中微波动处，宛如万道金蛇，湖景很是可观。

　　其昌并不瞧看湖景，一双眼只射住那边舱中的女郎。只见女郎坐于一叶扁舟中，载沉载浮，不异凌波仙子。心下忽发奇想：能与女舟在此湖中联行一载之久，南面王也不愿做了。

　　正在出神，忽听得一声呼哨，两只光蛋船如箭一般飞来。船头上站着一个光蛋，头戴洋灰鼠遮耳的小毡笠，身穿玄色细妙密纽小袄、玄色细纱扎脚裤儿，脚蹬抓地虎靴儿，一脸横肉，满面杀气。离女船三四尺远，大喊一声："来船泊住！"早一纵身跳了过来。其昌勃然大怒，便欲舍身往救，不知与光蛋相拼能否得胜，且俟下回再讲。

# 第三回

## 三混荡士女双落水
## 井亭港宾主再还魂

　　话说朱其昌追赶女舟到三混荡地方，忽地遇着光蛋船，陡吃奇惊。见光蛋不到自己船上来，恶狠狠跳向女郎船上去。这时候心上的难过，比了光蛋跳过自己船上来远要厉害，恨不得立时跳过船去保护那个女郎。

　　看官，梅亭中那个女郎究竟是谁？原来就是漕溪女校的教员苏慧儿女士。那位太太就是女校的校长。这日乃是星期日，学校放假，校长合着慧儿到彗日寺赏梅花。慧儿却不过情应允了，哪知无意中遇见了朱其昌。见其昌一表非凡，英雄出众，暗想此人好像一条豪杰，苟得置身青云，将来措施必能出人头地。既而转念，此人的荣辱与我何涉，乃欲我代为计划也？想到这里，忽地转着一桩心事，呆呆地对着了十分钟，被孔生大狮子吼惊醒了，很觉不好意思。遂到亭后，找见了校长。校长道："游得已经尽兴，回去吧。"慧儿身不由主地跟随着下船，心中如有什么事似的，匆匆不乐。

　　行至半途，偶向湖中眺望，见一只没篷的小船如梭而来，船上端坐一人，正是梅亭遇见的那人，诧怪道："这个人与我同路，怎么不见他同伴呢？方才明明还见一个洋装少年。咦！难道这个人竟为我么？"想至此，不觉红晕上颊，心头突突地跳。

正在心神无主的时候，忽听得船头上一声大喊，跳上黑彪彪一个大汉来。顿时间船身震荡不已，篷门开去，那黑汉直钻进来，把苏慧儿抱着就走。校长吓得魂飞魄散，欲喊救时，那张嘴一似塞着什么似的，死命喊不出声。那仆妇和两个摇船的伏在船中，瑟瑟瑟身子抖个不住。这时候忽听得虎啸般一声吼，没篷船上那个洋装少年离本船有八九尺远，飞扑前来，一跳跳到本船，飞起右脚照定光蛋只一脚。好光蛋不慌不忙，放下了慧儿，只一接早把其昌的脚接住，喝声："下去！"扑咚一声，把个英雄侠义的朱其昌沉向水中去了。慧儿此时心如刀割，不暇思索，奋一扑也投向水中去了。（骇笔得未曾有。）众光蛋尽觉骇然，正拟下手捞救，只听得角声呜呜，四五只长龙炮船扬帆乘风如飞而来，光蛋慌忙回船划桨逃避。这几只炮船是从浙江办理清乡回到苏州去的，路过此间，也叫适逢其会。（是时浙省清乡事归苏藩督办。）炮船行过，两只小船上人方合力捞救。

没篷船上的乡人是兄弟两个，阿大、阿二。阿大眼光甚锐，阿二极善游泳。阿大道："湖心中好似有件白色的东西，阿二快游过去瞧瞧。"阿二道："湖心里深得很，我自己也是条性命呢。"阿大道："呸！外国人救不上，两块洋钱向哪个去拿？我也活不成了。"校长道："不论哪个，救起一个人赏他十块洋钱。"阿二道："我去，我去，有十块钱，就是死值得了。"早脱去衣服跳下水去，分开清波碧浪，游泳而前，不过三分钟工夫，早到湖心探出头来大喊道："在这里了，是个女子呢，你们快来帮！"

两只船上的人听了此话，尽力地摇橹，拼命向前。阿大犹恐有篷船先赶到，夺了自己的功劳，赏洋没得到手，把全身气力尽用在这支橹上，摇得非常迅速。果然一人拼命，万夫莫当，阿大摇到湖心，瞧有篷船时还差二丈多路呢。忙把竹篙钩住慧儿的衣服，叫阿二帮着推挽，哪知再也推挽不起。

　　阿大道："阿二，你只会吃饭，救个巴人也救不上的。"阿二道："你老只会在船上讲风凉话儿，人家在水里头又寒冷又怯力。我力已用尽了，不知怎么再抬不起，你又不会下水来帮我一帮，我支不住了呢。"阿大道："呆子，不会瞧瞧清水底里有甚东西牵住么！"这时候那只船也到了。阿二钻下水去一瞧，道："阿大，果然是你聪明，底下还有个外国人呢！怪道异常沉重。"阿大道："怎么，两个人并在一块？"阿二道："这姑娘的手抓住外国人衣领上呢！你们哪个快下来帮我抬一抬，我瞧着这个姑娘怪可怜的，晚一会子恐怕就不得救了呢！"于是有篷船上两个摇船人跳下水去，帮着阿二把其昌、慧儿一齐救起。阿大道："把这两人放在我船上吧！溺水的人不能仰着睡的，仰着他腹中的水就不会流出来了。阿二，船头里两只矮凳快搬出来，放在舱中，让两个溺水人抵在肚子上，好把肚子里的水赶出来。"众人听了阿大的指派，一一安放妥帖。又取出一扇破帆来，把两人盖好。阿大道："照这般的安排，两个人还可巴望不至于死。"

　　正说着，只听得一声汽笛，黑烟冲天，一只小轮船飞一般地来。校长道："这是裕青公司的小轮船，自上海开到珠街阁去的呢！我们叫他拖带了吧，迅速些儿。"于是与小轮账房讲妥了，拖着行走。三混荡至珠街阁相去路本不多，轮行迅速，不多会子早已放生桥在望了。

这座放生桥是青浦地界非常一大建筑，虽算不得全省第一，然在松江府属，也就数一数二了。全桥都用黄石筑造，杂色石子一块都没有。五个桥门，那最小的边门大号小轮尚可自由出入，中间的其大更可知了。桥身横卧波心，宛如一条长虹。桥面上石级很是平坦，并且十分宽阔。这座桥跨有两府地界：桥的北面是苏州府昆山县井亭港镇，桥的南面是松江府青浦县珠街阁镇。桥身约有一里半路长。登在桥顶向左右一望，则烟火万家，宛然在目。桥下的湖就叫漕溪，女校就在桥北井亭港镇。

当下轮船穿过桥门，自泊向珠街阁去了。两只小船便解缆向北行驶，一时行到泊了船。校长先到苏家报知此事，继坡大惊失色道："这个人如何死得？她死我也死了。咳！祖宗保佑，菩萨保佑！慧儿如果死了，漕溪女校教员要聘别人了，吾家少了一注进款了，我又要过困难日子了。"校长道:"先生快不要如此，令侄女似不妨碍的，快去请医生来救溺，是要请西医的呢！叫人到珠街阁，快把张先生请来。"继坡道："是是是！嫂子，但我没有钱怎样呢?"校长道："人命要紧，'钱'的一字你且不必管。"就不待继坡开口做主，叫摇船人把两个溺人抬了起来。慧儿即放在慧儿自己房中，其昌则放在第三进厨房左边一间里，就是慧儿小玉刺绣读书之所。（特笔点清。第一回铺叙苏家房屋十分详细，当时颇嫌其费辞，读至此方知其妙，此即圣叹所谓倒插法也）。

一时报医生来了。张医生带着三个副手，见过继坡与校长，遂把慧儿医治起来，叫两个副手去医治其昌。医生先诊了脉，瞧了口沫，全身察视一周，再把她眼睛用手开启，将火逼近眼睛左

154

右闪动，叫溺人瞧视。见慧儿脉也停了，沫也冷了，眼也定了，不过面色尚然如生，心头犹未冷绝。于是用药竭力摩擦。一个副手帮着摩擦，治到一点多钟，依旧声息都无。医生道："腠理之中，或尚有生机含着。"乃把她的脑袋宛转摇动，仍然不见效验，副手十分焦躁，医生道："治症哪里可以性急，观女郎的面色，我决其定不至死。如果救不醒，你我还可做医生么！再过过电吧，过足电气，或者尚有生望。"

只见医治其昌的一个副手走来，医生问："洋装少年怎么样了？"副手道："醒回来了。"原来副手医治其昌也是用药摩擦，到四十分钟，其昌的五指已经微动。副手见了很是喜欢，摩擦得愈加用力。不多会子，其昌手足都会伸缩了；再一会子，喉间咯咯作声咳出来了；再一会子，能发叹作声了。副手喜甚，忙着奔告医生。医生道："洋装少年既然苏醒了，你帮我医治女郎吧。"

却说其昌醒来，见身在屋中，忙问："这里什么所在？我为甚在这里？兄是何人？"副手道："我是医生。足下被光蛋掷向水中，苏女士也投了水，救出时足下衣领尚被女士抓住着呢！这里就是女士家，女士此刻尚没有醒呢。"其昌听罢，恍然想起前事。暗想：我下水，女士跟着下水，出水时玉手尚抓住我衣领，这必是投水来救我的。咳！似我这蝼蚁微命值得什么！乃蒙天仙般的女士舍身相救。想到这里，不觉彻骨地感激起来，遂道："先生，你去医女郎吧！我已愈了，可不必费心了，女郎好没好求先生必来告我。"副手道："我去叫苏先生派一人来侍候老兄。"于是两个副手都去了。

这时慧儿尚未苏醒，医生百方俱穷，过电、发汗、摩擦及灌

155

以热气皆没效验，合家惶惧。小玉与慧儿平日不甚相合，此时亦天良发动，帮助着传递汤药，往来蹀躞，面有忧色。继坡更是如痴如癫，喃喃自语道："慧儿死了，女校里请新教员了，我们家里少一进款了，我也不能活了。"只听得医生的副手道："点半钟了，看来不会活的了。"医生道："似此绝色女郎，任命死去，吾心安忍呢？说不得大家辛苦些，再治一会子吧。"于是重行摩擦。

一个副手忽道："你们瞧见么！"继坡、小玉争问："什么？"医生摇手道："你们快不要过来。"因对其副手道："李兄，女郎右眼的皮儿有些动了，你快把电力上足，这是生死关头呢。"姓李的副手乃把电力上足，果见两手微缩，十指亦动，一会子，双眼微动，鼻管中有呼吸声音了；又一会子，苏慧儿醒矣。她醒来第一语就问医生道："张先生，此人死了么？"医生知是指洋装少年，因告之道："洋装少年醒了多时了。"慧儿听了，微微叹息。这一叹好像是痛惜其昌，又好似心有所释。又问："今在何处呢？敢是在医院中么？"医生道："在女郎家后进屋中呢。因出水时女郎玉手抓住其衣领，故同着载到此间也。"慧儿无语，把医生送上来的药水吸了个尽。医生道："女郎睡得着，甜甜儿睡一觉就愈了。"说毕，带了副手告辞而去。

校长见慧儿已醒，心下也很欢喜，嘱咐慧儿道："你好生将息着，自己保重些儿，东西宁可吃得热一点子，被儿多盖上一条，我明天再来瞧你。停会子，叫仆妇给你熬些白粥送过来，我有甜酱的嫩姜子，给你送一碗来过过粥，也可挡去些寒气呢。"慧儿十分感激，从被窝中伸出玉手，执住校长的手道："伯母如此疼爱我，叫我拿什么来报答你呢？但此人在我家里，无人服侍，伯母……"说至此，便不说了。校长道："容易，我打发行里的小郎来服侍他是了。"原来校长家开设着木行的，当下校长回去，果然派了一个小郎来。那只船的船钱、救人的赏金、医生的药资，一总都是校长付的，苏继坡始终一毛不拔。欲知后事如何，且听下回再讲。

第四回

危崖回马首窗外惊心
夕照映春波桥头情话


　　话说朱其昌在苏继坡家后屋中，得知慧儿再苏之信，心下十分欣慰。一时小郎掇进粥来，喝了一碗白米粥，吃了几片酱姜，盖上被睡下。这夜医生又来诊治，服过药，顿觉身子异常疲倦，遂浓浓睡去。

　　次朝醒来，忽觉全身湿透，原来睡着时发出一身大汗，连被都潮湿的。小郎见其昌已醒，忙过来问要喝粥不要。其昌道："昨天换下的衣服晾干了不曾？我身上衣服汗透了，先要换一换呢。"小郎应着。去不多时，便捧一包衣服来，说道："这是苏老先生的，先将就穿一穿吧，你的衣服正晾着呢。"其昌道："很好。"于是就把包儿拿过来，打开瞧时，见是一身老布短衫裤、一件棉袄、一件棉袍子，都是两面老布的，尺寸很是长大。小郎道："这件衣服听说是老先生新年里穿的呢，慧姐姐再三说了，老先生方忍着痛拿出来的，这是大大的情面，先生你休要弄污了。"其昌一面穿衣，一面问："这慧姐姐可就是与我一同下水的那人？她与老先生什么称呼？可就是老先生的女孩儿？"小郎道：

"正是与你一同下水的那个。她是老先生的侄女，名字叫慧儿。她自己父母早已亡过的了。老先生的女儿是叫小玉。这慧姐姐是在我们学堂里教书的呢，她肚子里文才听说好得了不得。"这时候，其昌衣服已经穿毕。小郎捧了脸水进来，洗毕脸又捧进粥来吃了。

忽报老先生同着医生进来了。即见进来一个五十多岁的老人，昨日与自己诊治的那个医生却跟在后面。老人走进门就道："尊驾全愈了。兄弟昨天瞧见尊驾是僵的，像死人般，幸喜吉人天相，愈得这么快！昨天舍侄女多蒙救护，兄弟铭感无似。"

其昌道："什么话！这是晚生分所应为的，只恨本领浅薄，遭了贼人毒手。感蒙令侄女舍身援救，晚生若不有令侄女，早不知漂流何处矣。行将面达吾悃，祈先生在令侄女前先为说一声。"

继坡道："不敢不敢，尊驾贵姓台甫，兄弟尚没有请教。"其昌说了姓名，又道："夜来惊扰，深抱不安，令侄女前务祈代为致意。"

继坡道："值得什么！兄弟不过费掉热水数碗，借给其翁一床被褥、数套衣服耳。横竖医费、药费是其翁自家出的。"说着问医生道："李兄，你瞧其翁全愈么？"

医生道："全愈了。"又向其昌道："其翁，你的性命是苏女士拯的。你先下水，若没有女士抓住衣领，早沉下水底去了。"

其昌道："我诚欲当面去谢女士，不知女士身子已复原没有？"医生道："我已瞧过女士，精神尚好，不过略为疲倦罢了。过了十二点钟，就不妨谈话了。"其昌道："是午刻十二点钟不是？"医生点头。又谈了几句，辞着去了。

这里继坡与其昌谈论家事。继坡道："现在日子越度越难，百样的东西异常昂贵。昔年这几钱可以度一年的，放于现在只能度三四个月了。进款没有增加，出款便增起了一二倍。像我们这种人家，真是最难不过。"

其昌道："百物昂贵，皆因市面上铜元太多之故。铜元一多，铜元的价值就贱了。那各样的东西其实并没有昂贵，不过铜元贱了，调换起来自不能不多拿几个出来。先生，我这话是不是？"

继坡道："说到铜元，是我最恨不过的。铜元不曾有的时候，我登过人家一个会。这会是讲钱串的，二百千铜钱，一年一交。我交出去的时候，洋价是九百二三十，现在洋价是一千三百五六十。其翁，你去想每块洋钱要相差到四百三十文呢！我尚没有收着，一样二百千钱，一先一后，洋钱要差到七十元呢！"说着，咬牙切齿，恨恨不已。

其昌暗想：此老头脑冬烘，俗不可耐，女士在他手里度日，其苦可知。继坡因课徒时候到了，辞着出外。

到了十二点钟，其昌喜道："我可去见女士了。"遂由走廊行向慧儿妆阁来，不多几步，已到明瓦窗外。慧儿的卧房全装着明瓦长窗，由廊进房装着的是和合窗。其昌到窗外，轻叩窗环，并不见应。从窗隙中一张，见一只白木小榻，帐幔高钩。慧儿斜卧其中，脸儿向着窗户，身上穿着浅蓝色的棉袄，一缕青丝妙发拖于枕畔，两颊白中透出微红，眉长直侵入鬓，双目闭着，一只嫩藕般的玉臂枕着香腮，靠于上胸间，出纳呼吸之气，高下疾徐，一一中度，直乃清秀绝俗，美丽无伦。

其昌不觉打了一个寒战，暗想：此人与我难道夙有夙缘么？我半生正直，一世英雄，于女色一道素不开心，今乃为此人颠倒如此，瞧了这副睡态，心旌摇摇，竟然不能自主。我若推窗而入，则此青年男子对兹妙龄睡女，为势不险极么？从我们两个人衷怀坦白，没甚暧昧情事，外边的人哪里能够原谅及此呢？

刚欲回归自己卧室，忽见慧儿轻拿玉臂伸一懒腰，发出柔媚的声音道："应得来了。"不觉心若无主起来，打窗一推，身子走了进去。这时候慧儿已经醒了，开口道："来的果是朱兄，我蒙眬间似见走来，开目瞧时果见你推窗而入，我只才不曾说什么吗？"

其昌道："我刚行到这里，未曾听见什么。"二人相对默然好一会儿，慧儿道："昨蒙兄救护，正愧无以为报。乃兄对家伯言说，兄之出水全由我力，其实不然。我当时惛惘，只道是投水可以免难，手抓衣领亦属惘然，并未有什么成见呢。"

其昌正色道："蒙君拯救，没齿难忘，此乃何等重大之事，哪里可以谦辞遮饰呢。"慧儿道："即使这桩事真是我心所发，也是分析应为的，不值什么，兄的落水果为了那个？"

其昌道："我们两人，可以算得生死交了。君说救我不过是报德主义，我以为尚不止报德呢。这事我也不便多讲，但我心中生生世世永不忘君的情款罢了。"慧儿闻言，红潮上颊，半晌无言。

这时候适小郎来请其昌吃饭，其昌走了出去。饭毕后聚谈。慧儿十分渊博，词源富丽。其昌听了，不觉心醉神怡，其昌道："君平日最喜的是什么书？"慧儿道："《国策》以曲作直，《南华》以无为有，这两种书是我生平所最喜欢。"正在谈论，小玉自外走入，其昌起身与之为礼。见小玉长身玉立，风貌亦颇不恶，但拿慧儿比较起来，雅俗之分自觉判然。小玉道："校长送来的皮蛋、南腿，妹妹如不喜吃时，父亲说不如拿到杂货店里去卖掉了，另买些可口东西杀吃吧，叫我来问一声，你愿意不愿意？"慧儿道："问我则甚？我哪里做得主？要卖掉，便卖掉是了。"小玉起身去了。

忽报有客访其昌。其昌暗想：我此间并没甚朋友，访我的是谁呢？走出一瞧，原来就是张医生。寒暄毕，医生道："有一事，特与其翁商量。"其昌问："何事？"

医生道："珠街阁珠溪公学的国文教员患了伤寒重症，急切无人代课，校长诸书华急得什么相似。那诸书华是我的好友，他与我商议，叫我设法一个人暂时代几天，脩金照送。我因想着其翁，特来与其翁商议，可否暂时救他们一救？"

其昌大喜，一口应允。暗想：我正忧身子强健，不能久居此地与苏女士相叙，难得有此机会，又可多住几天了。其昌送医生去后，便把此事告知了慧儿，慧儿自然也觉喜欢。

从此其昌在珠街阁珠溪公学代课，慧儿在井亭港漕溪女校教授。一到夕阳西下，学堂散了课，一个自北而南，一个自南而北，都到放生桥上，一步一步拾级而上，行至桥顶二人恰恰会面，好在不约而同，从无先来迟到。到了桥顶，纵论今古，无所不谈。慧儿博览群书，谈资本富；其昌饱历风尘，足迹遍于天下，见闻既广，谈资亦富。所以二个人相见了，各逞所长，谈论起来词源滔滔弗绝。有时并立无言，静看桥下往来船只。有时其昌偷顾玉容，细细领略丽人秀色，觉得慧儿秋水之睛，盈盈如有所眷，不觉中心偶然。慧儿也微觉其昌之常常偷眼，因而流波一笑，佯问："兄思念什么事？乃凝神呆望也。"其昌笑答："我正思念女士耳！"慧儿听了，有时红云上颊，有时微笑不言。二个人深情款款，情芽愈长愈高，情根愈植愈深，礼防全撤，同趋于汪洋孽海之中而不自觉矣。起初时候，其昌尚栗栗危惧，日自警诫，谓自己已聘有妻室，不当惹起此无谓之情波。后来交情日笃，而戒惧之心亦渐渐解弛矣。

其昌寓在慧儿家中约一月有余，珠溪公学的教习病已全愈。此时家中又连着有三四封信来催促归去，其昌悉置不复，末后一信言辞十分严厉，言尚不回家父亲将亲自寻来。其昌本来很怕父亲的，接着此信便不得不作归计了。自念我与慧儿不过精神之爱，并无肌肤之亲，唯是吾国男女界限素严，若父亲亲自寻来，则人言习习可畏得很。我呢果不甚足惜，而清高绝俗的慧儿不几被我葬送了么！况天下没有不散的筵席，与其留居此间，作尔许之缠绵，不如决绝较为清脱。想罢，遂把欲归之意告知继坡。把珠溪公学送来的脩金，取出十元，偿还一月饭食之资。继坡见了，眉花眼笑，口里说着不消破钞，却早把银圆悄悄地交与学生，拿向店铺中估看去了。其昌这时候意兴索然，也没暇来笑他鄙陋不鄙陋。忽见日光下倩影婷婷，从外边走一个女子来。欲知来者是谁，且听下回分解。

# 第五回

## 谈心斗室脉脉含情
## 送客江头依依话别

话说进来的女子正是慧儿，其昌迎上去把欲回去的话向慧儿说了。慧儿默默无言，半晌方道："明儿走么？"其昌道："是明儿清晨动身。"慧儿向继坡道："伯父替我叫人到学堂里回一声，说我有些儿感冒，下午的课请校长代一代吧。"继坡就叫小学生去的了。慧儿向其昌瞧了瞧，向内就走。其昌也不知不觉跟着进去，同到慧儿的卧房。

慧儿道："我们只有半日聚首了。"其昌道："此行心里头很是悒悒，亦不知为什么缘故。我平日在家里头，不论到哪方去，从没有这样过。我往时笑人家临歧握别做出许多儿女态，哪知道轮着自己身上，昂昂男子气也不知到哪里去了。咳！苏君，我与君虽不过是朋友之爱，然意合情投，数分钟不见心里头就要抑抑不乐。你我每遇了一样的事情，彼此不相知照，而辩理起来往往相同，因此交谊非寻常可比。"

慧儿道："有聚首必有握别，但不知别后何日再得相逢呢？"说着，不觉眼圈儿一红。后道："朱兄，你回去百事自己照料，

164

切勿记挂着我。须知忧能伤身，怀人实是苦事。人生世上，能度几何岁月？怎么不过几天快活日子呢！并且你快活了，我方能快活；你若忧愁，我也何能快活？朱兄，现今国家多故，吾兄抱此大才，自宜出来大大地振作一番，俾蓬巷故人听了，也得快活快活呢。"其昌一一应诺。

这一夜苏慧儿睡在床上，辗转反侧，一夜不曾合眼。思念如潮，一阵阵地推上心来。初想：今夕的聚会，不知可就是二人的收局？此后可能再得会面？他明儿到了松江，不知可能依我的话力图上进？既而又念：我与他不过是朋友罢了，为甚这般地关爱？忽大悟道："我的身子已落在孽海中了，为孽海中情波所激荡，所以不能自己做主。今日我自己的身子似觉已没有了，他的身子就是我的身子了。万一他与我一般的心思，一般的情爱，则吾二人缠绵固结，将来又不知如何收来呢？所恨他已聘有妻室，我此念头终系空想。"又念自己如花美眷似水流，后顾茫茫，前途渺渺，遇着知心之人又不能终身相托，唯存着一空中的恋爱。想到这里，不觉自怜身世，玉泪涔涔矣。又念：我与他认识以来，虽则意相投，并没什么越礼犯分的举动，不特无游浪之言，也不曾有过眉目传情之事，彼此坦白，纯是朋友的交谊。我的心虽为情波所激荡，我的身子却是洁净无尘呢。咳！慧儿，慧儿，你未认得其昌时候，身心舒泰，举动自由，疏疏散散，何等快活！今无端惹起情丝缠绵固结，莫可解释，正是自讨苦吃了。既而又想：我与他虽无婚姻的指望，然留着这固结不散的爱情，比了不曾遇着时候，每日所见尽是些凡夫俗子，心里头不胜厌恶，似觉好多了呢！我此后身子虽不能与他相见，我心里头固常留着他的小影呢。咳！我与此人精神相会，只可梦里做夫妻了。思念至此，又不觉悲从中来，呜咽不止，把平日所读的古诗冲口而发。

这时候其昌在睡梦中，亦梦见慧儿推门而入，执着自己的手，口吐娇音道："但教心似金钿坚，天上人间曾相见。"又道："在天愿作比翼鸟，在地愿为连理枝。天长地久有时尽，此恨绵绵无绝期。"看官，慧儿在前室悲歌，其昌在梦中怎曾听得呢？这叫作至情相感，心电相通，确确实实心理学上必有之理。倘若不信，只要瞧《二十四孝》上的曾子。曾子入山采樵，他的母亲在家里头欲他回来，只要把指头儿一咬，曾子在山中就会觉着心痛，便忙忙赶回家。再有，人凡至亲骨肉在外遇着不测，虽隔千里之远，必定得着警兆，这就是至情相感、心电相通的真实凭据。

当下其昌听了悲歌，心里头十分酸楚，一转身醒来，见一灯如豆，身子睡在矮榻上，自语道："奇怪极了，怎么睡梦中会听着这种挚爱的悲歌！并且余音袅袅，此刻尚盈耳际，又不像是真梦呢！"看官，其昌、慧儿身子虽居两室，而心动神交，精神已会合为一，纵使地老天荒，生离死别，而二人的爱情缠绵胶结，永远不会中断了。

闲言少叙。次日窗上微白，慧儿即披衣起身，略事梳洗，开门出房，见其昌也起身了。二人相见，默默无言，呆立至十分钟，其昌方发出一语道："此次握别，心中很不自在。"慧儿道："天下黯然销魂者，别而已矣。不但行的人衷心悲梗，送行的人也凄惋不堪名状。咳！其哥，我的心碎矣。"说到这里，两行珠泪早扑簌簌滚了下来。其昌见了，心如刀剜，不觉取出纱巾上前亲替慧儿揩拭，慧儿也夷然不拒。

其昌道："慧妹妹，不要悲伤，我得暇必来瞧你呢。"这乃是其昌第一次亲着慧儿玉肌，也是第一次称着慧儿芳名。慧儿止住了泪，秋水盈盈，瞧着其昌，心下有万千言语，正不知从哪一句说起。只见其昌道："愚兄此后可以通函于衾右否？"慧儿道："书信自由，家伯尚不来干涉，尽可寄来也。"

其昌道："珠溪公学代课一月，是我生平第一快心的事。倘不遇此事，你我两人必不会有如此交谊也。"慧儿道："此话果真么？"

其昌道："我与你不过是朋友交谊，然我生平朋友也交得不少，从没有像妹妹这样真挚的，心上不知怎样终舍不下慧妹妹。我这句话自知唐突得很，尚恳你恕我呢。"慧儿听了，非特不怒，倒很是喜欢。心上虽是喜欢，面上却早红云上颊矣。

其昌道："慧妹学问渊深，于书无所不览，我昨夜梦中忽听着一篇绝妙的诗句，自己也不知此词从何而来。"慧儿道："怎样的句儿？"问的时候，玉容像有迟疑的样子。

其昌道："多也记不起，只记有：'但教心似金钿坚，天上人间曾相见。'再有：'在天愿作比翼鸟，在地愿为连理枝。'"慧儿听了，心脉一动，身子几乎晕倒，瞿然道："竟听得这几句诗么？这是白居易《长恨歌》词也。"

其昌道："瞧妹妹脸色，似昨夜不曾安睡，可曾有噩梦么？"慧儿瞧着其昌半晌，方道："有的。"其昌知梦境尽是真事，心中也觉骇然，因问："此梦如何来也？"慧儿道："天下事无真非幻，无幻非真，精神贯注，幻亦为真，精神不专，真亦为幻。你我爱

167

情真挚，意合神交，自然所梦相同。"

这时候继坡、小玉也起来了，二人于是不便深谈。然四目相看，含情脉脉，此时无辞胜有辞矣。

一会子，继坡早备好了早饭，请其昌吃饭。饭毕，已是九点钟了。摇船人上来催道："落潮快了，请少爷早些下船，潮水不对，今儿是不得到的，这松江路很是难走呢。"其昌无奈，只得硬着头皮与慧儿告别。又向继坡道了惊扰，拱手告别。

继坡道："兄弟馆政烦冗，不及敬送了。这只船是讲明包送到一块钱，连酒钱在内。其翁倘有暇到敝镇时，望仍来兄弟家耽搁，兄弟家里头不过龌龊些儿。"

其昌道："言重，言重，晚生如到贵镇，定然到府拜候。"继坡道："兄弟恭候着是了。"又拱手道："顺风，顺风。恕送，恕送。"其昌道："靠福，靠福。再会，再会。"

慧儿要亲送下船，小玉讥刺道："几会儿见姑娘家亲自走送男客的。"慧儿也不去理她，送至湖滨，再三珍重而别。伫立着呆望，直至望不见船儿方始回来。无情无绪，足足睡了一日。暂时按下。

且说朱其昌独坐船中，怏怏不乐。两岸柳碧杏红，恍如图画，哪知一入其昌眼中，样样适足引起他愁思，心绪潮涌，上落不已。回想一个月前，在彗日寺梅林中遇见慧儿，觉其人丰神俊逸，宛如天女凌云，感动之力不期而生，为生平所未有之举动。又念三混荡遇难一节，盈弱女不恤于惊波骇浪中，舍命相救，此恩伺可忘背。又念遇险的明日，在窗隙里望美人酣睡的状态，以及夜来之梦、临别之言，一一回溯于心，密密情网，几于百擘不破了。

正在情思缠绵的时候，已行近天马山地界。但见冈峦起伏，一塔巍然山巅，一所破败寺院隐隐在望。其昌很是感慨，暗想：以慧儿这样美貌，一个人水流花谢，百年后也不过无踪迹，又谁知有我，谁知有她，谁知我们两人有这一段公案，反不如这所危寺，这座败塔，犹得直立山巅，留人凭吊。

正想着，忽听得一声呼哨，只见五七只光蛋船箭一般地赶来，把其昌的船团团围住。一个彪形黑汉，执着明晃晃钢刀，一纵上来了。船儿震荡不已，震得船下的水噗噗作响。摇船人早吓得骨节都酥了，瘫化在半边。那黑汉把刀一掠，一道寒光耀入眼目，只见他大喊道："哒！假洋人，你可认识老爷么！"

其昌道："我哪里会认识你们，哪有工夫来认识你们！"说着，很露出不屑的样子。黑汉道："听你的话，很是瞧我们不起。你休要瞧我们不起，你可知道我们是什么人？"

其昌冷笑道："你们么，不过是个光蛋罢了。"黑汉道："你自己是个什么人？"其昌道："我是日本留学毕业生。"

黑汉道："你们这起留学毕业生，都是人中的败类，没有一个是好人。拿了中国的钱，到外国去花了不算，还到中国来大言欺人。什么革命咧，流血咧，均贫富咧，拿这些好听的话儿来骗同胞的钱。人家信了你们的话可就糟了，除了月月拿钱来供你们挥霍，闯戏园，逛窑子，闹得不亦乐乎不算外，到了急难时候还吃你们把性命都卖掉了。你们是最乖不过的，瞧着风色不好，就会使转篷，向着官府，做什么南洋侦探、北洋侦探，拿人家血来染红自己的顶子。你们这起留学生，还好算是人么？你说我们是

169

光蛋，瞧我们不起，要晓得，我们虽做着杀人放火的勾当，却是光明磊落，烈烈轰轰，说得到做得到，从未会骗过人家一句话。比了你们，人格正要高起几倍呢!"

其昌道："我并不是革命党，你说的话与我并不相干。你们今儿截住我船儿，是什么意思?"不知黑汉如何回答，且听下回分解。

# 第六回

## 国色倾城易魔豪杰
## 莲花妙舌难动冥顽

话说黑汉听了其昌的话，冷笑一声道："没缘没故，我会截住你的船么？我要问你：你既是留学生，你可晓得'自由'两个字是作什么解说的？"

其昌暗想：瞧不出这光蛋倒也是个新学界人物，懂得些"自由""平等"的字面。遂道："自由者，是以不侵害人之自由，亦不使人侵己之自由。是这样解说的。你问它做什么？"

黑汉道："婚姻自由，可许人家侵害不许？"其昌道："婚姻自由，是最尊贵不过的，如何可许人家侵害？"黑汉道："却原来也知道婚姻自由是最尊贵不过，万万不能听人家侵害的，然则你为什么来侵害我的婚姻自由？哼，哼！你可知罪么？"说至此，便变了颜色，两只眼珠儿圆彪彪地露出凶光，向其昌射着。把那口钢刀不住地飞掠，寒光闪闪目欲花。那五七只船上的光蛋齐呼一声，这暴雷般的声浪在水面上回激起来，洪大异常。只听众光蛋齐道："大老板问他则甚，快把来斫掉了。"

看官，若使陆士谔见了这个情形，早吓得屁滚尿流，半句话都说不出了。幸亏其昌是镇定惯了的，依旧从容不迫地问道："你的话我很不明白，我在哪里侵害过你的婚姻自由？你不要认差了人，我是叫朱其昌呢！"

黑汉道："哪里会认差，你原来叫朱其昌，我今儿晓得你名字了。你可记得三混荡的事情么？我当日在彗日寺赏梅花，碰见了这女学生装束的姑娘，见她模样儿生得标致，就与众弟兄商议了，娶她来做个压寨夫人。探明她是井亭港人，所以等候在三混荡里，预备着与她文明结婚，哪知一桩好事无端地被你冲破了。今儿既然相遇，也算我们有缘，说不得要在你身上赔偿我一个夫人了。"

其昌勃然大怒道："野蛮到这样地步，还说是文明？'文明'两个字被你们辱没杀了。"

黑汉道："'文明'两个字，本不过是强权的代名词。现在世界上头等大国，借着'文明'两字出来逞强行霸的很多呢，偏我就不行？况我是我，你是你，我野蛮也罢，文明也罢，干你何事，要你来干涉？今日你既到了我们手里，便不由你做主了。"说着便道："兄弟们，放船过来。"向其昌道："请你到我们船上住几天，我们也得领教领教你文明人呢。"

其昌没奈何，只得随着黑汉下船。黑汉道："朱先生，我们都是粗人，倘有言语得罪，恳求你担待一些儿。请坐了，我有事与你商酌呢。"其昌只得坐下道："什么事？快说。"

黑汉道："我名叫海里奔，一生正直，素来不喜女色，所以年纪虽已三十岁，尚未娶有妻室。在淀山湖一带纵横，蒙众弟兄推我为头领。不料那日在彗日寺，无意中遇见了那位姑娘。先生，说也奇怪，我的魂灵儿便似被她摄了去一般，恁你怎样，终是丢她不下。便与众兄弟商议，把她娶来做一个压寨夫人。我果然与她做了夫妇，即叫我丢掉一切也都情愿，改邪归正也都情愿，她叫我怎样我就怎样。我把她爷娘般孝顺，菩萨般恭敬，心肝般看待，她就是要吃我的心，我也情愿剜出来给她呢。娶她不成，休说在淀山湖里头做个头领，就叫我去做上界玉帝、下界人皇，也不愿呢。我本拟到井亭港去劫娶的，为甚不去呢？为了我一个人的事情，累及众弟兄，心里头实有些儿不忍。老实说，到了那边必不能斯斯文文，设或伤条把人命，地方上绅董哪里肯答应？况娶的又不是平常人家姑娘，又是女学堂的教员。现在的学界是没有风尚欲兴波作浪的，硬娶了她的教员，哪里就肯轻易罢休，必定又要闹得沸反盈天，开临时会咧，禀提学使咧。为此总要想一个美善的法儿，这一招险招就不行了。现在天幸碰着你先生，就是我好运到了。所以特地邀过船来，恳求你替我想一个法儿。若此事能得成功，休说前事撤去不提，我还要大大地酬你劳呢。先生，你这会儿替我出了力，以后倘有事要用着我时，我也赴汤蹈火地报答你呢。先生，你自己斟酌着吧，我的话出了口是从不能再有挽回的。"

其昌听了海里奔一番说话，气得四肢发抖，再也回不出半个字儿。停了好一会儿，方有气没力地答道："你又不是要娶我，与我商量些什么？你要娶人家的姑娘，你去向人家商量是了。人家的姑娘又不是我的人，怎么反向我商量起来？真笑话之极了！"

海里奔道："先生，快不要如此，这种话即说一百遍也没中用的。这位姑娘虽不是先生的人，却与先生要好得了不得。先生肯替我帮忙，这事十拿九稳可以成功。我生平轻易不肯求人家的，先生休道海里奔是惯说软话的，须知要得我的软话是很不容

173

易的呢。我因知此事非先生不可，所以才向你张口，先生你休误会。"

其昌道："我与姑娘要好这句话你从哪里得来？"

海里奔道："哼，哼！先生你当我海里奔是木人儿么？淀山湖一带远近数百里内，无论豆芥之事，我都能知道。各城、各镇、各村、各乡，我都有弟兄在内。凡吾要探听什么事，不必亲身前去，只消吩咐了这地方的弟兄，这地方弟兄自会替我打听仔细，一一报我。我晓得先生耽搁在苏家，又晓得先生在珠街阁教书，姑娘在井亭港教书，两个人放了晚学必到放生桥顶上讲话，每日都是如此，要好得不得。先生，你是已经聘有妻室的人，我劝你不必再生妄念，这位姑娘就让给了我吧，我是世世生生忘不了你的情呢。"（文笔至此，奇妙极矣！为海里奔两番语言，句句柔软，扣之却句句生有棱角。确是强盗语，不是其昌语，不是继坡语，不是孔生语，古书中唯《水浒》《红楼》差甚相比。）

其昌听罢，不觉骇然。（安得不骇？）暗想：此盗党羽既这样的多，声势既这样的大，看来倒很难收拾呢。又想：听他方才一番语言，也很有些道理。看来此人也是个不得志的豪杰，我何妨把人情人理之言细细劝他一番，如果劝得醒也是一桩乐事。（乐者，乐慧儿之得免于难也。）

想毕，开口道："海头领，我有一言奉告：婚姻之事，必须男女两个志同道合，意惬情投，互相怜惜，互相爱慕，爱情十分浓厚，配成后方有乐境；若是老愿相乖、气味不投的人，纵使勉强配了拢来，闺房之间细想有何乐处？况此事成否，尽由男女二人之本心，旁人何能为力？头领，你是明白人，我这话是么？况你要娶这位姑娘，无非为爱她起见。你既是爱她，必定要她快

174

活，你方也能快活，她既不愿嫁给你，你硬把她娶了来，她会快活么？这么一想，你也于心何忍呢？为图一己之快活，倒使所爱之人终身不得快活。并且她是个女学教员，你硬娶了她，江苏学界必定不肯答应，团结全力与你相争，你既是英雄，终不过是一个人，也未见得定能不败。故论理，则不必娶；论情，则不忍娶；论势，则不能娶。我劝你不如断了这个念头，另外找个志同道合的女英雄作配吧！天底下女子，比她美丽的好多着呢，只要留心物色就是了。"

其昌这一番话，婉转曲折，自以为劝醒海里奔了，哪知说完后，瞧着海里奔，只见他冷然道："先生你的话完了么？蒙你劝我，只是我海里奔粗莽得很，不能领你的情。我只问你一句话：你可肯帮助我不肯？你快快回答我，别样的言语我都知道，不必说。"说着时，把闪亮的钢刀铛的一声，插入船板上，两眼圆彪彪地凶光射人。（写一强盗，便宛然一个强盗，跃然纸上，此之谓神笔。）

其昌暗想：此贼志意坚定，不能以游说劝也。吾须先以缓兵计解去目前之急，然后再想妙策以图解救彼妹。（于急难时，只谋救人，不谋救己，其昌真情种哉！慧儿不虚所识矣。虽然，非情种，必不能描写及此。）想毕，遂道："海头领，你这个问题难得很，我一时间实不能奉复，可否容我熟思数天，再行回答？"

海里奔道："几天呢？"其昌道："一星期可以么？"海里奔道："太远，哪个耐得？这样吧，我给你三天，限你快去想。先生，我给你打算，还是依我为妙。倘满了三天，依旧不决，那时却休怪我了。"其昌连声答应。

海里奔道："我有事，不得奉陪，先且在我船上盘桓三天再

175

说。"又对众光蛋道："兄弟们，好好儿待着先生，陪先生上岸去吃杯酒。"众光蛋齐声应着。海里奔拔了钢刀，（文笔细致。）跳过那只小船，打着桨如飞地去了。

只听一个光蛋道："今儿的六十包盐，怎么海老板亲自护送？"又一个道："老王来报说，前途有二只兵船呢。"一个道："兵船见了我们是逃避的，怕他则甚？"那个道："现在的藩台凶得厉害，兵船上也很有几个好手呢。"一个道："上海来信说，新枪子弹已由外国运到，催我们快去搬运，不知这次派哪个去。"那一个道："海老板做事秘密得很，哪里猜度得出来。"

两人正说着话，那边船上一个老年光蛋喝道："讲话留些儿神，今儿有外客在呢。"二人说声啊呀，瞧着其昌，连忙住口。欲知其昌留在光蛋船上如何脱身，且听下回分解。

卷　下
第七回

## 天马出文人受困
## 催眠术豪士逞奇

　　话说朱其昌在海里奔船上听得众光蛋对答的话，心下愈加惊骇。暗想：我身在虎穴，无计脱险，如何可救慧儿妹妹？我自己一人不甚足惜，即被他们千剐万割，也没要紧得很，所恨我死了后慧妹妹无人保护耳。慧妹妹没有人保护，终怕要落到他们手里去呢。咳！似此名花，安忍令她落在暴徒之手！又想：我今日被他们囚住，也是自己无能之故。想当时在日本留学的时光，孔兄再三劝我，叫我学习些剑术、催眠术，说学会后也可防防身子，我终不肯听他，一心地研究那法律专科。哪知今儿碰着这群野蛮不过的光蛋，法律竟全然没有用处。若早学些儿剑术或是催眠术，倒怕不至于困难呢！只要瞧孔兄，他剑术、催眠术没一样不精通，去年子在上海遇着了一群流氓，被流氓围住了，要想拆他的梢，却被他一施催眠术，把一群流氓都催倒了，流氓倒在那里，他却安安稳稳走回了栈。此刻如有他在，我就不怕了。又想：有了，我何不写信通知他，叫他速来救我？

想毕，遂向众光蛋道："我要写一封信给朋友，可以么?"光蛋道："大老板不曾吩咐过，这是要问大老板的。就是大老板吩咐过，我们说准许先生写信，照我们党里规矩，也要书记员瞧过了，他说不碍，方可与你寄发。倘是洋文信，不论英文、法文、日本文，都交与翻译员瞧阅。本党的法律，最严的就是私通函信这一条。凡被囚的人私发函信，看守的人如果失察了，则发函的人与失察的人不论通同与否，一齐用洋枪对心击死。"其昌听了，暗暗叫苦。众光蛋道："先生不必烦闷，我们到天马山镇上去逛逛，喝杯酒儿，这是老板吩咐过的呢。"其昌暗想：我且同他们到镇上去，天幸碰着个把熟人，能替我给孔生通一个信就有救了。

于是跟着众光蛋上岸，到天马山镇绕镇走了一周，进一家小小馆子。众光蛋推其昌坐了上座，众人团团坐下，点上几个菜，狼吞虎咽吃喝起来。一时吃喝完毕，一年老的光蛋向掌柜道："记在账上，待大老板来给你。"掌柜道："不妨，不妨，众位尽吃不妨，上次还有钱存着呢。"众光蛋出了店门，一路唱着回船。

回到船里，年老的光蛋道："大老板不在，我们抽筒乌烟玩玩吧。"众人都说很好，一个光蛋就到船艄里取出一副乌烟器具来摆在舱中，点上了火，吞云吐雾地彼此抽吸。其昌心如辘轳，自念：我在此间受难，慧妹妹不知能否有些儿省觉?像吾两人这样的交谊，心神息息相通，吾晓得她虽没有得着我函信，精神自会知道的。又念：她若知了我受难的信，心里头又不知要怎样难过呢?她又不能救我，白累她受苦，最好不要使她得知方妙。一会儿又想着家里头父母年纪已高，自己又没有弟兄，设死在这里，家中父母更叫何人奉养?又念自己正在青年，出洋数载，学成满腹经纶，满拟大展谋猷，出而济世，若死在这几个光蛋手中，则以后更有谁人知我朱其昌呢？况中国国势孱弱到这般地步，铁路咧，矿山咧，海口咧，样样被人家取去，政府里大老既多不会办事，学校里培植的又多是不规则的人才，我今儿一死，虽不敢说中国就此没人，究竟少了一个帮手呢。既而又念：我这危险都由慧儿而起，早知如此，不如当时不认识她。又念：设我不认识她，她定在海里奔手里头了，这会子不知道弄得怎么样儿呢？思前想后，闷了一天。

次日，海里奔回船，向其昌道："先生，第二天了。"其昌道："知道，过了今儿还有明儿呢！"话休絮烦，转瞬间三天之限已到。这日，海里奔便不是从前样子了，冷着脸问其昌道："你主意定了没有？今儿是什么日子，你可记清？"其昌道："不错，限期到了，我主意已经想定。"海里奔道："快说，你须仔细，倘有半个不字露出口来，须怪不得我，哼，哼！"其昌道："海头领，这事我实无能为力，你把我杀了吧！"海里奔听毕，双眉直竖，两眼圆睁，鼻子里哼了一声，如虎吼般喊道："众兄弟，快给我把这囚攮的揪下，衣服剥去了！"众光蛋齐喊一声："嘎！"宛如船里头起了个暴雷相似，那个声浪在水面上回震过来，嗡嗡作响，惊得四邻船只两岸行人尽都骇然。瞧其昌时，依然面不改色。两个油脸光蛋早把衣袖一将，露出了臂膊。只见那四条臂膊都有牛腿般粗细，露着青紫筋，那肉如栗子般一块块绽露出来。一个健步纵到其昌身旁，把其昌的帽儿只一掀掀去了，随即把他的外褂脱掉，只剩着里衣。

海里奔从腰里头拔出一把雪白亮的尖刀来捏在手中，喝道："朱其昌听着：你不肯替我设法，便是你自己讨死，须怨不得我。"其昌道："你要杀我很好，我自被你擒住后，早知道没有了性命，把'生死'两个字早已置于度外，请你尽管杀吧！但恳求你杀了我后，不要再去扰那苏女士，我便死在阴间也感激你不尽呢！"

海里奔见其昌毫没惧怕的样子，心中很是纳罕，开言道："朱其昌，我劝你休要执迷不悟。你小小年纪，只有近二十岁的人。我晓得你并没有弟兄，这会子死在我船上，问你家里头父母还教哪个去奉养？你是读过书的人，岂不闻古人说，死有重于泰山，有轻于鸿毛，你今儿死在这里，是泰山还是鸿毛，你也应该想想。你护着苏女士，不肯把她来让给我，不过瞧我是个光蛋，恐怕她失所。是了，你打量我生出来就做光蛋的么？我也是好好儿一个人，祖上也是世代书香，我也曾攻过举子业，入过庠，下过二次乡场。只因地方上有个天主教民，仗着教势强奸了我邻家幼女，这幼女的父亲到县里控告，县官帮着教民反说他是诬告，把他押在班房里头，我气愤不过把这教民一顿打得半死，就此逃出来入了帮，蒙众位弟兄推我做了个首领。你想，我这么一个人有甚配不上苏女士，要你在旁干着急则甚？快快回心转意，替我出一把力，既救了自己性命，又结识了一个朋友，又成全了佳人才子的姻缘，岂不是一举三得么？"

其昌道："你才子也罢，光蛋也罢，我终不能替你出力，也不愿结识你做朋友。要杀便杀，不必多言。"海里奔大怒道："不识抬举的东西，竟这样的顽固不化！兄弟们，动手斫掉吧。"

说着，把尖刀递给了油脸光蛋。油脸光蛋接了刀。那一个便动手剥其昌的里衣，笑道："大哥，这套外国衣服我们留着到上海去穿了，也可混充着留学生呢。"说着时，早把其昌里外衣服剥得精光，只剩着一条裤儿。其昌闭着眼等死。一个光蛋把其昌两手反接着，紧紧执住；那一个按着尖刀，照定其昌心口瞧得亲切。（其险不可言。士谔先生惯用险笔，使读者惊心骇目，较读《水浒》《七侠》为尤甚。吾知读者惊心骇目时，正先生笔飞墨舞、志得意满时也。）正欲戳时，只听得钟鸣般一声洪响，一个洋装少年从那边小船上飞扑过来，喊一声："住手！"说也奇怪，那个油脸光蛋竟身不由主地就住了手。

其昌开眼一瞧，见是孔生，喜极道："孔兄，快快救我！"孔生道："你放心。"回过头去喝道："快给我把那黑汉子斫了！"油脸光蛋立刻把尖刀向海里奔奔来。

海里奔心里纳闷：怎么我的弟兄会听他的号令？这时候，油脸光蛋已经奔到，举尖刀向海里奔就是一刀。海里奔急闪时，左臂上已着了刀尖，鲜血直流，幸得身子轻捷，急忙一纵，纵向那边船上去了。孔生回喝执其昌两手的那个光蛋道："快给我放了手！"那人便放了手。

孔生道："朱兄，穿了衣服，瞧着我摆布他们。"其昌忙忙地穿衣，见孔生大喝一声，那十几个光蛋顿时都呆了。孔生道："快给我摇向松江去，你们头领吃人家扎住在那边呢！"回头向其昌道："我们过船去吧。"其昌跟着孔生跳过了船，回看光蛋船时，荡着桨齐向松江那条路去了。

其昌道："孔兄，怎么这样凶横的光蛋见了你竟会服服帖帖，无话不从起来？"孔生道："你不瞧他们的眼珠儿么，都呆掉了，这就是催眠术的作用。我上船的时候大声一喝，这一声喝就是我施展法术呢。"

其昌道："怎么一声喝，就会把他们催倒？"孔生道："他们蓦然间听得我一喝，必定要向我瞧，眼珠儿瞧着我，心里头也必注着我了。只要他的心一注着我，就可被我催倒。"

其昌道："怎么心里头一注着你，就可被你催倒?"孔生道："这里头原因很是复杂，你不曾学过的，我就是讲了出来，你也依然不懂呢。快休问了，横竖这班光蛋中了我的催眠术，不到七天是不会醒过来的，你可放心吧。此刻令尊翁在我们家里头候着呢。"

其昌道："家严怎么会在府上? 咳! 孔兄，小弟若不是兄来，此刻性命早不知哪里去了，你真是我的救命恩人。"孔生道："说什么恩不恩，朋友患难自应相救的。"

其昌道："现在的世界，要像吾兄这样热心的人能有几个? 但是，吾兄怎么会知道我在天马山受难呢?"孔生道："你不瞧这只船儿就是你雇的那么?"

其昌见摇船人与船儿，果然就是自己雇的那只，遂问："可是摇船人来报信的么?"孔生道："船不是我雇的，他们怎么会认识我呢? 你这乱子闹得真不小，一时间几乎害了几条性命。"

其昌惊道："怎样害了几条性命?"孔生道："令尊翁、苏女士为你这事，几乎都没了命。"

其昌大惊失色，忙问所以。欲知孔生说出些什么来，且听下回分解。

# 第八回

## 惊噩耗苏女离魂
## 救良友孔生好义

话说朱其昌正在急难之中，忽地遇着孔生前来相救，跳出了虎窟龙潭。原来孔生自与其昌梅林分手后，便在家里头埋首用功，预备进京投考，所以连接其昌三封书信只回答得一封。（补笔细致。）后来其昌信来说老父严责，将力逼归里，孔生又复了一信，劝其速作归计，切勿留滞珠溪。

过了一日，忽听得村中犬吠嗥然并作，知必有异客到来。开出门来瞧时，见其昌的父亲朱孝廉带着一个摇船人急急而来。孔生忙着迎出去，问："老伯一向可好？今儿何幸得临敝地，其昌兄可曾同来？"朱孝廉道："老侄还没有知道么？我们其昌给人家扎住了，这会子生死尚没有知道呢！"说着，已进了客堂。

孔生道："请坐了细谈。"因问："其昌怎么会给人家扎住，究竟怎样一件事？"朱孝廉道："老侄只要问这摇船人，便能知晓。"

孔生问摇船人，摇船人道："前日我同阿虎两人，送着朱少爷从珠街阁开往松江去。行到天马山，碰着一伙光蛋船。五七个

183

光蛋一拥而上，把朱少爷劫了去。我与阿虎两人幸得乖觉，不同光蛋争论，因此船儿不曾被他留住。到半夜里，我们就抽空儿逃了出来。到珠街阁天已大亮。我因船金没有收着，就到井亭港苏家去取讨，乘便报一个信给他。谁料他家会得教书的那位标致姑娘，一得着这个信就晕倒了，晕得两眼上插，人事不知。掐人中，喂滚水，忙了好一会儿，方救醒过来。这姑娘醒了转来，就叫我赶着到松江朱老爷处报信。齐巧逆风、逆水，摇了一日才到，朱老爷听了，也就厥了过去。后来朱老爷醒了，就坐着我的船儿连夜赶到井亭港，同着苏家老相商量了半夜。还是姑娘出了个主意，说朱少爷同你老人家很是要好，你老人家是本领非常，又会拳棒又会法术，朱少爷常常说及的。叫朱老爷到这里恳求你，因此我们便忙着赶了来。"

孔生道："光蛋船是否尚在天马山？你们由松江到珠街阁那是必由之路呢！"摇船人道："还在那里，我来往都瞧见的，因怕多事所以不敢告诉朱老爷。"

孔生沉吟不语，朱孝廉向孔生深深一揖道："费心，费心，这事务恳老侄设一个法儿，把其昌弄出来方好。"孔生道："老伯放心，如果光蛋船尚在天马山地方，小侄不是夸口说，定能够马到成功，只恐开了别地方去，那就没法可想了。老伯且在这里住着，待小侄马上就去。今儿是十八了，其昌被他们困住已是第三天了。自古说，救兵如救火，哪里可以迟慢呢？小侄饭也不吃了，随便带些什么东西，到船上胡乱吃着是了。"说毕，霍地立起身来，向内去了一瞬，便又走出，向朱孝廉道："老伯请宽坐一会子，我已吩咐过里头了，少顷老伯用饭时，我叫舍弟出来相陪，我去了。"说毕，回顾摇船人道："走吧！早些开船早些到。"

朱孝廉连连作揖道："像侄这样的肝胆，世界上哪里还有？我感激得莫可名状。"孔生道："我与其昌兄乃是至好，老伯何必客套呢？"一边说，一边早走出了门，与朱孝廉拱手作别，随即下船。

幸喜顺风顺水，扯起了篷，只二三个钟头便到了。这时候，适遇海里奔叫油脸光蛋动手杀其昌。孔生见势已十分危急，顾不得什么，大喊一声纵身过去，施展催眠术把其昌救了过船，在路上，遂把这事始末根由尽行告诉了其昌。其昌万分感激，不住地作揖称谢。

船到珠街阁，其昌定欲上岸去瞧瞧苏慧儿，孔生阻止不住，只得由他。其昌上了岸，踱过放生桥，行到苏家，听得门内"天地元黄""赵钱孙李""天地日月""山水土石"等书声，喊得应天价响。继坡执一戒尺在手，正欲责一八九岁的小学生，见了其昌，忙着放掉戒尺，起身相迎，笑道："其翁，我知道你不要紧的，果然出来了。"

其昌道："若没有敝友孔君出力相救，晚生早做了刀头之鬼了，哪里再能够与老先生相见。"因问："令侄女慧君听说有些儿清恙，不知好点了没有？"

继坡道："其翁与她是好友，宛如兄妹一般，新学世界古礼是不必拘泥的，她在里头，其翁自去见她是了。"其昌巴不得这一声，忙忙走进到慧儿卧房外，见门儿掩着，问道："慧妹妹可在着没有？我来瞧你呢！"

慧儿听是其昌声音，忙着把门开了，开言道："朱兄，你回来了，此会不是梦里么？"

其昌见慧儿鬓发蓬松，玉容惨淡，较之三日前清减了好些

185

儿，心里头不胜怜惜，答道："我蒙拯救，得以脱难，听妹妹陡患清恙，所以特来瞧瞧妹妹，这会子可大好了没有？"

慧儿道："我哪里有什么病！听得你被光蛋捉去，心里头一着急，就不舒服起来了。如今见你没事，我的病也就好了。朱兄，我们客室里去谈会子吧。"

于是两人即到第三埭其昌睡的那间坐了，密密切切谈了一会子。其昌道："妹妹，我瞧你在这里危险得很。海里奔这贼子穷凶极恶，势在不得你不止，最好还是离去此地，到外边去躲躲才是。"慧儿道："你的话很是不错，但我系子子一弱女，没有一点子本领，教我到哪里去呢？"

其昌道："上海离此也不远，女学校很多，你国文是很好的了，只可惜缺些儿科学。到上海去补习补习科学，将来不怕不是女校里头一个特出的奇才！"

慧儿道："我在你跟前还说什么客气话，我自己知道资质虽不甚聪明，用心勤学起来，未必一定及不上人家。但是我那个伯父你是知道的，他肯拿钱给我读书么？我自己又没有积蓄过一个钱，这事如何可行？"

其昌道："这句也是实话，但是你住在这里，我实放心不下。也罢，你'经费'两字且不用虑他，只要你决定主意，学费、膳费及零用费等，我可替你想法子呢！"

慧儿道："你又不是有钱的，我见你自己尚在打饥荒，哪里来的钱供我读书？"

其昌道："我虽没有钱，然究竟是个男子，还有几个朋友可以商借商借呢！"

慧儿道："为了我的事，累兄负债，我心里头怎么会安呢？"

其昌道:"妹妹的身子不安,我的心也不会安的;我心里头不安,我身子更能做什么事呢? 所以安置妹妹也是为我自己打算。"

说到这里,见一小学生进来报:摇船人催朱先生下船。其昌只得起身,与慧儿再四珍重而别。走至外边,见摇船人站着书房里瞧热闹儿。那十余个拖鼻涕孩子,正在没命地狂喊"天地元黄""天地日月",继坡架着黄铜边老光眼镜伏在案上瞧什么书。那坐在继坡身后的几个学生,口里狂喊着,手里头却都拿着五色纸折什么东西。摇船人见了其昌,开言道:"朱少爷,天已不早了,到孔宅还有十多里路呢!"其昌也不去理他,向继坡周旋了几句。出了苏家门,一径下船。

孔生道:"你怎么去了这许多时候?"其昌道:"我没有觉着,好像只谈得三句话儿呢!"孔生道:"你同着女朋友对谈到一年,也不会嫌长远的呢!"说得其昌也笑了。

二人在船里头谈谈说说,途中并不寂寞。其昌就把劝慧儿到上海就学的话向孔生说了,孔生也很赞成,并道:"经费一层,兄如没处筹划,我可略尽绵力代你合一个一千元的会。你把此款分存在珠街阁殷实店铺里头,存得好按月有一分利息。切不可并存在一家,存款一巨利息就薄了。按月一分,一千元就可得洋十元,光是读书尽够的了。"

其昌作揖称谢,孔生道:"朋友义应相助,谢什么? 我也有求着你的日呢! 只我这会子有一句话要劝你,不知你肯从不肯?"

其昌道:"你是我患难至交、救命恩人,你的话我没有不从的。"孔生道:"这倒不是这么讲的。大凡朋友的话总要察其有理没理、确切不确切,不能一味地论交谊,交谊厚的未必句句可听，交谊薄的未必句句不可听，其兄，我这话错么？"

其昌道："是极，是极，不知你今儿劝我的是什么？请你快说了，我可从就从，不可从就遵你的教不从是了。"

孔生道："你今番回去，请你百样事情都宜丢开，一心地练那白折小楷、经义策论，待北京一有信来，我同你即联袂北上，图一个出身。你我虽未必要做什么官，但目下中国国势日弱，你我若再不出去，恐怕就要支持不住。待到支持不住的时候，你我也不能免呢！那时节不要说你我两人，就是伊、吕、管、葛再生出来，也没法儿想呢！我记得在东京时候，有一个同学是安南人，他向我讲起他国里头被法国人欺凌的情形，真是惨不忍闻。他说安南自归了法国后，政令的严酷从古没有这样过。就以税务一端而论，房有房税，人有人税，物有物税，并且店铺挂块儿招牌也要完税一二元，人家宰一只猪也要完税三四元，孩子一出母胎就要完纳人丁税，待不及长大的。民间婚姻必须报官，由官给凭为证，这一张婚凭须纳洋十元方得领受，没有婚凭的作为私通。若死了人必须报官，请验尸有验尸费的，所用棺木又有棺木税。一家人家一年里头若婚丧的事情多一点子，这个税费就不得了呢！并且法国特设苛律，凡地方上人丁税只准增加不准减少。倘这块地方共有百丁，一旦不幸死掉了十个，那十个人的人丁税就均派在活着的九十人身上，叫他完纳。因此地方上死的人越多，那活的人税务就越重。有一年瘟疫盛行，一个乡庄上竟死了一大半，那活着的一小半人既要替死的出验尸费、棺木税，又要纳着房税、物税，早已弄得精光了。谁料刚刚弄完，纳人丁税日子到了，村里的人聚着商议道：'我们穷得一个钱都没有，吃在

188

肚里穿在身上，瞧法国人拿我们怎样。俗语说，只怕穷不怕凶，我们真穷他凶也没用。'众人一心一意，以为这一回必定弄倒法国人了，岂知后来竟大大地受了一个大亏！"

其昌道："他们穷够一条裤子一条绳，还有什么亏受呢？"欲知孔生如何回答，且听下回分解。

# 第九回

## 哀哉亡国骇目惊心
## 新矣世风千奇百怪

  话说孔生听了其昌之言，说道："这事凭你是谁再也想不到的。当下众村民议定后，恰恰收税官到来。众人出来圈着跪下叩头道：'收税老爷，我们穷得一个钱都没有，恳求你老人家发一个慈悲心，暂时宽缓几天儿。只要我们一有了钱，马上就来缴纳，一个钱都不敢少的。恳求老爷慈悲慈悲。'收税官鼻子里哼了一声，道：'你们这起顽奴思量抗税么？吾大法国的法律能由你们便的吗？你们抗税也罢，我回了税务司，叫警察拘你们到裁判官衙门问去。这起顽钝贱奴，不给你们些厉害也不会知道的。'说着，愤愤地去了。众人面面相觑，一个法儿都想不出。有一年老的道：'我们穷也没奈何，法国官虽凶，不见得把我们吃了下去。警察来我们就跟去，瞧他把我们怎样！'众人都说有理。一会子警察到来，众人也不倔强，跟着就走。到了裁判所，裁判官道：'你们为甚抗税？'众人连连碰头说：'不敢抗税，实是穷苦凑不出钱来，请老爷宽缓几天儿。'裁判官道：'大法国法律上没有准你们展限的条款，本官碍难照准。你们既没有钱，为甚不预

190

先设法设法呢？'众人道：'我的老爷，我们若有处设法，还敢不缴纳么？'裁判官道：'你们为甚不典卖田地、鬻去子女拿来抵偿呢？'众人道：我的老爷，我们还有甚东西？除了头上一片天不曾卖掉罢了，此外还有甚不卖掉呢？'裁判官道：'好，你就把那片天卖给我抵作税款吧，写一纸文契来我就收，你们回去。'众人听了，觉着自古到今从没有这样奇诧的事情，一时没作理会处。那裁判官身旁的文案早把文契写好，喝令村民签字。村民接来一瞧，只见上写道：

　　立卖契人某某村民，为因急用，自愿将某某村所有之天悉数卖给于大法国。议定价银若干，当时一并收足，自卖之后，某某村所有之天悉归大法国管业执掌，某某村民不得顾问。恐后无凭，立此卖契为据。

　　天主降世一千九百零二年某月某号
　　立契人某某村民

　　"众人瞧了一遍，就交与村长签了字，交与裁判官。裁判官道：'这税款我就替你们缴到税务处去是了，你们回去吧，税单明儿派人给你们送来。'众村民互相觑视，不发一语，退出裁判所，回到村里，心里头很是疑惑。谁料次日清晨众人尚在睡梦里，忽听得门外人声马嘶，好像有许多兵队在村里头驰骤的样子。从窗隙里张时，见好几百法国兵士戎装乘马，揞着洋枪，把本村团团围住，只听法兵齐声喊道：'村民听着，我们奉令特来护天的。你们这里的天已卖给我大法国了，你们从此便没有享受天光的利益，倘敢开门开窗、晒晾东西及举头仰视者，均是侵害我大法国天上的利益，我们当立即开枪把这偷天贼打死！你们须闭着门，一步都不能出外，因为一走出门就要受着天光的普照呢。'其兄，你想一个人全靠着天光度日，没见了天光哪里还能活命？只得卖男鬻女，凑出钱来到裁判官处去赎转那片天来。其兄，你想亡国之人苦不苦？我们中国外人势力日增月涨，若是委天任运随着他去，必定要弄到与安南一样，那时候赎天的日子恐怕就要轮到我们身上来了。所以我劝你快快用些儿功，图个出身，将来好执着政柄，大大地施展施展，把中国强将起来才好。此刻且尽让人家谈论，说我们志士也好，说我们狂生也好，我们只要立定主意救国是了。譬如苏女士，是你生平第一个崇拜的人，到中国亡掉后，外国人看中了她，要把她硬娶去，你能有法子救她么？所以无论爱色、爱财，第一总要从爱国着手，方能爱得实在呢！其兄，我此话对不对？"

其昌道："听你这一席话，使我茅塞顿开。我初时也打算着独善其身，如今方晓得，不能兼善天下，就是要独善也不能够呢！我从此听你的话，就狠狠地用功着经义策论、白折小楷，到有了开考日子，与你一同上去是了。"

这日摇到孔宅，已是黄昏时候。其昌见了父亲，悲喜交集，谈了别后一番历史，朱孝廉免不得警诫了儿子几句。过了一宵，次日其昌便同着父亲回里。临别又把慧儿事细细嘱托了孔生，孔生满口应允，答道："兄尽管放心，弟竭着力办是了。"

其昌回到松江，果然听了孔生的话，埋头用功，不管外事。朱孝廉见儿子这样，也很欢喜。光阴迅速，不知不觉早已两月开来。一日，接着孔生的信，说考试留学生已定于八月举行，其昌用功得愈加踊跃。

到了七月初旬，孔生雇船到松江，二人会着面，彼此大喜。孔生先索其昌的小楷瞧了，连称："吾兄进步的快速，令人猛吃一惊。"又索读了策论、经义，连连称妙，说："此番一定高魁，堪贺，堪贺！其兄，我这贺并不是贺你，实贺中国得了一位英雄也。"

其昌谦逊了几句，便问孔生道："现在你学费寄了去没有？上海已有两封信来催呢！"孔生道："我给你的信难道没有收到么？"

其昌道："一总收到你七封信。你第一封信说，一千元的会已经合成，会款已经收齐，上海女学堂已拣就，我就照你信上的话通知了苏女士。苏女士回信说'漕溪教务已辞掉，即日当束装就道，唯伯父于此举颇不为然，然吾为避祸计，彼亦不能终厄我也'等语。我马上给信你，叫你弄个妥人到井亭港，陪她上海去。接着你第二次信，知道令表妹在上海读书，此次适要到学，已托她到井亭港，陪了女士由珠街阁乘轮去了。随后接着苏女士上海来信，知已进了学堂，一切都蒙令表妹照料，颇甚周备。你第三封信说，会款刚才存进，急切不能取息，学费未缴。后来几封信都不曾提起，我就寄了二十块钱去，叫她先拿来用着。后来她连给我两信，说校长催缴学费甚急。我就连发两信给你，没有接到你回信，究竟怎么样了，可曾寄去没有？"

孔生道："昨儿寄去的，这会子尚没有到上海呢！我从民局里寄递的，民局是听说要从松江兜转，我发给你的信谅必也要快

193

到了。"

其昌道："费心得很，寄了去，我的心也就安了。"

孔生道："其兄，你已聘有妻室，我劝你丢开些吧！你是不能爱她的，你爱着她就是害着她呢！"

其昌道："我也知道，无奈再也丢不掉。我几次决意不去想她，谁料闭上眼，她的形容笑貌又忽地到我脑海里来了，叫我又怎么样呢？"

孔生道："且不必讲他，你考具收拾了没有？"其昌道："都收拾了。墨匣也磨好，紫笔也买就，书籍、铜压、卷袋都已收拾好，装在考篮里头了。"孔生道："这样明儿就好走了。"

一夜无话，次日二人就乘小轮到上海。这时候火车尚没有通，二人坐着小轮，只半日工夫早到了上海。在十六铺码头上岸，雇了两乘东洋车，把行李雇脚夫挑了，直投宝善街新天福栈房来。这新天福栈是青浦人开设的，孔生也是青浦人，他在上海进出，每逢要住栈房，必在这一家，为的是彼此都是同乡，各事有照应些。霎时已到宝善街石路口新天福栈门前，下车进内。账房忙着起身相迎，招呼茶房把行李搬进，开发了车资挑力。二人跨进房间，见一床一榻收拾得很是洁净。吃过饭，其昌要到女学堂去瞧苏慧儿，邀着孔生同去。孔生知他们必有几句体己话儿，同去很是不便，遂推说："我懒怠出门，要歇歇儿呢，你一个人去吧。"其昌遂独自出门去了。

孔生开出考篮，拿了一册书，横在榻上瞧了一会儿。走出房，与账房闲谈了半天。见天已差不多五点钟了，尚没见其昌回来，又向账房借了两张日报，瞧了一会儿。见报纸后幅载着轮船进出口，明日适有招商局轮船开往北洋。孔生道："好巧！我们就明儿走吧。"

账房道："什么好巧？"孔生道："我们要到北京去，明儿适有招商局轮船开往北洋，岂不是巧？"

账房道："轮船是天天有的。明天是招商局，后天是太古公司，再后天是怡和洋行，还有三菱公司、瑞记洋行，是都开往北洋的轮船，不光是招商局一家呢！"

孔生道："我也知道轮船不光是招商局一家有，但招商局是中国人开设的，我们进出自应坐自家的船。凡我们用外国人的物件，为本国没有罢了，本国一样有，我又何苦把这钱白叫外国人赚去呢？即如栈房，上海是很多的，我为甚进出都在你们这里耽搁呢？也为大家都是一县的人，犯不着把钱叫外县人赚去。"

账房道："这话通极！人人都像你老人家这样，中国就不愁不强了。"

说着时，恰好其昌回来了。孔生也就归房，问道："你怎么去了这许久？"其昌道："我告诉你一桩怪事。目下上海的女学界竟坏得了不得，她们女学生梳的辫子光亮异常，你猜是哪个给她梳的？"

孔生道："那自然自己梳的，不然便是同学里头替换梳的，再不然则是特用专事梳头的梳头娘梳的。"

其昌道："你怎也猜不着的了？她们几个讲究修饰的，都特雇剃头司务梳的呢！你道奇不奇怪不怪？"

孔生道："我不信你这话，天下哪有这样放荡的女子！"

恰巧茶房进来冲茶，听了笑道："二位少爷真少见多怪了，

195

现在公馆里头奶奶、小姐的辫子哪一条不是剃头司务梳的？倘不是剃头司务梳的，大家反要说她乡曲辫不入时呢！"

朱、孔二人听了，都很为奇异。一时茶房走出，孔生道："苏女士校中难道有剃头司务进出么？"欲知其昌如何回答，且听下回分解。

# 第十回

## 夺锦标春风得意
## 听箴语梅子酸心

话说其昌听了孔生之问，笑道："这也坏不至此。我说的是住在校外的走读生，寄宿校中的学生还不至这样的放荡。"二人谈了一会儿，孔生就把明日有船开往北洋，拟即明日动身的话向其昌说了，其昌也很赞成。

一宿易过。次日孔生就叫账房打了两张船票，到了将近开船的时候，二人便坐着东洋车下船。进了房舱，其昌在衣袋里取出一本文稿来瞧阅。孔生见文稿上字迹清秀，不像其昌写的，因问："这本文章可是近来作的？怎么我没有见过？"

其昌道："这是苏女士的手笔，我哪里做得到？我的文笔呆得很。你瞧这本文章，其用笔何等洒脱，何等超逸！拿古文比起来，不过《南华经》差为相近，屈骚、马史也要退避三舍呢！"

孔生道："说得这样好，我倒要拜读拜读。"

其昌就把文稿递给孔生，孔生聚精会神逐字逐句细细咀嚼起来，不觉拍案叫绝，连称："妙极，妙极！"

其昌道："如何？"孔生道："果然妙极。但平心论起来，究竟是时人笔墨，拿它来上比《南华》，并说屈骚、马史都要退避三舍，未免太觉污其所好了。这文在场屋中是极易高中的，若果然是《庄》《骚》《史》《汉》的文章，就考一百科也不会中出的。为什么呢？文格过于高尚，识的人就没有了，阳春白雪难和难赓就是这个意思。"

其昌道："你的话我很为佩服，但苏女士这文是专为我考试而拟的，并不是她得意笔墨。你说她文格不高，我也不给她辩护，只要问你这几个题目拟得近似不近似？"

孔生道："拟得倒还有些道理，也不过十之三四罢了，究竟试官肚里头她哪里料得着！"

两个人在船上说说谈谈，颇不寂寞。走不数天，早到了天津。孔生、其昌上了岸，并不耽搁，就乘着火车进京。这时候各省来京应试人员很是不少，满街上都是洋帽、洋衣、皮鞋案案之辈。京里头各客栈都挤了个满，两个人借了好几家客栈，都应客满回了出来。孔生道："果是栈房住不下，我们就到会馆里头耽搁了吧。"其昌道："也好。"于是两人到松江会馆向司事说了，司事应允，立刻叫人打扫了一间房屋给二人住下。

二人先到学部报了名，呈验过毕业文凭，然后到各处逛了会子。路上撞着了好些留学生，有认识的，有不认识的。认识的，自然寒暄几句，无非是几时到京、同伴几人、寓在哪里、今回一定高发的话。不认识的，有与熟人同着者，便彼此请教尊姓台甫，说了好些儿久慕幸会亲热话儿，其实一转眼间早忘得影踪全无了。

过了几日便是考期到了。朱、孔二人半夜里起身，吃了些点心。会馆里也不光是他二人进场，有两个上海人，一个南汇人，也因进京晚了，借不着栈，耽搁在这里。当下彼此一同带着考具，坐车赴考场来。只见考场外挤挤挨挨，无数的留学生携着考篮都在等候点名。这些人的装束千奇百怪，有装着假辫、穿着顶帽靴套的，有戴着顶帽、穿着外套靴子、脑后光光没有装上辫子的，有身上外套，脚上靴子，头上戴着一顶外国帽子的，有上边顶帽外套、脚上却穿着外国皮靴的，有全身洋装、头上独戴着金顶大帽的，有顶帽京靴、身上仍穿着学生衣服的，种种怪异，笔难尽述。还是朱、孔两人随常装束，倒不失留学生本来面目。看官，并非在下过事形容、特意刻画，实因当日不曾有功令限定应试各生当穿何等服式，所以弄出这牛鬼蛇神的形景来，在京里的人曾经亲见呢。

闲言扫开，话归正传。当下朱、孔二人见点名官坐出开点，一时点到自己，便应名接卷入场归号。一会儿题目出来。那题目是按着各种专科分出的，医学有医学题目，法律有法律题目，理化有理化题目，工学有工学题目，商学有商学题目，随着考生按着自己所学认题各做的。孔生认的自然是医学，其昌认的自然是法律。

缴卷出场，其昌很是怨怪孔生，说："都是你叫我做那策论、经义、百折、小楷的功夫，谁知今儿考的依旧是专门学，白白地荒掉了多时。"

孔生道："你放心，保你不会白费心思，这一场是不重的呢。"

其昌道："怎么头场倒不见重？"

孔生道："你不信，瞧着就是了。你去想，我们学的是专门学，里头有几个人懂得这个呢？他们请着阅卷的几位老前辈，虽也曾出过洋，都没有毕业过，学问程度还在你我之下，并且外洋的学问是日新月异的，我们所读的书都是最近新发明的学说，他们不要说没有见过，连听都没有听过呢！你即是经营作意做了去，他们不说自己不懂，反说我们杜撰呢！所以做得经营了，反是不妙。"

其昌道："难道他们连书都不瞧的么？"

孔生道："他们不曾学过专门学，就瞧也不懂；就是学过，到了中国来，所学的学问都没有了用处，谁还肯去研究呢？所以新发明的学说，这老前辈里头我敢断定一个都没有知道的。"

其昌道："吾兄明决，胜我数倍，可惜学了医学，不能在政界上大展经纶。"

孔生笑道："医生关人性命出入，难道好糊涂得的么？"

当夜无话。过了一日，便是二场了。这一场考的是策论经义，恰好所出题目与苏女士拟作大致相同，其昌就把女士文章略改了几个字誊上了。因专心誊写，写的字比了平日愈加工整，从头至尾无一字添注涂改。缴卷出场，时候甚早。一会子孔生也出场了，一见其昌，拍手道："你好幸也，今儿的题目恰恰都与那本文章上相合，你一定可以得志也。"其昌道："那也瞧罢了。"

时光迅速，瞬息五天，放榜日子到了。其昌、孔生绝早起身，正欲出去瞧时，只听得一棒锣声报进来道："孔老爷高中医科第二名，特来报喜。"孔生喜极，忙着打点赏钱。刚刚打发开去，接着又报进来："朱老爷高中法科第一名。"其昌大喜。于是彼此互相庆贺，忙忙地拜座师、会同年。

忙乱了两日，保和殿复试之期到了。这一场比不得前两场，各考生都一式的金顶纬帽外套京靴，十分整齐严肃。考试完毕，

200

放出榜来。朱其昌名列第二，钦赐法科进士，授职翰林院编修。孔生名列第七，钦赐医科进士，授职翰林院庶吉士。二人谢过恩，就请了两个月假回南省亲。依旧坐火车到天津，由天津乘轮船南下，一路上好不得意，正是：

　　　　一色杏花红千里，状元归去马如飞。

　　回到上海，其昌道："我要在这里略住数天儿，兄可否同着逛逛？"孔生道："我先要回去了，老母在家里望着呢！我劝兄略耽搁几天儿也就回去吧，老伯大人也要望的呢！"其昌应着，那孔生只住了一日，就趁着开往珠街阁小轮去了。其昌送过孔生动身，回到栈中吃过饭，就到女学校瞧苏女士。

　　一见面，慧儿就道："其昌哥高发了，恭喜你，我在报纸上瞧见你大名儿，我就欢喜得了不得。"

　　其昌道："惭愧，我这功名儿乃是妹妹赏给我的。不有妹妹这几篇文字，我哪里能够高中呢？"

　　慧儿道："我的文字能借你为我吐气，我也幸极了，你贵又何异我贵呢？但愿你从此以后做了官大大地振作一番，能够扭转乾坤，把已失的利权一一收回，将中国治得同欧洲各国一样，则我一个人受赐就不浅了。"

　　其昌道："妹妹金玉良言，我句句当铭心刻骨永远不忘。倘一朝置身政界，我必竭我的力量办理国务是了，必不敢稍存畏难苟安之念。至于把中国能够办到与欧洲一样不能，这句话此刻尚不敢预说呢。我在妹妹跟前不忍说半句谎话儿，妹妹谅也必能信我的。（中国有其昌，我为中国贺；中国有慧儿，我尤为中国贺。

由此观之，女学乌可不讲乎哉?)

慧儿道："其昌哥哥，我今儿有一句话同你讲，请你先不要着恼，我才敢说呢!"

其昌道："妹妹有什么话，尽管请说，我再也不会恼的。"

慧儿道："哥哥，我很知你极是爱我，我这会子要求你从此后不必爱我了。"

其昌愕然道："妹妹这句话我实是不懂，恳求你讲得明白一些儿。我在哪里得罪了妹妹没有，劳妹妹这样地拒绝我？我自己实是愚笨，一点儿没有觉着。"

慧儿道："你误会了我的意思了。我叫你不要爱我，并不是拒绝你，实也为的是你。你从前是个寒士，如今是贵人了。寒士尚不妨放浪形骸，贵人自当束缚名教。况无贤不肖，入朝见嫉，你此刻暴得大名，嫉你的人岂必无之？上海报馆又是捕风捉影惯了的，你我虽是衷心坦白，但嫌疑不避，被他们作为话柄登在报纸上，于你名誉岂不有关碍么？哥哥，你可知我的心？我一心只望你顺手，只望你得意。你名轰万国，声闻宇内，我立刻就死也乐意的。你若少有挫跌，我活着也没甚趣味呢！我此后恳求你把爱我之心移在国家上，爱我怎么样爱，爱国也怎么样爱。你把中国像我一般地看待，中国就能威震东亚，你也就能名扬四海了，我也可以快活了。因我的快活就跟在你身子上，世界上没有了你也就没有了我呢！须知我一个人实是你的祸水，你爱了我于你前途实没有什么益处。其昌，我这几句话都是从肺腑里头发出来的，你若真心爱我，必能体会我这层意思的，不知你能够听我不肯？"欲知朱其昌如何回答，且听下回分解。

# 第十一回

## 宪政馆专电调其昌
## 苏慧儿避祸走镇海

话说其昌听了慧儿一番说话，心里头一酸，不知不觉流下泪来。暗想：慧儿这样一个人，竟不能与我同享富贵；不能与我同享富贵，而期望我竟如是的贴切。她与我讲一席话，句句是为我打算，没一句为自己地步；并且为了我的名誉，情愿不受我的怜爱。像这样的女子，不要说中国目下没有第二个，就把全世界女子会合拢来，恐也没处再找这么一个呢！想到这里，不觉偷眼瞧视慧儿，见慧儿也在那里落泪，二个人半晌无言。

其昌道："妹妹的话我没有不从的，但我一个人能有几许力量能够拯救中国，必须妹妹出来助着我方好。"

慧儿这时候心中惨楚，开言道："我也深愿如是，但前途渺渺，后顾茫茫，恐此愿终不可偿耳。"

其昌道："事在人为，我当竭力图之。妹妹，我实对你说，我所聘之妻奢侈悍泼，恶名四著，本非我所愿意，幸喜不曾婚娶，此番回去定当与之决裂。"

慧儿道："这句话我很听不进，你现在暴贵就要做出这种骇人听闻的举动，拿话柄给人家，以后还想做事业么？劝你快断了这念头。"

其昌默然，就辞着回栈。其昌在上海耽搁了七八日，每日必到女学堂去瞧慧儿。后来还是慧儿催他回去，才乘着小轮回松江来。

回到家中，拜见了父母，父母都另眼相看。亲戚友朋都候不及开贺日，纷纷地来家道贺。就是平日不甚来往的，这会子也免不得要来周旋周旋，做出些亲热的样儿。那其昌家，这几天里头客往人来，门庭若市，顿然间热闹异常。（写人情势利如绘。）看官，可见得人生在世，功名富贵一件都少不得的。你瞧，朱其昌在半年前也不过这么一个人，此刻仍是这么一个人，然而半年前不过孔生等几个好友常相谈聚，这会子则人人趋奉，个个欢迎，曾几何时前后已判若两人了。

闲话少叙。朱其昌与父亲正在商议开贺事宜，忽报老九房大老相来了。这大老相乃是朱姓的族长，长起其昌两辈，为人很是势利。当下父子两人只得起身相迎。只见大老相头上戴着瓜皮缎帽，帽边儿已经破掉，露出白星星衬纸来，缎已没光彩，油晃晃罩着一重的积垢，那帽结也变成殷红颜色；身上穿着蓝竹布长衫，已铺上五七个补丁，那颜色也一块儿深一块儿浅，花绿奇异，莫可名状；外罩着一件棉马褂，倒是绉纱的，瞧它的花样至少也是乾隆年间的遗物；脚上穿着灰色袜儿黄色鞋儿，袜儿本色原是白的，鞋儿本色原是黑的，只因日子久了，饱餐风露，所以变了颜色。

大老相衔着旱烟袋，一进门把旱烟袋向壁间一放，朝着朱孝廉深深地作下揖去，口里说道："恭喜老侄，侄孙儿高发了，这

204

是祖宗几辈子的积德，老侄平日间的阴功，阴阳两宅的风水会合拢来，应在侄孙儿一个人身上，竟平地一声雷地发迹了。其昌这孩子呢，本来自小就是不凡，我一径决他要高发的，这会儿果然应了我的话，可知我双老眼是不花哩！"

其昌暗想：你平日一径骂我不长进东西的，怎么今儿忽地转过口来？你眼睛里何曾有什么朱其昌，只不过存着一个新科翰林罢了。想毕，开口道："大叔公，你老人家未免把这翰林看得太重了。我看这小小功名不过是三篇烂文章骗来的，值得什么？与功德风水更是无关。"

大老相道："贤侄孙才大志大，自然把翰林看得很轻。像我活了五十九岁，十三岁提考篮起，到去年废科举止，连正带恩足足考了廿三科，连一名秀才都没有弄到手。府、县名次倒也考过四五道，考分牌上也曾列过两回名儿，只是复不起，一复试就复掉了，弄到如今依旧是个童生。怎么贤侄孙把个翰林瞧得这样的轻？这都是你发得太易之故。贤侄孙，你是不曾尝过科场滋味，不晓得功名的繁难。不过到外国去念了几年洋书，一爬就爬到了个翰林。你哪里知道，从前的老前辈想念这翰林比登天还要难呢！"

正讲着，忽报又有客来。朱孝廉抬头瞧时，见是给儿子做媒的薛胡子。薛胡子见了朱孝廉等三人，忙着打恭称贺。朱孝廉一面还礼，一面让坐。

薛胡子道："我这媒人做得累赘死了。起初呢，他们太太探悉了这里的家况，几次叫老妈子来唤我，要和我过不去。说我诳了她，害了她女儿的终身，要把我胡子揪掉。我几次叫老妈子回她说，家产虽不甚富足，人品学问都极好的，将来一定可以发迹，他们终没信我。如今报道中了翰林，曹太太快活得了不得，又叫我到府上来催着快些婚娶。我问她这媒人做得好不好，她倒回说这是我们姑娘的福命，干你甚事！我想过则归人善则归己也是女人家通病，倒也并不怪她。如今到府上问问，到底这会儿娶不娶？我想男也长了，女也大了，女嫁男婚正在时候上；况少君高发了，少不得要在京供职的，这会儿若不娶，将来行娶必定多所不便，老先生亦以此语为然否？"

朱孝廉尚未回答，大老相在旁开口道："侄孙儿做了官，那官太太是缺不得的，可趁在这次开贺头里乘便娶了亲，不过多排场几天儿。两事归一，钱是极省的，又可收人家两份人情。"

朱孝廉听了有理，正欲说时，只见朱其昌跳起来道："媒翁多谢恳求你转音曹太太，说我朱其昌业已以身许国，不愿再有家室之累，他们姑娘倘或不能守候，尽管另行改配，我朱其昌决没半句儿说话。姑娘的庚帖他们如要索回，尽管拿去是了。"

薛胡子道："其兄为甚动气？"

其昌道："并不是动气，你们瞧中国国势弱到这等地步，我们做国民的还有暇顾及妻子么？况我新受君恩，尤当竭力报国，婚娶一层更是不在心上。"

朱孝廉道："我儿真是傻子，这种公而忘私、国而忘家的话，不过是文章上套语，哪里作得准？"

其昌道："我此刻实万不愿婚娶，倘必定硬行相强，我情愿披发入山、佯狂避世了。"

朱孝廉没法，只得向薛胡子道："我们慢慢儿再商，此刻且不必提起。"薛胡子辞着去了。朱孝廉便请了几个人来劝解儿子，无奈其昌矢口不移，只得丢开，且办开贺事宜。肆筵设席，结彩挂灯，忙乱了好几天方才完毕。

开过贺，京中就有电报到来，说朝廷恩准臣民请愿特下谕旨筹划立宪预备事宜，现在京师先设宪政编查馆，编撰各种法律及咨议局章程，唯此种学问京里头懂的人很少，其昌于法律一学本是专科，已被宪政馆大臣奏调入馆，所以叫他赶速进京。其昌接着此电大喜，即日拜别父母，轻装简从坐着轮船进京去了。到了京里，销去假就进宪政馆办事。馆里头总理大臣很是器重其昌，无论什么必叫其昌起稿，从此其昌便在宪政编查馆当差，不提。

却说苏慧儿在女学堂肄业，每日功课完毕后，一个人呆呆地坐在自修室思念其昌。每其昌有信来，慧儿拆开后，必默诵再三，不忍一瞧就丢开的。一日从课堂里上了课下来，刚到自修室门口，见校中仆妇送进一封信来，只道是其昌写来的，忙着双手去接，只见那仆妇道：“苏姑娘，这封信是民局里送来的，要四十文信力。”慧儿便十分不快，晓得此信必不是其昌写的，其昌来信从不曾寄过民局的。遂在身边摸出四个铜元，交与仆妇。把信拆开瞧时，才看得一半，不觉身子凉了半截。看官，你道为何？原来慧儿身上又有绝大的风波闹起来了。

第一回书中所提的李墨迁，在山西做了几年生意，很是顺手，积蓄了七八千银子。遂在店里头告了个假，特地回来。沉舟破釜，势在不得不止。他不曾知道慧儿在上海读书，所以到了上海并不耽搁，马上趁着裕青公司小轮赶到井亭港来。一到苏家，拜见了继坡，送上许多山西带来的物件。继坡是个贪得无厌的，见墨迁送了许多东西，哪有不喜之理。问起墨迁近况，又知他发了近万银子的财，喜得继坡摸耳搔头不知所措，好像这银子就要给他的一般。墨迁又渐渐提到亲事，说自己“此次下来专为求亲一事，恳求姑丈替我做主，把慧妹妹许了我吧，我总忘不了你老人家的恩呢"。

继坡道："慧儿这妮子性儿很是不好，我也制她不服，这事实不敢应允你。"

墨迁道："姑丈，你不肯应允，我的性命就丧在你手里了。我这几年里头省衣节食、克俭克勤，所为者何？"

继坡依旧不肯应允。墨迁忽地回悟过来，知道继坡这人不是银子再也不能动他心的，遂道："姑丈，你若把慧妹妹给了我，我情愿送千金为聘礼，那妆奁却随你备办，再也不来计论。为甚呢？慧妹受了你老人家许多年数的抚养，没的孝敬，到如今反教你赔钱不成？此后我们亲上做亲，来往得当越加亲密，你老人家若用着我们时，我们没有不听从你的。姑丈，你去想吧，把慧妹妹给了我，你就有这无穷的利益。况你是慧妹妹的胞伯，慧妹妹没了父母，你不替她做主，还有哪个可以做主？难道叫她女孩儿家亲自去择配不成？"（此子腹中，果不知自由结婚为何物也。）

继坡别的话都不在意，只有聘金愿出千两、妆奁随着备办两句话直钻进心窝里来。便正着色问道："你这些话可是真的？"

墨迁知有意思了，忙道："姑丈，倘不信时，只要慧妹妹庚帖一出，马上就送五百两银子过来。你回我一个允帖，再有五百两，临娶时送上是了。"

继坡道："如此，我应许你了，你去找个媒人来，即日行盘吧。"

墨迁大喜，立刻去请了两只钱猢狲桀，充了大媒，择了个日子行盘过聘。继坡得着五百两银子，好生欢喜，也不顾侄女愿意不愿意，总算还写一封信到上海去关照一声，不曾终始秘密着。

那慧儿把信瞧了一遍，知野蛮伯父已把自己配给了李墨迁，气得浑身发抖，一个头晕便晕倒了。也是慧儿命不该绝，恰恰国文教员李女士走来。李女士见慧儿晕倒在地，手里执着一封信，随即略瞧一过，已猜透了八九分，心里不觉怜惜起来。随命人到自己房里取了一瓶白兰地酒来，开去塞，在慧儿樱唇上只滴得两三滴。慧儿一缕香魂已悠悠醒转，开眼见李女士站在面前，只叫得一声先生，那泪早如断线珍珠般滚了下来。

李女士好生不忍，忙取出手帕上前替她揩拭，劝道："你且不必气苦，身子是要紧的。这事我看也没甚要紧，我替你慢慢设法儿是了，咱们平日的交情岂是寻常师生可比？"

慧儿道："先生怜我，救我一救，我此刻正在难中呢！"

李女士道："到我房里去慢慢商量吧。"遂携着慧儿手出了自修室，进了房，把房门关了。李女士道："这事令伯也太武断了，怎么问都不问一声，竟把侄女儿对了亲，怪不得你要不愿意呢！"

慧儿道："先生，你还没有知道底细呢！"遂把李墨迁怎样卑鄙一个人物，从前怎样地求过亲，自己为了他怎样地立过终身不嫁的誓，从头至尾一一说了。又道："如今伯父把我仍旧配了他，我只有一死，除此别无免难的法子。"

李女士道："我倒有一法儿在此：俗语说得好，三十六计走为上计，你只要一走，就不惧怕他了。"

慧儿道："一时间叫我走向哪里去？"

李女士道："我家在浙江镇海县乡间，地方偏僻，到那里躲他一年半载，绝不会被人家寻着的。"欲知慧儿如何回答，且听下回分解。

# 第十二回

## 李墨迁遇刺三混荡
## 苏慧儿结婚松江城

话说苏慧儿听了李女士一番说话，心中着实感激，开言道："先生如此怜我，救我的性命，叫我拿什么来报答你呢？"李女士道："大家都是女子，说甚报答不报答。现在中国女权不振，我们做女子的都是可怜虫罢了，还分什么彼此的界限。"于是苏慧儿就收拾了东西，同着李女士趁着开往宁波的轮船到镇海去了。临行留下一封书信，倘伯父来校寻时，就叫校中交付他是了。

不言苏慧儿镇海避祸，且说继坡发信到上海后，候了十天不见慧儿回来，也不见有回信，只得再写信去催促，依然音信全无。这时候，墨迁已选了十月二十三日行娶，叫媒人过来关照。继坡没奈何，只得忍着痛，拿出盘川来亲向上海去一走。到裕青公司小轮上，写了张烟篷船票，上了船。好容易熬到上海，向账房道："我明儿要原船回去的，今晚想就在这里耽搁，省得又去借客栈，多费周折。"

账房道："只是你老人家没有铺盖，船里头恐怕要冷的呢。"

继坡道："就冷也不过夜巴天，好熬得很。"

**210**

账房无言，茶房道："你这位先生酒钱尚没有给我们，倒又要来占便宜了，我要向你收房钱的呢。"

继坡发急道："我为要省几个钱，不去借客栈，哪里又经得起你向我收房钱呢？"

茶房道："房钱不向你收，酒钱可以给我们了。我们当茶房的，又没有薪水，全靠在这几个酒钱上。"

继坡道："方才给你，你自己不要。"

茶房道："你刚才抖索索拿出一个铜元来，我如何好收你？你也瞧瞧人家出多少呢！你拿得出来，我倒替你有些儿不好意思。"

账房道："酒钱共只数十文的事，给了他是了。你今夜又要住在这里，譬如借叫花客栈，三四十文钱也是要出的。"

继坡没奈何，只得摸了四个铜元出来，茶房才得无言。继坡又问明了到西门的路，上岸径向女学堂走来。

他又舍不得坐东洋车，又不认得路，好容易问了十几个信，走得腰酸背痛。走到了，只见女学堂门房里有一个老仆坐着。继坡跨进门，老仆站起来问："找哪个？"继坡道："找一个姓苏的学生。"

老仆道："这里没有姓苏的学生。"继坡道："怎么没有？井亭港人，姓苏名慧儿的，不是在这里念书的么？"

老仆道："苏姑娘早半月前出去了，不在这里。"继坡道："出去了，怎么没有回来呢？"

老仆道："那倒没有知道。"继坡道："你给我里头去问一声，苏姑娘就是我的侄女儿呢。"

老仆听毕，把继坡打量了一回，开口道："老相就是苏姑娘

**211**

的伯父么？"继坡道："然也。"

老仆道："姑娘临行留有一信，说等你老人家来交与你瞧。"随进内取了一函出来。

继坡接到手拆开一瞧，见上写着："侄女去矣，伯父不必系念。侄之抱不嫁主义，伯父所知也。奈何强夺吾志，用特削发遁归空门，从此公恩私义两不相关。伯父能恕则恕之，不能恕则听伯父所为也。侄慧儿叩禀。"

继坡瞧毕大惊道："了不得，这妮子一走，我一千两银子丢掉了。如何，如何？"问老仆道："你可知道苏姑娘到哪里去的？"

老仆道："没有知道。"

继坡没法，只得在叫花客栈耽搁了。连着找寻了几天，一些儿踪迹都没有。屈指吉期近了，急得个老头儿上天无路入地无门。心下想道：躲在上海也终不能了局，不如回去再讲。仍旧乘着烟篷船到井亭港。

小玉见父亲一人回来，遂问慧妹怎么不见。继坡道："不要说起，我活不成了。"遂把慧儿逃遁找寻不着之事告诉了小玉。

小玉道："这是她自己没福享受，父亲犯不着为她烦恼。"继坡道："她有福没福，干我甚事？墨迂应许送一千两银子聘金，你是知道的，如今她一走，我的一千两银子不重又丢掉么？我可要死了，你给我想想还有什么法子挽回没有？"

小玉笑道："孩儿倒有个挽回的法子，只是恐父亲不肯行呢！"继坡忙问："怎样的法子？你且说给我听。"

小玉道："父亲瞧我与慧儿相差几何？"继坡道："你较她略胖些儿，她较你略长些儿。"

小玉道："父亲每日见熟的，自然能够分别，外边人又谁辨得出哪个是慧儿，哪个是小玉？为今之计，父亲且不要张扬，只说慧儿已回来了。到了吉日，把我充着慧儿嫁了出去，岂不是父亲依旧得着一千两银子么？"

继坡道："好果是好，但恐墨迁认识你如何？"

小玉道："墨迁哥上回来时，我与慧儿都只有十三岁，现已四五年不见面，今回来我又不曾会着，从古说姑娘十八变，他如何认得出我不是慧儿？就使被他真认出了，生米已煮成熟饭，他好把我怎样呢？"

继坡一听有理，顿时笑逐颜开，大喜道："孝顺妮子，还是你救了我的急。李家哥哥现创了偌大的家私，慧儿这贱丫头真没福消受呢！"父女二人谈了一会儿，各自歇息。

过了几日，吉期到了，苏家便挂灯结彩排场起来。继坡恐怕事情败露，所以亲友一概不邀请，送来礼物一概璧还。等到彩舆临门，小玉妆了新，欣然登舆而去。娶到船中，就在船中参天拜地成了亲。原来船中成亲是青浦地方盛行的，凡远道迎娶，都雇用一种大船名叫撑肚船。这撑肚船形式与寻常船只大不相同，首尾都是方形，行起路来异常迟慢。我们中国结婚的时辰，是由星家拣选的。路远的赶到家中结婚来不及，便在船里头行礼了。

当下李墨迁与苏小玉在船中成了亲，便慢慢地行向上海来。哪知刚到三混荡地界，一声呼啸，十来只光蛋船飞一般驶来。二三十个光蛋一拥而上，一个黑脸汉子执着六门手枪开先，领队正是海里奔。海里奔扑到中舱，恰与墨迁相遇，举手一枪，砰然一响，李墨迁身子栽倒。海里奔恐他不死，照着脑门又放一枪，眼见得不活了，然后直奔新娘，揪去面红一瞧，大呼怪事。众光蛋齐道："头领今回得着美人儿了，恭喜，恭喜！"海里奔道："奇怪，半年不见，怎么竟胖了这许多？"忙问："你是慧儿不是？"

小玉已吓得心神无主，连喊"大王爷饶命"。海里奔道："我不杀你，休要怕，你究竟是苏慧儿不是？"

小玉听说不杀，方才惊魂略定，回道："我是苏慧儿。"

海里奔听说是苏慧儿，回向众光蛋道："可知我没福，美人儿到我手里就变蠢了。早知这样，也不来劫她了，白白地伤掉人家一命。如今说不得既拆散了人家夫妻，不配还人家天理也不容。况我前儿既这么样爱她，现在为胖了一些儿，就此丢掉也很说不过去，说不得只好将就将就了。"

众光蛋道："倒不是么，为了这美人儿，我们众弟兄中了那洋装少年的邪术，浑了有七八天呢！幸喜那时候不曾碰见官军，不然还了得么！"

海里奔道："辛苦了，我请众弟兄喝杯喜酒去吧。说毕，拖了小玉跳下小船，鼓着桨如飞地去了。

原来海里奔在淀山湖接着珠街阁弟兄急报，报说苏慧儿今日出阁，嫁给上海人李某。于是忙忙地调齐船只，到三混荡截她，哪里料得到是赝货呢！只可怜李墨迁费掉五年心血一千银子，娶着个赝货不曾享着半些儿温柔福味，白白地反送了一条性命。从此，苏小玉便做了海里奔的压寨夫人。苏继坡得着了消息，倒也并不怎样，为的是他老人家只要有银子，别的都不甚在意。

如今重要提那朱其昌了。其昌在宪政馆中办事谨慎，上头异常瞧得起他。三四个月工夫，早把民事、刑事各新律及咨议局章程等大纲细目都已编竣。这时候，度支部提议清理各省财政，特地奏设清理财政官派往各省实事调查，就把朱其昌保在里头，奉旨派往福建。谢恩下来，就上折请了两个月假，乘便回籍省亲。

正要动身，邮局送来一封加快飞递的急信。其昌拆开一瞧，不觉大喜。

原来聘妻曹小姐于上月十九日患喉痧去世，是父亲特特写来知照的。其昌这一喜，直比寒士登科、旱苗得雨还要胜过十倍。自语道：如今可与慧儿结为夫妇了。赶忙地出京，一到上海，在新天福栈打了公馆，即命茶房去雇马车，端正到女学堂瞧苏慧儿。暗想：慧儿得着此信不知如何快活，也可怪，她连着多月我处没有信来，写去信也并不见回音，今儿碰面倒要问她一问。这时候，茶房回马车来了。

其昌更了件衣服，跨出栈房门，正欲出弄上车，哪知对面一人直撞将来，与其昌扑了个满怀。抬头一瞧，正是孔生，忙问："孔兄何来？"孔生道："咦！其昌兄，几时下来的？"

其昌道："这会子我要到女学堂去，我们晚歇儿谈吧。"孔生道："慧儿不在女学堂了。"

其昌道："在哪里呢？"孔生道："我们晚歇儿谈吧，这会子我要给人医病去。"

其昌道："兄休要作难了，快告诉了我吧。"孔生道："上海新设一中国自立医院，我承乏院中尽些义务。现在栈中有病人，邀我诊治，兄略等等，待我瞧过了病人再与你细谈。"

其昌无奈，只得回栈坐候，叫茶房把马车回掉了。

一会子孔生病已诊毕，其昌邀他进房坐定。孔生道："我自在医院就事后，便常到女学堂瞧慧儿。一日到学堂去看她，忽回我苏女已经出校，问为甚事出校，校长也不肯实告，我心头很是闷闷。后来青浦人出来讲说家乡新闻，说慧儿被她伯父做主嫁了一个商人，叫什么李墨迂。"

其昌跳起来道："慧儿竟嫁了人么？了不得，了不得！"孔生道："你不要着急，听我说完了再问不迟。"

其昌道："她究竟已嫁没有？"孔生道："你听下去，自会知道的。这李墨迁是住在上海的，他雇了一号撑肚船，到珠街阁把慧儿迎娶到船上，拜了天地成了亲，哪知行到三混荡就死了。"

其昌拍手道："决哉！然则这会子慧儿是做了文君新寡矣。"孔生道："晓得这李墨迁怎么样死的？"

其昌道："我在京里头，如何会知道！"孔生道："原来是被光蛋用手枪打死的，这光蛋大约就是海里奔。光蛋打死了李墨迁，就劫了慧儿去也。"

其昌听到这里，大喊一声，两眼一翻，身子栽倒，厥了去了。孔生忙着用白兰地酒灌救，一时救醒，大哭道："我不愿活了，我不愿活了。"

孔生道："其昌兄，不要悲苦，劫去的不是慧儿，乃是假慧儿呢！"其昌忙止住了悲，问道："慧儿怎么有起假的来？"

孔生道："初时我也不知，后来接着镇海一封信，乃是慧儿的亲笔，其中叙述种种：说当时被伯父强迫，几欲觅死，幸国文教习李女士竭力相救，得以免祸，现寓在李女士家，颇为安逸。因询问此间事情如何，我也曾回复过一封信。你想，光蛋劫去的慧儿一定是赝货了，真慧儿好好地在镇海呢！"

其昌道："你为甚不早说，我被你几乎唬死也。"于是也把自己的事从头至尾告诉了孔生，又道："我已聘的花老虎死了，如今是脱然无累了。费你的神，即与我镇海去走一遭，接了慧儿来，替我做一个月老，成就了我的姻缘，我是感谢你不尽呢！"

孔生道："苦恨年年压金线，为他人作嫁衣裳，我也很不值

216

得呢!"其昌连连作揖,孔生应允。

于是孔生就到镇海去接了慧儿来,其昌也禀准了父母,择了个吉日良时,就在松江其昌本宅举行文明结婚礼,成就了百年好合。陆士谔也送了一份贺仪,扰了他的喜酒,吃得重重地回来,伸纸濡毫,把他二人离合缘由记载出来,孝敬看官们,作为酒后茶余的消遣物品。看官们,领我情否?哈哈!

# 陆 士 谔 年 谱

## （1878—1944）

### 田若虹

## 1878 年（清光绪四年　戊寅）一岁

是年，先生出生于江苏青浦珠街阁镇（今上海市青浦区朱家角镇）。先生名守先，字云翔，号士谔，别署云间龙、沁梅子、云间天赘生、儒林医隐等。

《云间珠溪陆氏世系考》曰：

> 考吾陆，自元侯通食采于齐之陆乡，始受姓为陆氏。自康公失国，宗人逼于田氏，南奔楚，始为楚人。入汉而后，代有名贤，遂为江东大族。自元侯通六十三传而文伯卜居松江郡城德丰里，吾宗始为松人。自文伯九传而笏田公避明末乱，迁居青浦珠街阁镇，而吾族始有珠街阁支。

清代诗人蔡珑《珠街阁散步》述曰：

> 行过长桥复短桥，爱寻曲径避尘嚣。
> 隔堤一叶轻如驶，人指吴船趁早潮。
> 胜地曾经几度过，千家烟火酿熙和。

朱家角古镇水木清华，文儒辈出。仅在清代，就出了举人、进士三十余名。文人雅士创作的诗词、编著的文集，及专家撰写的医书、农书等各类著作达一百二十余种，名医、名儒、名家，层出不穷。

祖父传：寿铨（1815—1878），字仁生，号稼夫，捐附贡生，直隶候补，府经历敕受修。生嘉庆乙亥十一月初四申时，殁光绪戊寅十一月二十二日午时，享年六十四岁。葬青县十一图，月字圩长春河人和里主穴。配沈氏，子三：世淮、世湘、世沣。

祖母传：沈氏（1814—1889），享年七十六岁。

《云间珠溪陆氏谱牒》曰：

> 洪杨乱起，遍地兵氛分，相挈仓皇避乱。乱事定而故居半成瓦砾，于是艰苦经营，省衣节食，以维持家业，及今已逾二代尤未复归。观然守先等得以有今日，则沈孺人维持之力也。

父传：世沣（1854—1913），字景平，号兰垞，邑禀生，生咸丰甲寅十一月二十日寅时，殁民癸丑二月二十七日戌时，享年六十岁。配徐氏，子三：守先（嗣世淮）、守经、守坚。《云间珠溪谱牒·世系考》记曰："吾父兰垞公讳世沣，字景平，号兰垞，邑禀生。聘温氏，生咸丰甲寅十一月二十四日寅时，殁同治癸酉六月十三日。配徐氏，生咸丰乙卯八月三十日。"

守先谨按：徐孺人系名医山涛徐公之女。性温恭，行勤俭，兰垞公家贫力学，仰事俯育悉孺人是赖，得以无内顾之忧。一志于学，成一邑名儒，寒窗宵静，公之读声与孺人之牙尺、剪声，每相呼应，往往鸡唱始息。今年逾七十，勤俭不异少时。常戒子孙毋习时尚，染奢侈俗，可法也。

222

兰垞公生子三人：守先居长；次即大弟守经，字达权；三即小弟守坚，字保权。

守先谨按：公性孝友，事母敬兄家庭温暖如春。母沈孺人病，亲侍汤药，衣不解带，旬日未尝有惰；容兄竹君公殁，出私财经纪其丧，抚其子如己子。艰苦力学，文名著一邑。于制艺尤精。应课书院，辄冠其曹而屡困。秋闱荐而未售，新学乍兴，科会犹未罢，即命儿辈入校肆业，其见识之明达如此。其次子，守先之弟守经，清华学堂毕业，留学美国政治学博士，司法部主事、厦门公审会堂堂长、江苏地方审判厅厅长、淞沪护军使秘书长；其幼子守坚，毕业于南洋公学铁路专科，沪杭铁路沪嘉段长。"皆驰声军政界，为世所重。"兰垞公为其后代定辈名为："世""守""清""贞"。

嗣父传：世淮（1850—1890），字同元，号清士，同治癸酉举人，大挑教谕，内阁中书。生道光庚戌七月二十一日，殁光绪庚寅十月初十日，得年四十一岁。

《陆氏谱牒·河南世系》记载："寿铨长子世淮，字同元，号清士，同治癸酉举人，大挑教谕，内阁中书。生道光庚戌七月二十一日，殁光绪庚寅十月初十日，得年四十有一。"

《青浦县续志》卷十六（人物二·文苑传）曰："钱炯福，字少怀，居珠里。为文拗折，喜学半山。同治庚午副贡。癸酉与同里陆世淮同领乡荐。世淮字清士，亦工文。"

《云间珠溪陆氏谱牒》曰：

公刚正不阿，任事不避劳怨，终身未尝二色。应礼

223

部试，过沪江，同年某公邀公同游曲院，公秉烛危坐，观书达旦，竟无所染。角里路灯，系公所发起，行人至今便之。市河淤塞，公聚金开浚，今已越四十年，执政者无复计议及此。

嗣母传：石氏（1851—1914），生咸丰辛亥八月十一日亥时，殁于民国三年旧历甲寅三月十七日卯时，享年六十四岁。子三，守仁、守义、守礼，俱殇。

## 1881年（清光绪七年　辛巳）三岁

其弟守经（1881—1946）诞生。守经，字鼎生，号达权。守经曾先后赴日、美留学。后历任厦门公审会堂堂长、江苏及上海审判厅厅长等职，亦曾任清华、燕京、南京等大学教授。

## 1883年（清光绪九年　癸未）五岁

其妹陆灵素（1883—1957）诞生。陆灵素，原名守民（一作秀民），字恢权，号灵素，别署繁霜。南社社友。自幼聪慧好学，喜吟咏，善儒曲。陆灵素在黄炎培所办广明师范毕业后，于光绪三十二年（1906）去安徽芜湖皖江女校任教，与同校任教的苏曼殊、陈独秀相识。宣统二年（1910）与上海华泾刘季平（刘三）结婚。季平在北京大学任教时，灵素亦在北京，与陈独秀、沈尹默等有来往；季平在南京任教时，灵素也与黄炎培、柳亚子有往返。民国二十七年（1938）秋刘季平病逝，陆灵素悉心整理遗著，辑为《黄叶楼诗稿尺牍》。寄柳亚子校正，不幸遗失于战火，直至民国三十五年（1946）才以副本油印分赠亲友。新中国成立前夕，柳亚子在北京写诗怀旧："交谊生平难说尽，人才眼底敢较量。刘三不作繁霜老，影事当年忆皖江。"①

陆灵素是个女诗人，擅昆曲。每逢宴客，季平吹箫，陆唱曲，人皆比之为赵明诚与李清照。1903 年，邹容从日本回国，因撰写《革命军》号召推翻满清统治，建立中华共和国，被捕入狱，于1905 年瘐死狱中。季平为之葬于华泾自己家宅的附近。章太炎在《邹容墓志》中云："……于是海内无不知义士刘三其人。"

## 1887 年（清光绪十三年　丁亥）九岁

是年，先生从朱家角名医唐纯斋学医，先后共五年。世居江苏省的青浦。

唐纯斋曾以"同学兄唐念勋纯斋氏"为之《医学南针》初集和二集写序，极力赞其"好学深思""积学富""学尤粹""每发前人所未发""青邑望族代有闻人，而以医学名世则自君始"。并赞曰："角里地灵人杰，王述庵以经著名，陈莲舫以医术行世。惜莲舫之道行未有述，述庵之学之博而未曾知医。君今以经生之笔，释仲景之书，明经络之分治，导后学以准绳，湖山增色。"

## 1890 年（清光绪十六年　庚寅）十二岁

10 月 10 日，嗣父世淮殁。

是年，弟守坚（1890—1950.10）诞生。守坚，字禄生，号保权。毕业于南洋公学铁路专科。毕业后，又赴美国旧金山大学留学，专攻土木学，回国后，任沪杭铁路沪嘉段段长等职。

---

① 参见《上海妇女志·人物》。

225

**1892 年（清光绪十八年　壬辰）十四岁**

是年，先生到上海谋生：

> 在下十四岁到上海，十七岁回青浦，二十岁再到上
> 海，到如今又是十多年了。①

少年时曾为典当学徒，不久辞退回里。

**1894 年（清光绪二十年　甲午）十六岁**

8 月 1 日，中日甲午战争爆发。这一史实，在其历史小说
《孽海花续编》中作了详尽而深刻的描述：

> 却说中国国势虽然软弱，甲午以前纸老虎还没有戳
> 破，还可虚张声势。自从甲午战败而后，无能的状态尽
> 行宣布了出来，差不多登了个大广告，几乎野心国不免
> 就跃跃欲试……究竟都立了约，都定了租期。我为鱼
> 肉，人为刀俎，国势不强，真也无可奈何的事。②

**1895 年（清光绪二十一年　乙未）十七岁**

4 月，本县始有机动船航班，载运客货通往外埠。

是年，先生回青浦。在青浦行医的同时，亦在家阅读了大量
的稗官野史和医书。

---

① 陆士谔：《新上海》第一回。
② 陆士谔：《孽海花续编》第三十六回。

## 1898 年（清光绪二十四年　戊戌）二十岁

是年，先生再次来到上海。先是以默默无闻的穷小子悬壶做医生。弃医改业图书出租，"收入尚还不差"，继而又潜心钻研小说，渐悟其中要领。大胆投稿，竟获刊登，由短篇而中篇，由中篇而长篇。那时还有几家书局收购了他好几种小说稿刊成单行本，风行一时。先生走上小说创作道路，与孙玉声先生很有关系。陆士谔来上海后认识了世界书局的经理沈知方，以及孙玉声。孙玉声这时在福州路麦家圈口开设上海图书馆，知道陆士谔学过医，就劝他一方面写小说，一方面行医，且允许他在上海图书馆设一诊所。在创作小说的同时，先生亦从事租书业务。

是年，青浦青龙镇十九世中医陈秉钧（莲舫），经两广总督刘坤一等保荐，从是年起，先后五次受召进京为光绪帝、孝钦后治病。

## 1899 年（清光绪二十五年　己亥）二十一岁

娶浙江镇海茶叶商人之女李友琴为妻。夫妻感情甚笃。李友琴曾多次为其小说写序、跋及总评，如《新孽海花》《新上海》《新水浒》《新野叟曝言》等。

《云间珠溪陆氏谱牒》记载：先生配李氏，镇海李兰孙次女；继李氏，泗泾李凤楼长女。

## 1900 年（清光绪二十六年　庚子）二十二岁

是年，先生长女敏吟（1900—1991）诞生。其与丈夫张远斋一起创办了华龙小学和山河书店。张远斋任校长，敏吟任教员。

**1902 年（清光绪二十八年　壬寅）二十四岁**

是年，先生次女陆清曼（1902—1992）诞生。其丈夫徐祖同（1901—1993），青浦镇人。

**1904 年（清光绪三十年　甲辰）二十六岁**

刘三与《警钟日报》主编陈去病在沪创办《世纪大舞台》杂志，提倡戏剧改良。同年，又与堂兄刘东海等于家乡华泾宅院西楼创办丽泽学院，并购置图书一万五千余册。在该院任教的有陆守经、朱少屏、黄炎培、费公直、钱葆权等。

**1906 年（清光绪三十二年　丙午）二十八岁**

是年，先生作《精禽填海记》发表，署"沁梅子"，由愈愚书社刊行。阿英《晚清小说史》提及此书，并称其为"水平线上的著作"。

8月，作《卫生小说》，后改为《医界镜》，由同源祥书庄发行。吴云江活版印刷再版时，先生以"儒林医隐"之笔名在书前小引中曰：

　　此书原名《卫生小说》，前年已印过一千部。某公见之，谓其于某医有碍，特与鄙人商酌给刊资，将一千部购去，故未曾发行。某公爰于前年八月下旬用鄙人出名，将缘由登在《中外日报·申报论》前各三天（某公广告，鄙人所著《卫生小说》已印就一千部，因中有未尽善之处，尚欲酌改，暂不发行。如有他人私自印行及

228

改头换面发行者，定当禀究云云），是版权仍在鄙人也。今遵某公前年登报之命，已将未尽善及有碍某医之处全行改去。因急于需用，现将版权出售。

儒林医隐主人谨志

在《医界镜》中，先生曾论述过中西医孰长的问题，他指出：

> 西人全体之学，自谓独精，不知中国古时之书已早具精要。不过于藏府之体间有考核，未精详之处，在西书未到中华以前，虽未尽合机宜，而考验全体之功，其精核之处自不可没也。

是年，作《滔天浪》，古今小说本。先生用笔名"沁梅子"。阿英提及此书曰：

> 沁梅子著，光绪丙午年俞愚书社刊。

又道：

> 沁梅子不知何许人，据可考者，彼尚有《滔天浪》一种，亦是历史小说。唯纪实性较弱，是如他自己所说，凭自己高兴张长李短地混说。①

---

① 阿英：《晚清小说史》第十二章。

是年，作《初学论说新范》共四卷，由文盛书局出版发行。该书由末代状元张謇题写书名。

## 1907 年（清光绪三十三年　丁未）二十九岁

先生所著之《新补天石》《滑头世界》《滑头补义》及《上海滑头》写成。在《新上海》中，陆士谔借主人公梅伯之口提及其书：

梅伯道："你这《新中国》说得中国怎样强、怎样富，人格怎样高尚，器物怎样的精良，不是同从前编的什么《新补天石》一般的用意吗？"我道："一是纠正其过去，一是希望其未来，这里头稍有不同。"梅伯道："同是快文快事，我还记得你《新补天石》几个回目是'杀骊姬申生复位，破匈奴李广封侯''经邦奠国贾谊施才，金马玉堂刘洧及第''奉特诏淮阴遇赦，悟良言文种出亡''霸江东项王重建国，诛永乐惠帝再临朝''岳武穆黄龙痛饮，文山南郡兴师''精忠贯日少保再相英宗，至诚格天崇祯帝力平闯贼'。"一帆道："我这几天没事拿小说来消遣。翻着一册《滑头世界》里头载着金表社的事，他的标题叫《滑头金表社》，你何不回去作一篇《滑头补义》？"我道："不劳费心，我已作过的了，停日出了版，送给你瞧就是了。"①

是年，在《神州日报》上发表了《清史演义》一、二集。先

---

① 陆士谔：《新上海》第四十二回。

生所撰《清史演义》始披露于《神州日报》，陆续登载。发刊未久，阅者争购，报价因之一增。有目共赏，数月以来，风行日远，尤有引人入胜之妙，而爱读诸君经以未窥全貌为憾。或索观全集，或购定预卷，无不介绍于神州报社，冀速遂其先睹之。社友于是商之，陆君即将一、二集先付剞劂，其余稿本修定遂加校雠，不久可陆续出版。

是年，江剑秋先生于《鬼世界》（1907）序中提及先生所作另外几部小说：《东西伟人传》《文明花》《鸳鸯剑》等。上述几种应为先生 1907 年之前所作。

## 1908 年（清光绪三十四年 戊申）三十岁

元月，作《公治短》，载《月月小说》十三号，署名"沁梅子"，为短篇寓言故事。译《英雄之肝胆》，标"法国乌伊奇脱由刚著，青浦云翔氏陆士谔"译。亦作《官场真面目》《新三角》《日俄战史》三种。

《新孽海花》序录李友琴与陆士谔关于《官场真面目》等书之问答云：

> 今秋复以《新孽海花》稿相示。余读云翔书，此为第十八种矣。评竟问之曰：君前所著，意多在惩恶；此书意独在劝善，然乎？云翔笑曰：唯，子何由知之？余曰：君前著之《官场真面目》《风流道台》等，其中无一完人，嬉笑怒骂，几无不至。①

---

① 陆士谔：《新孽海花》序。

**231**

夏，作《残明余影》，李友琴女士于《新孽海花》载宣统元年（1909）冬十月序中曰：

> 友人以陆君云翔所著之《残明余影》稿示余，余亦视为寻常小说未之奇也，乃展卷细读，见字里行间皆有情义，而笔情细致，口吻如生，古今小说界实鲜其匹，循环默诵，弗胜心折。九月重阳，《医界镜》修改后再次出版发行。吴云记活版部印，同源祥书庄出版。

## 1909 年（宣统元年　己酉）三十一岁

是年，作《新水浒》《新野叟曝言》《风流道台》《改良济公传》《军界风流史》《骗术翻新》《绿林变相》《女嫖客》《女界风流史》《绘图新上海》《新孽海花》《苏州现形记》和《新三国》十三种。

2月，作《风流道台》，此书在《新上海》及《晚清小说史》中均提到：

> 当下梅伯到我书房里坐下，见了案上的两部小说稿子《风流道台》《新孽海花》，略一翻阅笑道："笔阵纵横，到处生灵遭荼毒。云翔，你这孽也作得不浅呢！"我道："现在的人面皮厚得很，凭你怎样冷嘲热讽、毒讽狂讥，他总是不瞅不睬。不要说是我，就使孔子再生，重运他如椽大笔，笔则笔，削则削，褒贬与夺，再作起一部现世《春秋》来，也没中用呢。"
>
> 梅伯抽了两袋烟问我道："你的新著《风流道台》

笔墨很是生动，我给你题一个跋语如何？"我道："那我求之不得，你就题吧。"……只见他题的是：《风流道台》，以军界之统帅效英皇之韵事，未始非官界中佳话。第以惜玉怜香之故，竟至拔刀操戈，殊怪其太煞风景。乃未会巫山云雨，顿兴宦海风波。于以叹红颜未得，功名以误，峨眉白简旋登，声望全归狼籍，可恨亦可怜矣。①

阿英《晚清小说史》亦云：

> 陆士谔著，六回，宣统元年（1909）改良小说社刊。

是年，作《新野叟曝言》，为国内最早之科学幻想小说，谈文素臣全家至月球事。全书共六册，约四十万字，宣统元年五月初版，同年同月发行，由上海小说进步社印行。此书亦另有磊珂山房主人撰的《新野叟曝言》一种。

7月，作《鬼国史》，改良小说社刊行，阿英评曰：

> 维新运动是失败了，立宪运动不过是一种欺骗，各地的革命潮，在如火如荼地起来。中国的前途将必然地走向怎样的路呢？这是不需要加以任何解释就能以知道的。把握得这社会的阴影，是更易于了解晚清小说。其

---

① 陆士谔：《新上海》第一回。

他类此的作品尚多，或不完，或不足称，只能从略。就所见有报癖《新舞台鸿雪记》、石傖山民《新乾坤》、抽斧《新鼠史》……陆士谔《新中国》……也有用鬼话写的，如陆士谔《鬼国史》（改良小说社，1909 年）……专写某一地方的，也有陆士谔《新上海》、佚名《断肠草》（一名《苏州现形记》）等。①

阿英《晚清小说目录》称：

《女嫖客》，陆士谔著，五回，宣统年刊本。

陆士谔《龙华会之怪现状》中谈及《女界风流史》：

秋星道，你也是个笨伯了，书是人，人就是书，有了人才有书呢。即如《女界风流史》何尝不是书。试翻开瞧瞧，你我的相好怕不有好多在里头么。穷形极相，描写得什么似的……这符姨太小报上曾载过，她是磨镜党首领呢，像《女界风流史》上也有着她的事情。②

11 月，李友琴为其《新上海》序于上海之春风学馆，序中进行了评述：

盖云翔之用笔与他小说异，他小说多用渲染笔墨，

① 郑逸梅：《艺林散叶续篇》。
② 阿英：《晚清小说史》。

虽尽力铺张扬厉，观之终漠然无情；云翔独用白描笔墨。写一人必尽一人之体态、一人之口吻，且必描出其性情，描出其行景。生龙活虎，跳脱而出，此其所以事事必真，言之尽当也。云翔在小说界推倒群侪，独标巨帜。有以夫，余读云翔新著二十三种矣，而用笔尖冷峭隽，无过此编。云翔告余曰，与其狂肆毒詈，取憎于人，孰若冷讥隐刺之犹存忠厚也。故此编于上海之社会、上海之风俗、上海之新事业、上海之新人物以及大人先生之种种举动，虽竭力描写淋漓尽致，而曾无片词只语褒贬其间，俾读者自于音外得悟其意。此即史公《项羽本纪》《高祖本记》《淮阴列传》诸篇遗意欤。

第六十回，镇海李友琴女士评曰：

书中描摹上海各社会种种状态，无不惟妙惟肖，铸鼎像奸、燃犀烛怪，使五虫万怪，无所遁影。平淡无奇之事一运以妙笔，率足以令人捧腹，是真文字之光芒而世道之功臣也。若夫词隐而意彰，言简而味永，按而不断，弦外有声，《儒林外史》外鲜足匹矣。

是年5月4日至次年3月6日，作《也是西游记》（注：十七期上署名"陆士谔"），在《华商联合报》连载。后又结集出版。

## 1910年（宣统二年　庚戌）三十二岁

是年，长子清洁（1910.6—1959.12）诞生。1927—1937年

间，清洁悬壶杭州。十七岁起在杭州创办医报《清洁报》，并历任浙江省国医馆顾问、中医院院长、疗养院院长等职。1937 年抗日战争全面爆发后回沪，先于白克路行医，后又迁往吕班路。1944 年先生病逝后，又迁回汕头路 82 号行医，直至 1958 年。清洁先生亦著有多种医书，如：《备急千金方疏证》十二册、《金匮类方疏证》三册、《伤寒卒病论疏证》三册、《伤寒类方疏证》二册、《评注王孟英医案》二册、《评注本草纲目疏证》七册等。

是年，其妹守民与刘三相识，经南社诗人苏曼殊撮合而结为伉俪。

是年，作《乌龟变相》《新中国》《最近官场秘密史》《六路财神》《逍遥魂》《玉楼春》《最近上海秘密史》七种。

3 月，作《官场新笑柄》，在《华商联合报》连载。

腊月，《六路财神》刊行，版底云：

> 大小说家陆士谔先生健著十一种。先生著书不下五十余种，此十一种均系本社出版者：《新上海》《新鬼话连篇》《新三国》《风流道台》《新水浒》《六路财神》《新野叟曝言》《骗术翻新》《新中国》《改良济公传》《新孽海花》。

是年，在《新上海》中，他曾借主人公之口评述《逍魂窟》和《玉楼春》两种：

> 我道："这月里通只编得两三种，一种《新中国》，一种《逍魂窟》，一种《玉楼春》，稿子幸都在这里。"

说着，把稿本检了出来。梅伯逐一翻阅，他是一目十行的，何消片刻，全都瞧毕。指着《逍魂窟》《玉楼春》两种道："这两种笔墨过于香艳，未免有伤大雅。"①

## 1911 年（宣统三年　辛亥）三十三岁

是年，先生弟守经被录取在美国威斯康新大学学习政治。与之同往的还有竺可桢、胡适、李平等。

是年，作《龙华会之怪现状》《女子骗述奇谈》《商界现形记》《官场怪现状》《官场艳史》《官场新笑柄》《十尾龟》《血泪黄花》八种。

4 月，作《商界现形记》，由上海商业会社印行。

《商界现形记》共二集（上下卷），十六回。于宣统三年三月付印，宣统三年四月发行。著作者百业公，编辑者云间天赘生，校字者湖上寄耕氏。在《商界现形记》初集上卷，书前署曰："作者真实姓名和生平事迹，则无从考察。"此书与姬文的《市声》、吴趼人的《发财秘诀》及托名大桥式羽著的《胡雪岩外传》皆为晚清反映商界活动的力作。阿英均收入《晚清小说丛抄·卷四》。现据本人考，该书为陆士谔先生所撰。②

长篇小说《十尾龟》共四十回，由上海新新小说社印行。

是月，《龙华会之怪现状》标时事小说。上海时事小说社发行，共六回。

《女子骗术奇谈》二册共八回，古今小说图书社刊行。"是指

---

① 陆士谔：《新上海》第五十九回。
② 可参见田若虹《陆士谔小说考论》第六章第一节：《〈商界现形记〉著者探佚》。

摘当时所谓新女子的作品，对摭拾一二新名词即胡作非为的女子加以讽刺，间有一、二宣扬之作。所见到的有吕侠《中国女侦探》……陆士谔《女子骗术奇谈》。"①

9月，《绘图官场怪现状》大声小说社版，初集十回。

在《最近上海秘密史》中，陆士谔借书中人物之口，介绍他的另外几部小说时道："他的小说像《官场艳史》《官场新笑柄》《官场真面目》都是阐发官场的病源。《商界现形记》就阐发商界病源了，《新上海》《上海滑头》等就阐发一般社会病源了。我读了他三十一种小说，偏颇的话倒一句没有见过。"

10月10日，晚九时，武昌新军起义，辛亥革命爆发。11月，起义军攻陷总督衙门，占领武昌全城。革命党人成立中华民国湖北军政府，推新军协统黎元洪为都督。12日，革命军占领汉口，湖北军政府通电全国，宣告武昌光复。

11月，先生创作讴歌武昌起义的《血泪黄花》，又名《鄂州血》。这部小说出版于1911年11月，距武昌起义仅一个月。作者满腔热情地歌颂辛亥革命，描写了起义军民的英勇奋战，表达了他对旧民主主义革命的向往之情。

## 1912年（民国元年 壬子）三十四岁

是年，《孽海花续编》由上海启新图书局、国民小说社、大声图书局出版，续编共有二十一至六十一回。在《十日新》封底的小说广告中登有陆士谔所出小说数种：

《历代才鬼史》二册（洋八角）、《清史演义》（初

① 阿英：《晚清小说史》第九章。

集）四册、《清史演义》（二集）四册、《清史演义》
（三集）四册、《清史演义》（四集）四册、《孽海花》
（初、二集）各一册、《孽海花续编》四册、《女界风流
史》二册、《女嫖客》二册、《末代老爷大笑话》二册、
《也是西游记》二册、《雍正剑侠》（奇案）三册、《血
泪黄花》二册。

## 1913 年（民国二年　癸丑）三十五岁

8 月，先生次子陆清廉（1913.8—1958.8）诞生。陆清廉，
字凤翔，号介人。

《青浦县志·人物》记曰：

> 陆凤翔原名清廉，朱家角镇人，中国共产党员，革
> 命烈士，陆士谔次子。1958 年 8 月 20 日，在北京开会
> 返宁途中，因飞机失事不幸遇难，时年四十五岁。后经
> 江苏省人民委员会追认为革命烈士。

《青浦文史》亦记曰：

> 陆凤翔（1913—1958），原名清廉，青浦朱家角人，
> 为通俗小说家、名医陆士谔次子。早年毕业于苏州高
> 中，后在胡绳等的影响下，接受共产主义思想，创办社
> 会科学研究会。1936 年 9 月加入中国共产党[1]。

---

[1] 《青浦文史》第五期。政协青浦委员会、文史资料委员会编，1990
年 10 月。

是年，创作《宫闱秘辛》、《朝野珍闻》、《清史演义》第一部、《清朝演义》第二部四种。

8月，《清史演义》第一部由大声局发行，标历史小说。

民国二年至十三年（1913—1924），陆士谔完成了《清史演义》一至四部的撰写：

余撰《清史演义》，此为第四部。第一部大声局之《清史演义》，第二部江东书局之《清史演义》，第三部世界书局之《清史演义》。第大声本书有一百四十回，长至七十万言。而江东本只三十万言，世界本只二十万言。

同时，他阐明了"演义"之缘由：

夫小说之长，全在表演。何为表？叙述治乱兴衰及典章文物、一切制度。何为演？将书中人之性情、谈吐、举动逐细描写，绘形绘声，呼之欲出。故旧著三书，唯大声本尽意发挥，或可当包罗万象；江东本与世界本为篇幅所限，未免蹈表而不演之弊。然而一代之功勋以开国为最伟大，一代之人物以开国为最英雄。与其歌咏升平，浪费无荣无辱之笔墨，孰若记载据乱，发为可歌可泣之文章。此开国演义所由作也。

10月10日，先生生父世沣殁，得年四十有一。

1914 年（民国三年 甲寅）三十六岁

元月，《清史演义》三集共四册出版。

是月，《十日新》第一至四期连载言情小说《泖湖双艳记》。

2 月，《孽海花续编》再版，大声图书局出版。又，上海民国第一图书馆版本，标历史小说。本书从第二十一回写起，至六十二回止。回目全用曾朴、金松岑原拟。

10 月，《清史演义》四集初版，继而出版五集。

是月，《也是西游记》题"铁沙奚冕周起发，青浦陆士谔编述"。在第八回回末，先生述曰：

《也是西游记》八回，奚冕周先生遗著也。笔飞墨舞，飘飘欲仙，士谔驽下，奚敢续貂。第主人谲谏，旨在醒迷，涉笔诙谐，岂徒骂世。既有意激扬，吾又何妨游戏。魂而有灵，默为呵者欤！

己酉十月青浦陆士谔识

在上海望平街改良新小说社广告中登有特约发行所改良新小说社启：

新出《也是西游记》，是书系铁沙奚冕周、青浦陆士谔合著。登华商联合会月报，海内外函索全书纷纷如雪片，盖不仅妙词逸意、文彩动人，而远大之眼光、华严之健笔，实足振颓风、挽末俗。或病其文过艳冶、意

**241**

近诲淫，则失作者救世苦心矣。

12月10日，在《十日新》第一期发表短篇小说《德宗大婚记》《新娘！恭献！哈哈》《贼知府》《泖湖双艳记》①。

是月20日，在《十日新》第二期发表逸事短篇小说《赵南洲》。

是月30日，在《十日新》第三期发表滑稽短篇小说《花圈》《徐凤萧》《英雄得路》。

是年，其文言笔记《蕉窗雨话》由上海时务图书馆出版。《蕉窗雨话》（共九种），记乾隆间吏部郎中郝云士诮事和珅事，记杜文秀踞大理事，记石达开老鸦被擒异闻，记董琬欲从张申伯不果事，记张申伯为太平天国朝解元事，记王渔洋宋牧仲逸事，记说降洪承畴事，记岳大将军平青海事，记准噶尔与俄人战事②。

## 1915年（民国四年　乙卯）三十七岁

是年，先生妻李友琴病故，终年三十五岁。先生悲痛不已。常以医术不精、未能挽爱妻为憾，遂更发奋钻研医学。又创作几种笔记体文言短篇小说，如《顺娘》《冯婉贞》《陈锦心》《顾珏》等，皆散刊于上海《申报》。

3月14日，作笔记小说《顺娘》，在《申报》"自由谈"、"红树山庄笔记"栏目发表。

3月15日，继续连载《顺娘》。《顺娘》以庚子事变之后"罢科举"，选派留学生到西方留学的这段历史为背景。其中又穿

---

① 陆士谔：《泖湖双艳记》第一至四期连载，标艳情小说。
② 收于《清代野史丛书》。

插了男女主人公雁秋和顺娘悲欢离合的故事。故事虽未脱俗套，但情节曲折，人物个性鲜明，其中不无对世俗的道德观和封建习俗的批判。

3月19日，作笔记小说《冯婉贞》，在《申报》"自由谈"、"爱国丛谈"栏目发表，亦见于《虞初广记》。写咸丰十年英法联军火烧圆明园时事，当时有圆明园附近的平民女子冯婉贞率少年数十人以近战博击的战法，避开敌人的枪炮，击溃了敌军数百人，杀死百余人。文章的结尾陆士谔曰："救亡之道，舍武力又有奚策？谢庄一区区小村落，婉贞一纤纤弱女子，投袂起，而抗欧洲两大雄狮，竟得无恙，引什百于谢庄，什百于婉贞者乎？呜呼！可以兴矣！"[①] 其书在1916年被徐珂收编入《清稗类钞》，修改了原文。亦被列入中学范文读本。

4月，《清史演义》五集再版。

8月，作《顺治太后外纪》，由上海进步书局出版。1928年2月五版。

提要曰："是书叙顺治太后一生事实。夫有清以朔方，夷族入住中原，论者多归之天而不知兴亡盛衰之故乃操之于一女子手。盖佐太宗之侵掠，说洪氏之投降与有力焉，然而深宫秘事史官既讳而不书，远代茫然罔识，是编记载最为尽，诚足广异闻而资谈助也。"

## 1916年（民国五年 丙辰）三十八岁

4月7日，作笔记小说《顾珏》在《申报·自由谈》发表。

---

① 陆士谔：《冯婉贞》，《申报·自由谈》1915年。

《顾钰》刻画了一位身怀绝技、武力超群，而又恃强踞傲、强不能而为之的"勇"者形象。顾钰，亭林先生八世孙。其躯干彪伟，孔武有力，一乡推为健士。他夜不卧床榻，巨竹两端而剖其中，"卧则以两臂撑之。竹席如弓，身卧其内。醒则疾跃而出，竹合如故"。"稍迟延，臂竹猛夹裂颅破脑，巨竹之张合，常在百斤左右"，其两臂之力可谓巨矣。然山外有山，人外有人，顾终因"耻受人嘲"而不自量力，在比斗中惨败。

4月10日，作笔记小说《陈锦心》，在《申报·自由谈》发表。《陈锦心》以"义和团运动，洋兵入京"之时代为背景，描写了男女主人公国华和锦心的悲欢离合。国华就读于武备学校，他与锦心约"俟武校毕业始结婚"。不料被"匪"掳，"迫为司帐"。荡析流离，积二年之久，始得归。而锦心虽误以其为死，却"死生不渝"，"矢志柏舟"。小说终为大团圆之结局。作者将国华与锦心之婚姻悲剧归罪于"红巾"之乱，无疑体现了其封建思想之局限性，但小说中又通过叙事主人公的视角简要地描述了庚子事变联军入京后之情况：

> 国华被匪掳去，迫为司帐，不一月而大沽失守，洋兵入京，匪众分队四散。国华被众拥出山海关迁流至奉天，又至黑龙江，积二年之久，始得归。

这篇笔记小说，与吴趼人的《恨海》和忧患余生的《邻女语》皆为反映庚子事变之题材。虽不能与之媲美，但亦有异曲同工之妙。

是年，作《帐中语》，上海进步书局印行，署"云间龙撰"，标家庭小说。首语云："留作世间荡子的当头棒喝。"

提要曰："夜半私语恒于帐中为多，此书叙夫妇二人帐中问答。语言温柔旖旎，有时为诙谐之谈笑，有时为正当之箴规，亦风流亦蕴藉，是小说别开生面之作。"

是年秋，作《初学论说新范》，张謇题书名。弁首编辑大意共八条，如第一、二条阐明编辑题旨："本书论说各题皆自初等教科书中选来，即文中曲引泛论用典、用句均不越教科书范围。""本书条文词句务求浅近，立意务取明晰、务期初学易于开悟。"

## 1917 年（民国六年　丁巳）三十九岁

是年，娶松江泗泾李氏素贞为续室。

6 月，作《八大剑仙》，一名《清雍正朝八大剑仙传》。共十九回，约七万余字。现存民国六年（1917）六月，上海交通图书馆铅印本一册。该本至民国十二年（1923）十月，已出至十版。

是年，作《剑声花影》。1926 年 3 月，五版。其提要曰：

> 女中豪杰载清史籍者，令人阅之心深向往。本书所述杀身成仁之侠女韩宝英，更属巾帼中所罕见者。宝英本桂阳士人女，逊清洪杨之役为贼所掳，几至辱身。幸遇翼王石达开援救脱险，并为杀贼报仇扶为义女。宝英感恩知遇，卒以死报，脱翼王于难。全书自始至终叙事曲折详尽，文笔亦简明雅洁，堪称有声有色、可歌可泣之作。

## 1918 年（民国七年 戊午）四十岁

是年，"岁戊午，挟术游松江"。① 在松江西门外阔街悬壶。行医中将十多年来对医学研究的心得，写成医书十余种。

7月，先生作《中国黑幕大观·政界之黑幕》共一百零一则，由上海博物院路8号鲁威洋行发行。编辑者路滨生，发行者葡商马也，由蔡元培等人作序。陆士谔所写"政界之黑幕"有别于当时鸳鸯蝴蝶派小报所津津乐道的秘事丑闻，与其社会小说宗旨一致。他的此类小品文皆以社会现实和时事新闻为描写题材，广泛而深入地触及当时社会、经济、军事、文化、外交、政治的各个层面，其揭露和讽刺之深刻与时代的节奏深相吻合。其文或庄或谐，或正或奇，嬉笑怒骂皆成文章。

其中《民国两现大皇帝》调侃了政体之变更竟同儿戏；《五百金租一翎项》写民国以来，红顶花翎已抛去不用了，不意复辟之举突如其来，某司长知翎项为必需之物，遍搜箱匣，竟无所获，遂租一优伶之花翎代之；《闽神之门联》描写了张勋复辟后之民俗；《二本新审刺客》写民国二年三月，前农林总长宋教仁，拟由上海搭火车北上，方欲上车，突被刺客击中腰部，越再日逝世之事件；《新南北剧之黑幕》《新南北剧之第一幕》揭露了袁项城篡位总统和北洋军权之丑闻；《洪述祖之大枪花一》述中法和约告成，刘遣洪诣法军；《杜撰之灾祸与谶语》叙蔡锷起师护国，北军屡北，不得已取消帝制；《失败之大原公子》写洪宪帝既颁称帝之令，乃亟兴土木。在《疑而集诗》中，陆士谔曰：

---

① 陆士谔：《医学南针》自序。

246

政界之黑幕不外吹牛、拍马、利诱、威逼种种伎俩。此四者尽之……不意自民国以来，政治界幕中偏又添新色料，一曰阴谋，一曰暗杀。如总统之突然称作皇帝，浙江之忽然伪号独立，此均属于暗杀者。人心愈变愈阴，国势愈变愈弱。

10月，作《薛生白医案》，神州医学社新编，上海世界书局出版，1923年8月三版。序曰：

薛生白君，名雪，字生白，自号一瓢子。生白因母文夫人多病，始究心医术。其医与叶香严齐名，当时号称叶、薛。吾国医学，自明季以来，学者大半沉醉于薛院，使张景岳之说，喜用温补，所误甚多，独生白与香严大声疾呼，发明温热治法，民到如今受其赐……薛氏医案如凤毛麟角，弥见珍贵。临证之暇，特将先生医案分类校订，并附录香严案以资对照，使读薛案者得于薛案外，更有所益也。

民国八年十月后学珠街阁陆士谔谨序于松江医寓

## 1919年（民国八年 己未）四十一岁

从1919—1924年间，陆士谔在松江医寓先后写了十多种医书。至1941年止，先生共创作医著、医文四十多种：《叶天士幼科医案》、《陆评王氏医案》、《薛生白医案》、《叶天士手集秘方》、《医学南针初集》、《医学南针二集》、《王孟英医案》、《丸散膏丹自制法》、《增注古方新解》、《温热新解》、《奇疟》、《国医新话》、《士谔医话》、《叶香严外感温热病篇》、《李士材医宗必读》、《邹注伤寒论》、《陆评王氏医案》、《陆评温病条辨》、《医经节要》、《诊余随笔》、《基本医书集成》（主编）、《家庭医术》、《增注徐洄溪古方新解》、《内经伤寒》、《新注汤头歌诀》、《寒窗医话》、《医药顾问大全》、《论医》、《国医与西医之评议》、《中西医评议》、《小闲话》。医学论文多在《金刚钻》报发表。

元月，先生幼子清源（1919—1981）诞生，笔名海岑。毕业于立达学院。清源幼承庭训，博闻强识，其医学和文学皆颇有造诣。抗战期间，他辗转于福建长汀、泉洲、永安各地从事翻译、教学、编辑及行医等工作。并以行医所得创办了《十日谈》出版社，印行了不少文艺书籍，如德国苏特曼的戏剧集《戴亚王》（施蛰存译）等，行销于东南五省。抗战胜利后，清源回沪。其时陆士谔去世不久，他继承父业，挂起了"陆士谔授男清源医寓"的招牌，正式悬壶行医。新中国成立后，清源曾先后任平明出版社、新文艺出版社和上海文艺出版社编辑，从事英、俄文学翻译。主要译著有屠格涅夫的《三肖像》《两朋友》《多余人日记》、卡拉维洛夫的《归日的保加利亚人》、米克沙特的《英雄们》等。1979年，他与施蛰存合作，根据西方独幕剧的发展历史编了一套《外国独幕剧选》（六册）。由于精通俄语，他负责选编苏联及东欧诸国的剧本。当第一集于1981年6月出版时，清源已于同年4月病故，未能见到此书的出版。

元月，作《叶天士幼科医案》，上海世界书局出版。陆士谔序曰：

叶香严先生，幼科专家也。而其名反为大方所掩。世之攻幼科者，鲜有读其书，是何异为方圆而不由规矩、为曲直而不从准绳。吴江徐洄溪，素好讥评，而独于先生之幼科，崇拜以至于极。一则特之曰名家，再则曰不仅名家而且大家。敬佩之情溢于言表。今观其方案，圆机活泼，细腻清灵，夫岂死执发表攻裹之板法者，所得同年而语耶？《冷庐医话》载先生始为幼科，虚心求学，身历十七师而学始大进，则如灵秘术其来固有自也。

民国八年十月后学珠街阁陆士谔谨序于松江医寓

是年，作《叶天士女科医案》。

## 1920 年（民国九年　庚申）四十二岁

元月，作《增注徐洄溪古方新解》共八卷。上海世界书局石印本 1922 年 6 月再版。

2 月，《叶天士手集秘方》，上海世界书局出版。陆士谔序曰：

秘方者师徒相授，从未著之简策者也。顾未著之简策，后之人从何纂集成书？曰，秘方之源，非人不授，非时不授，故名之曰秘。岁月既久，私家各本所传各自记述。然方之秘难泄，而纂秘方者，大都不知医之人，所以秘方之书虽多，而合用者甚鲜也。叶天士为清名医，其手集秘方，大抵本诸平日之心得，较之《验方新编》等自可同年而得。顾其书虽善，体例已颇可议……
因系先辈手译，未便擅自更张；方有重出者，亦未敢留
就删节致损本来面目。唯逐细校雠，勘明豕亥，使穷乡
僻壤有不便延医者按书救治，不致谬误，是则校者之苦
心也。

7月，作《医学南针》初集，上海世界书局石印本。1931年
七版。其师唐念勋纯斋氏序曰：

陆士谔，好学深思之士也。其于《灵》《素》《伤
寒》《金匮》等书极深研几，历十余年如一日。昼之所
思，夜竟成梦。夜有所得，旦即手录，专致之勤，不啻
张隐庵氏之注《伤寒》也。顾积学虽富，性太刚直。每
值庸工论治，谓金元四大家之方药重难用，叶香严、王
潜斋之方药轻易使，陆子辄面呵其谬，斥为外道之言。
夫病重药轻，无补治道；病轻药重，诛伐无辜。论药不
论证，斥之诚是。然此辈碌碌，何能受教，徒费意气，
结怨群小，在陆子亦甚不值也。余尝以此规陆子，而劝
其出所学，以撰一便于初学之书，俾后之学者。得由此
阶而进读《灵》《素》《伤寒》，得造成为中工以上之
士，则子之功也。夫医工之力，不过能治病人之病；医
书之力，则能治医工之病，于其勉之，陆子深韪余言，
操笔撰述，及一载而书始成。其网罗之富，选才之精，
立论之透，初学之书所未有也。较之《必读》《心悟》
等，相去奚啻霄壤。余因名之曰《医学南针》，陆子谦

让未遑。余曰，无谦也，子之书不偏一人，不阿一人，唯求适用，大中至正，实无愧为吾道之南针也，因草数言弁之于首。

民国九年庚申夏历二月唐念勋纯斋氏序于珠溪医室

是年夏，作《孽海情波》，由上海沈鹤记书局出版。

## 1921年（民国十年　辛酉）四十三岁

4月，作《增评温病条辨》，（清）吴塘原著，先生增评。

5月，作《王孟英医案》，上海世界书局出版。哈守梅序曰：

> 青浦陆君士谔，名医也。其治症，闻声望色，察脉问证，洞见藏府，烛照弥遗。就诊者无不叹为神技，而不知君固苦心得之也。余以善病喜读医籍，去年冬，购得《医学南针》，读之大好，因想见陆君之为人。与君畅谈医学并及近代名流，君于王孟英氏最为推服……因出其自编之孟英医案，分类排比，眉目朗然，余不禁狂喜，劝之发刊。君曰，孟英原案，犹《资治通鉴》，余此编，犹纪事本末，不过自备检查尔，何足问世。余曰初学得此，因证检方得见孟英之手眼，未始非君之功也。陆君颇题余言，余因草其缘起，即为之序。
>
> 民国十年五月金陵哈守梅拜序

陆士谔自序曰：

　　《王孟英医案》有初编、续编、三编之分，编者不一其人，而《归砚录》则孟英自编者也。余性钝，读古人书，苦难记忆，而原书编年纪录检查又甚感不便，因于诊余之暇，分类于录，籍与同学讲解。外感统属六淫故，风温、湿温间有编入外感门者。夫孟英之学得力于枢机气化，故其为方于升降出入，手眼颇有独到；而治伏气诸病，从里外逼，尤为特长。大抵用轻清流动之品，疏动其气要，微助其升降，而邪已解矣。其法虽宗香岩叶氏，而灵巧锐捷，竟有叶氏所未逮者。余尝谓孟英于仲夏伤寒论、小柴胡汤、麻黄附子细、辛汤诸方必极深穷研，深有所得。故师其意不泥其迹，投无不效。捷若桴鼓，读者须识其认证之确、立方之巧，勿徒赏其用药之轻，庶有获乎！

民国十年五月青浦陆士谔序于松江医室

农历六月，作《丸散膏丹自制法》。1932 年 5 月再版，由陆士谔审订。先生自序曰：

　　客有问此书何为而作也，告之曰，神农辨药，黄帝制方，圣王创制为拯万民疾苦。伊尹、仲景后先继起，孙邈有《千金》之著，王涛有《外台》之集，《圣济》《圣惠》各方选出，无非本斯旨而发未发光大之。自世

252

风日下，业此者唯知鹜利，罔识济人，辄以己意擅改古方药名，虽是药性全非。医师循名用辄有误，良可慨也，本书之作意在使制药之辈知药方定自古贤，药品之配合分量之轻重、制法之精粗，丝毫不能移易。各弃家技一秉成规，庶几中国有统一制药之一日，按病撰药无不利药病有桴鼓应之，斯民尽仁寿之堂，是所愿也。有同道者盍兴乎，来客悦而退，因讹笔记之以叙本书。

民国十年夏历六月陆士谔序

全书分为内科门四十一类、女科门九类、幼科门十一类、外科门十类、眼科门六类、喉科门七类、伤科门、医药酒门……

是年，增补重编《叶天士医案》，上海世界书局出版。

是年，作武侠小说《血滴子》，又名《清室暗杀团》，二十回，六万多字。现存民国十年（1921）六月上海时还书局铅印本一册。卷首有民国十五年（1926）长沙张慕机序。此书在当时尤为风行，还改编成京剧在沪上演。

## 1922年（民国十一年　壬戌）四十四岁

元月，《绣像清史演义》序，写于松江医寓。

是月，《七剑三奇》，上海中华新教育社出版，共四十回。现存民国十一年（1922）上海中华新教育社平装铅印本二册，二万多字，首有作者序，卷后有李惠珍识语。

6月，编《增注古方新解》。

约是年，撰侠义小说《七剑八侠》，共二十四回，由上海时还书局出版发行。第二十四回中写道："种种热闹节目都在续编之中，俟稍停时日，当再与看官们相会。《七剑八侠》正篇终，编辑者陆士谔告别。"

## 1923 年（民国十二年　癸亥）四十五岁

10 月，《薛生白医案》第三版。

是月，《八大剑仙》第十版。

是月，《金刚钻》报创刊，陆士谔曾协助孙玉声编撰《小金刚钻》报。

## 1924 年（民国十三年　甲子）四十六岁

4 月，作《医学南针》二集，上海世界书局出版。首有先生自序题："民国十三年甲子夏历四月青浦陆守先士谔甫序于松江医寓"；亦有唐纯斋序曰：

陆君士谔名守先，医之行以字不以名，故名反为字掩。而君于著述自著，辄字而不名，故君之名，舍亲戚故旧外，鲜有知者。角里陆氏系名医陆文定公嫡系，为青邑望族，代有闻人。而以医学名世者，则自君始。君为午邑名儒兰垞先生哲嗣。先生学问经济名重一邑，而屡困场屋，以一明经终，未得施展于世。有子三人，俱著名当世。君其伯也，仲守经，字达权；季守坚，字保权，均驰声军政界，为世所重。而君之学尤粹。君以预防为主医学，极深研几，每发前人所未发，于五运六气、司天在泉，则悟地绕日昳。以新说释古义，语透而

254

理确；于伤寒温热、古方今方，则以经病络病，一语解前贤之纠纷。盖君喜与经生家友，每借经生之释经以自课所学，故所见回绝恒蹊也。角里在松郡之西，青溪环绕，九峰远拥，地灵人杰。王述庵以经著名，陈莲舫以医术行世，惜莲舫之道、之行而未有著述；述庵之学、之博而未曾知医。君今以经生之笔，释仲景之书，明经络之分治，导后学以准绳，湖山增色。吾闻君之《医学南针》共有四集，此其第二集也。以辨证用药读法为三大纲，较之初集进一步矣。其三集则专以外感内伤立论，四集则专释伤寒金匮，甚望其早日杀青也，是为序。

是月，清明节，刘绣、刘曼君、刘缙、刘龙《先父刘三收葬邹容遗骸的史迹》一文中曰：

> 1924年清明节，章太炎、于右任、张溥泉、章士钊、李印泉、马君武、冯自由、赵铁桥诸先生来华泾祭扫先烈邹容莹墓时，吾父权作主人，于黄叶楼设宴招待。章太炎先生与吾父所吟今尚能背诵。太炎先生诗云："落泊江湖久不归，故人生死总相违。至今重过威丹墓，尚伴刘三醉一回。"吾父缅怀亡友，追念往事，悲慨遥深地吟曰："杂花生树乱莺飞，又是江南春暮时。生死不渝盟誓在，几人寻冢哭要离。"

7月，《女皇秘史》由时还书局出版。此为《清史演义》之

第四部。作者自序称于民国十三年（1924）七月，青浦陆士谔甫序于松江医寓。是月24日，江苏督军齐燮元、浙江督军卢永祥为争夺上海地盘酝酿战争。本县局势紧张。驻松浙军封船百余艘供军用，居民纷纷避迁。县议会及各法团电致北京及江浙当局，呼吁和平。

是月中旬，先生先遣其妻避上海，与长子清洁看守家门。

是月29日，先生避难第二次来沪。

9月30日，江浙战争爆发，史称齐卢之战。县城学校停学，商店多半歇业。

10月12日，浙江督军卢永祥兵败下野，江浙战争结束。松江防守司令王宾等弃城潜逃。先生第三次赴沪。在《战血余腥录》中先生叙述了他第三次来沪悬壶之情形。

先生避难来沪后，聊假书局应诊。民国十四年（1925）六月，他先是在英界四马路画锦里口老紫阳观融壁上海图书馆行医，民国十四年十一月十二日，后又迁移到英租界跑马厅汕头路23号新层；民国二十二年（1933）九月，他再次迁移到公共租界中央区，汕头路82号。

一日，有广东富商路过上海图书馆，恰巧看到士谔正为病家诊脉开方，就上去攀谈。一交谈，就觉得陆士谔精通医学，请陆出诊，为其妻治病。士谔在病榻边坐下，一看病人骨瘦如柴，气若游丝。原来已卧床一月有余，遍请名家诊治，奈何无灵。病情日见沉重，饮食不思，气息奄奄。富商请陆士谔来看病，也是"死马当活马医"。诊脉后，士谔开好药方说："先吃一帖。"第二天，富商又到诊所邀请，说病人服药后就安然熟睡，醒来要吃粥了。这样经过半个月的诊治，病人霍然而愈。富商感激不尽，登报鸣谢一月，陆士谔的医名由此大振。不久就定居于汕头路 82 号挂牌行医，每日门诊一百号。

12 月 27 日，在《金刚钻》报"诊余随笔"，先生撰文谈小儿虚脱症及其疗法。

是年，先生修《云间珠溪陆氏谱牒》（不分卷），署"陆守先修"，其侄陆纯熙在《云间珠溪陆氏谱牒》中曰："士谔叔父就珠街阁近支先行编纂校雠，即竣，付诸石印，分给同宗俾珠街阁近支世系。已可按世稽查。"

关于《云间珠溪陆氏世系考》陆纯熙述曰：

> 守先谨按：吾宗谱牒世甚少，刊本相沿至今，即抄本亦复罕购，浸久散佚，世系将未由稽考，滋可惧也。此百数十年中急需修入者不知凡几。屡拟评加修订，而宗支散处，调查綦难，因商之，士谔叔父就珠街阁近支先行编撰。校竣，即付之石印，分给同宗，俾珠街阁近支世系已可按世稽查。

中华民国十三年十一月十八日纯熙谨识

## 1925 年（民国十四年　乙丑）四十七岁

1—6 月，《金刚钻》报连载其短篇小说《环游人身记》。

在其科幻短篇小说《寒魔自述记》和《环游人身记》中，作者通篇运用了生动贴切的比拟和比喻来说明病毒侵入人体之途径。如《寒魔自述记》叙述了"途"之六兄弟：风魔、寒魔、暑魔、湿魔、燥魔、火魔漫游人体之经历，从而感受到"此为世界

风景之最"。在《环游人身记》中则记述了"余"挟暑风二伴
"登女郎玉体"分道从"寒府",人之汗毛孔和"樱唇"通过咽
窍（食管）、喉窍、颃颡舌本、脾脏（少阴脉）、肾脏（阳阴
脉）、胃府进入人之膏粱之体,它们环游人身一周。文中穿插了
"余"与暑伴等之对话,辛辣地讽刺了那种不学无术的庸医,同
时倍加推崇名医之医术医德。上述两篇,皆具有较强的故事性和
情节化的特点,语言亦幽默风趣,读来引人入胜。

是年,作《今古义侠奇观》,该书演历代十四位男女义侠的
故事。出版广告启曰:"当行出色撰著武侠说部之老手陆士谔君,
收集古今英雄侠义之事迹,仿今古奇观之体例,编成《今古义侠
奇观》一书,以为配世化俗之工具。情节离奇,文笔紧凑,聚数
千年来之侠义于一堂,汇数十百件之佳话为一编,前后合串,热
闹异常……写英雄之除暴,则威风凛凛;写义侠之诛奸,则杀气
腾腾,可以寒奸人之胆,可以摄强徒之魂……洵足以励末俗,而
挽颓风。"①

在《留学生现形记》封底,亦将其列为最新出版之小说
名著:

　　吴趼人:《二十年目睹之怪现状》《九命奇冤》《电
术奇谈》

　　李涵秋:《近十年目睹之怪现状》《自由花》

　　海上说梦人:《歇浦潮》《新歇浦潮》

　　徐卓呆:《人肉市场》

---

① 见于《红玫瑰》杂志第三十二期广告。

不肖生：《江湖义侠传》

陆士谔：《今古义侠奇观》《剑声花影》

以及名家译著：《十五小豪杰》等共二十二种

是年，作《续小剑侠》，由上海时还书局出版。

4月，作《小闲话》连载。另有医学杂论《治病之事》《治病日记》。

8—12月，作《义友记》，连载于《金刚钻》报。

是年，《金刚钻》报登载《内科陆士谔诊例》一个月。

3月，《金刚钻》报记曰：

世界书局管门巡捕某甲，于正月二十一日晨正洗脸间，忽然仆倒，就此一蹶不醒，不及医治而死。及后该局经理沈知方叙之于先生，并研究其致死之由。先生曰，此则唯有"脱"与"闭"两症。"脱"则原气溃散，"闭"由经络闭塞，闭则有害其生，脱则虽有神丹，难挽回也。沈君曰，死者全身青紫。越日，两医解剖其尸，则肺脏已经失去其半。先生曰，该捕平日必酷嗜辛辣而好之饮烧酒，不然肺何得烂，然其致死之因，虽由肺烂，而致死之果，实系气闭。因仆侧肺之烂叶遮住气管，呼吸不通，故遂死也。询之果然。

是月，《金刚钻》报载有一病人家属严寿铭感谢他的信曰："舍亲俞幼甫谈及避难来申之陆士谔，姑往一试，至四马路画锦里口上海图书馆陆寓，延之来诊。不意药甫下咽，胸闷既解，囊缩即宽。二诊而唇焦去、身热退。三诊而能饮半汤，四诊而粥知饥矣。"

是月，先生著《温热新解》。先是《金刚钻》报发表，1933年9月又在《金刚钻月刊》重版。

5月，先生在《金刚钻》报"读书之法"中曰：

> 先父兰垞公以余喜涉猎古史，训之曰，读书贵精不贵博，汝日尽数卷书，聊记事迹耳，其实了无所得。因出《纲鉴正史》曰，何如……余遂以刘三（小学家）读经之法，读秦汉唐各医书，而学始大进。辨论撰方，自谓稍易着手，未始非读书之益也。

5月27日，先生曰："余自《医学南针》出版而后，虚声日著。远客搭车来松者，旬必有数起，均系久来杂病，费尽心机，效否仅得其余。及避难来沪，沪地交通便利，百倍松江。囊时远客，仅沿沪杭线各城镇，今则有由海道来者，有由沪宁线各站来者。"

6月12日，《金刚钻》报《陆士谔名医诊例》：

> 所治科目：伤寒、湿热、咳嗽、妇科、产后、调经各种杂病。
>
> 时间：上午十时至下午三时门诊，午后三时出诊。
>
> 地址：英界四马路画锦里口上海图书馆。

11 月 12 日，先生迁移到英租界跑马厅汕头路 23 号新层。

## 1926 年（民国十五年　丙寅）四十八岁

3 月，《剑声花影》第五版刊行。

是月 31 日，在《金刚钻》报上登载《修谱余沈》曰：

> 今吾家新谱告成，自元侯通至士谔凡七十九世……
> 原原本本，一脉相承，各支宗贤亦均分载明白。扬洲别
> 驾分类，为吾二十六世祖，娄王逊为吾五十八世祖……

4 月 14 日，先生作《寒魔自述记》连载于《金刚钻》报。

12 月，《家庭医术》初版，上海文明书局印行。1930 年再版，署"辑选者陆士谔"。

## 1928 年（民国十七年　戊辰）五十岁

2 月，《顺治太后外纪》五版，由上海进步书局印行。

4 月，《绘图新上海》五版。

4 月，由范剑啸著、先生参与润文的小说《双蝶怨》由上海大声图书局出版。

9 月，《古今百侠英雄传》由上海时还书局出版发行，标绘图古今侠义小说。先生自序曰：

> 余嗜小说，尤喜小说之剑侠类者。所读既多，未免技痒。缘于诊病之余，摇笔舒纸，作剑侠小说。在当时

不过偶尔动兴，聊以自遣，不意出版之后，竟尔风行，实出余意料之外。意者下里巴人，属和遍国中耶？

中华民国十七年八月十五日

青浦陆士谔序于上海汕头路医寓

是年，出版《北派剑侠全书》与《南派剑侠全书》。在《古今百侠英雄传》之末页，附南北两派剑侠全书总目：

北派：《红侠》、《黑侠》、《白侠》、《三剑客》（二册）。

南派：《八大剑侠传》、《血滴子》、《七剑八侠》（二册）、《七剑三奇》（二册）、《小剑侠》（二册）、《新剑侠》（二册）。

10月，作《新红楼梦》，由上海亚华书局出版。

是年，《金刚钻》报登载《内科陆士谔诊例》一个月。

## 1929年（民国十八年 己巳）五十一岁

元月，作短篇《记平湖之游》[①]，作者于冬至日作平湖之游，其记曰：

平湖多陆氏古迹，此行得与二千年前同祖之宗人相

---

① 于1929年1月6—12日连载于《金刚钻》报。

聚，意颇得也……盖平湖支为唐宰相宣公系。宣公系三国东吴华亭侯补丞相逊之后，而吾宗为选尚书王昌之后，王昌与逊在当时已为同曾祖姜昆，故吾宗与平湖陆氏，为二千年前一家。考诸家乘，信而有征也。此次邀余往诊者，为平湖巨绅陆纪宣君。甲子秋，余避难来沪，纪宣亦携眷来沪。其夫人患病颇剧，邀余往诊，遂相认识。由是通信，如旧识焉。

是年，作武侠长篇小说《江湖剑侠》，共四十回，由国华书局出版。回目前写有"陆士谔著、蔡陆仙评"。并有云间吴晚香之序言，写于上海。其序文称：

青浦陆士谔先生精"活人术"，复长于写武侠小说。形其形状，其状惟妙惟肖，可骇可惊。历次所作，阅者无不击节。盖先生于乱世触目伤心、愤激之余，发为奇文，非以投世俗之所好也，聊以鸣方寸之不平耳。

蔡陆仙先生第一回评曰：

叙武侠本旨如水清石出，历历可见。所谓探骊得珠，已白占足身份，况描写官吏之嚚顽、社会之黑暗、胥吏之残酷，无不细心若发，洞若观火，笔墨酣畅，尤有单刀直入之妙。

1930年（民国十九年　庚午）五十二岁

2月，作《龙套心语》，共三册，书末标社会小说。以龙公名义发表。由上海竞智图书馆出版。此书先是在《时报》连载，现上海图书馆存有《时报》版剪贴本和竞智图书版本两种。书前有龙公自序、答邮人书（代序），又有马二先生序。序曰：

> 《龙套心语》著者署名"龙公"，不知其何许人也。全书二十四回。著者自云"记载南方掌故，网罗江左佚文"。语虽自负，正复非虚。

篇末曰：

> 著者必为文章识见绝人之士，而沉沦于末寮者，故能巨细靡遗，滔滔不尽，若数家珍。虽曰诙谐以出之，而言外余音，固含有无限感慨，殆所谓伤心人别有怀抱者耶？

1984 年，文化艺术出版社在"中国史料丛书"中再版推出此书，更名为"江左十年目睹记"，并认为本书的作者是姚鹓雏，首页为柳亚子题序，1954 年 7 月 20 日写于首都。（是年 6 月 25 日姚鹓雏先生卒。）又增加了出版说明和常任侠序，并将其置于马二先生原序之前，同时亦保留了龙公自序。书后附吴次藩、杨纪璋增补的《龙套心语·人名证略》。《龙》书首页及封底皆为云间龙在空中飞舞，与陆士谔之《商界现形记》同。其书之目录"一士谔谔有闻必录"，作者自己充当书中之人物，亦与其小说风格一致。故据本人考证，此书作者应为陆士谔。①

---

① 可参见田若虹《陆士谔小说考论》第六章第二节：《〈江左十年目睹记〉著者考》。

3月，陆清洁编辑、陆士谔校订的《万病险方大全》由上海国医学社印行，国医学社出版，中央书店发行。次年7月再版。夏绍庭序曰：

青浦陆士谔先生邃于医学，荏沪行道有年，囊尝闻其声欬。审知为医学士，平生撰述甚富。著有《医学南针》一书，精确明晰，足为后学津梁。今其哲嗣清洁英台秉性聪慧，为后起秀。既承家学之渊源，又竭毕生之心力，广摅博采，罗致历年经验良方汇成一书。

民国十有九年暮春之初夏绍庭序于九芝山馆

陆清洁自序：

智者千虑，必有一失。愚者千虑，必有一得。故名医之处方，有时而穷，村妪之单方，适当则效，非偶然矣。谚称"单方一味，气死名医"。夫单方非能气死名医也，必单方神效，如鼓应桴始足当之无愧。本书各方，苦心搜访，南及闽粤，北至燕晋，风雨晦明，十易寒暑。而异僧奇士，秘而不宣人之方药，必有百计以求之。一方之得，必先自试用，试而有验，珍同拱璧。有历数月不得一方，有一日间连获数方。积之既久，乃编为十有三种。包罗有系，或谓余篇有仲景之验、千金之富、外台之博，则余岂敢。会编是篇，聊供乡僻之处，医士寥落、药铺未计所需耳。初无意问世也，平君襟亚热情殷殷，坚请付印，盛情难却，始从其议。然自审所编，挂一漏万，在所不免，知我罪我，唯在博雅君子。

中华民国十九年三月陆清洁序于沪寓

4 月 15—30 日，《小闲话》中以王孟英医书为题，论及当时医林之风尚：

> 海宁王孟英，为清咸同间名医。近世医者多宗医说，喜以凉药撰方，或谓近日医家之弊，孟英创之也，欲振兴古学，非废孟英书不可。余颇不然之。孟英当日大声疾呼，立说著书，无非为救弊补偏之计。源当时医者不认病症，不究病源，唯以温补药为立方不二法门，故孟英不得已而有作也。试观孟英医案，救逆之法为多，亦可见当时医林风尚之一斑。

1924—1936 年，先生在《新闻夜报》副刊《国医周刊》上主笔介绍医药知识，亦公开为病家咨询。

6 月，先生《家庭医术》再版。

是年，先生在如皋医学报五周汇选撰《中西医评议》，就中西医之汇通问题与余云岫展开论辩，双方交锋数月。先生认为："中西医学说，大判天渊。中医主张六气，西医倡言微菌；一持经验为武器，一仗科学为壁垒，旗帜鲜明，各不首屈。"然而两相比较，则"形式上比较，西医为优；治疗上比较，中医为优。器械中比较，西医为胜；药效上比较，中医为胜。为迎合世界潮

266

流，应用西医；为配合国人体质，应用中医"。

是年，《金刚钻》报登载《内科陆士谔诊例》一个月。

## 1931 年（民国二十年　辛未）五十三岁

是年，清廉考入江苏省苏州中学高中部。"九一八"时，他积极参加请愿团宣传抗日，并与同学胡绳一起创办了社会科学研究会，宣传马列主义。

先生仍在上海行医，又任华龙小学校董。先生女婿张远斋任校长，女儿敏吟和清婉皆任教员。先生之剑侠小说约写于1916—1931 年间，大多由时还书局出版。其历史小说以历史事件为基础，而根据稗官野史、民间传闻加以敷衍虚构而成，故曰："书中事迹大半皆有根据，向壁虚造，自信绝无仅有。"当时他曾摘诸家笔记中剑侠百人，别录成册，以备异时兴至，推演成书。后老友郑君彝梅见之，劝之付梓，先生辞不获，因草其摘取之。其剑侠小说为《英雄得路》、《顾珏》、《红侠》、《黑侠》、《白侠》、《七剑八侠》、《七剑三奇》、《雍正游侠传》、《剑侠》、《新剑侠》、《今古义侠奇观》、《小剑侠》、《江湖剑侠》、《古今百侠英雄传》、《新三国义侠》、《新梁山英雄传》、《八剑十六侠》、《剑声花影》、《飞行剑侠》、《八大剑仙》（又名《八大剑侠传》）、《三剑客》、《血滴子》、《北派剑侠全书》、《南派剑侠全书》二十四种。此外有评点《双雏记》和《明宫十六朝演义》两种。

11 月，先生在《金刚钻》报撰《说部杖谈》曰：

> 他人作小说，而我为之评注，非易事也。下笔之初，必先研究作者之布局如何、用意如何，首尾如何呼

应，前后如何贯穿，何为伏笔，何为补笔，何为明笔，何为暗笔，探微索隐，真知灼见，而后其评注乃不悖于本义。圣叹评《水浒》《西厢》，虽未都尽餍人意，要其心思之缜密，笔锋之犀利，能发人所未发，则似亦不可没也。仆才不逮圣叹万一，更乌评注当代名小说家之杰作，而平江向恺然先生，即别署不肖生者，著《近代侠义英雄传》说部，乃由老友济群以函来嘱余为评，辞意颖颖，弗能却也。谬以己意为之评注，漏疏忽略无当大雅，固于《侦探世界》之辑余赘墨中，言之数矣。

是年，借《侦探世界》半月刊，在其杂文《说部杖谈》中提及：

> 他人作小说，而我为之评注，非易事……固于《侦探世界》之辑余赘墨中，言之数矣。

是年，《金刚钻》报登载《内科陆士谔诊例》一个月。

## 1932 年（民国二十一年　壬申）五十四岁

5 月，其医书《丸散膏丹自制法》再版。

是年，《金刚钻》报登载《内科陆士谔诊例》一个月。

## 1933 年（民国二十二年　癸酉）五十五岁

元月，作杂文《说小说》曰："近年小说之辈出，提及姓名妇孺皆知者，意有十余人之多。革新以来，各界均叹才难，只小说界人才独盛，此其中一个极大之原因在……"指出了小说之所以不同于诗赋等文学体裁之五种原因。

是月，作散文《雪夜》。作者在风雪之夜，斗室寂居，颇有感慨：

> 斗室之中，有一寂然之我也。由既往以识将来，百阅百年，此间更不知成何景象。是否变为崇楼杰阁、灯红酒绿之场，荒烟衰草、鬼泣鸱鸣之地，虽尚未能预测，而此日此时此地，未必恰有此风雪，可以决定，即使百年后之此日此时此地，未必恰有此风雪，无论如何，此斗室总已不复存在，此斗室中之我总已不复存在，可断言也。夫然则我之为我，原属甚暂，夫我之为我，即属甚暂，则此甚暂之我，对此甚暂之时光，何等宝贵。①

是月，作散文《快之问题》，慨叹时光之流逝曰："吾诚惧者，老死而犹未闻道，未免始终有失此时光耳。"

是月，在"民众医学常识"栏目谈医说药。从 2 月至 8 月连载。

2 月，另作小品文《白话教本》《新文学》二种。

是月，作散文《春意》曰："春风嘘佛，春气融和，春色碧色，春水绿波，春花之开如笑，春鸟之鸣似歌，凡此种种，风也，气也，草也，水也，花也，鸟也，皆可名之曰春意……"②

---

① 《金刚钻》报 1933 年 1 月 2 日。
② 《金刚钻》报 1933 年 2 月 14 日。

是月，《金刚钻》报"全年订户之利益"栏目（二）推介《金刚钻小说集》一册曰：

> 小说集中所刊字文，俱戛戛独造之作。短篇数十种各有精彩，长篇三种尤为名贵。长篇一，程瞻庐之《说海蠡测》、海上漱石生之《退醒庐著书谈》……短篇，漱六山房《西征笔记》、陆士谔《猫之自序》……

3月，在"医紧商榷""春病之危机"栏目连载医文。

4月，作《温病之治法》《我之读书一得》《洄溪书质疑》等医学小品文。其曰："辨药唯求实用，读书唯在求知，知之为知之，不知为不知，如武进、邹闰阉之疏证，斯为得矣。"①

是月，"月刊启事"栏目编者曰："某人略谙医药，便自诩神仙。陆君擅歧黄术，将医药常识尽量贡献，神仙之道，完全拆穿；养生之道，十得八九。是医生应该多读读，可以祛病延年；不是医生也可以增进学识。"②

5月，作《清郎中门槛》《医海观潮》《钟馗嫁妹》等小品文。

9月，谈"人参之功用""脚湿气方"，在"医经节要""答言"栏目谈医说药。

是月，作小品文《马桶》《四库全书》《僵先生（二）》等。

是月，编辑《青浦医史》。

是月，迁移到公共租界中央区汕头路82号。

---

① 《洄溪书质疑》，《金刚钻》报1933年4月15日。
② 《诊余随笔》，《金刚钻》报1933年4月24日。

10月，先生续汪仲贤的小品文《僵先生》第一集，载于《金刚钻月刊》。全书共三集：其一《僵先生》汪仲贤著；其二《僵先生打开僵局》陆士谔续；其三《僵先生一僵再僵》汪仲贤著。

11月，先生连载在《金刚钻》报上的短篇小说《寒魔自述记》与《环游人身记》结集重版于《金刚钻报月刊》。

是月，作笔记体小品文《鉴古》。

是年，《绣像清史演义》五版。撰医书《奇虐》等。

是年，《金刚钻》报登载《内科陆士谔诊例》一个月。

## 1934 年（民国二十三年　甲戌）五十六岁

是年，作《国医新话》，并继续在公共租界英法租界出诊。

公共租界：中央区西至卡德路、同孚路，东至黄浦滩，北至苏州路，南至洋泾浜。

法租界：西至白尔部路、横林山路、方浜桥路，南至民国路，北至洋泾浜，东至黄浦滩。在"陆士谔论医"栏目中提及《国医新话》及其所著有关医书：

　　丞曰：士翁先生通鉴，久仰鸿名，恨未瞻韩，晚滥竽商途，公余，常求医学。然以才短理奥，毫无所得。数年前得大著《医学南针》，指示之深如获至宝。余力诵读，只得一知半解，先贤入门之作，均无此中明显，初学宝筏真为稀有。三、四两集屡询津中世界书局分局，出书无期，去岁秋得公著《国医新话》及《医话》，理论精微，断诊明确，并指示种种法门，开医药之问答，能于百忙之中行此人所难能者。仁心济世，景慕益殷，夫邪说乱政，自古已然，海通以还，西术东来，尤甚于古。当此国人遭医劫之秋、后学失南针之日，吾公雄才大辩，融会今古，绍先圣之正脉，开启后进；障邪说之狂流，挽救生民，天心仁爱，降大衍公也……而敬读尊著，几无一日可离，然除得见者外，如《钻》报之发行所《医经节要》《邹注伤寒论》《新注汤头歌诀》《寒窗医话》未知何家代印发行，统希赐示，俾得购读，使自学得明真理。

民国二十六年五月十九日

是年至次年，由陆清洁编辑、陆士谔校订的《医药顾问大全》（共十六册），由上海世界书局陆续印行。

此书有八篇他序（夏序、丁序、戴序、贺序、蔡序、汪序、杨序、俞序）和一篇作者自序。

俞序曰：

陆君清洁，性谨厚，工厚文。其尊翁士谔先生，为青浦珠街阁名医，精岐黄术。为人治病，常切中病情十全八九，又擅长文学。所著《医学南针》，传诵医林，实天土灵胎第一人也。清洁幼承庭训，学有渊源，而于医学造诣尤深。处方论病，广博精湛，深得其尊翁医学之精髓。

是年，组织中医友声社，在电台轮值演讲中医常识，先生主讲"医学顾问大全"。

3月，在"谈谈医经""小言"栏目谈医说药。

10月，谈中医研究院问题曰：

> 缘眼前医界，有伪学者，有真学者。所谓伪学者，乃是说嘴郎中，全无根底，摇笔弄墨，居然千言立就，反复盘问则瞠目不能答一语，此等人何能与之群？此一难也。真学者中又有内经派、伤寒派之分……①

是年，先生于《杏林医学月报》发表《国医与西医之评议》，此文针对当时中医改良思潮而发。

是年，先生发表《国医之历史》《释郎中》两种医书。

是年，《金刚钻》报登载《内科陆士谔诊例》一个月。

## 1935 年（民国二十四年　乙亥）五十七岁

《金刚钻月刊》记曰：

> 青浦陆士谔先生，来沪已有十载，凡伤寒、温热、妇科各症，经先生治愈者，不知凡几。且素抱宏志，开拓吾学，治愈之各种奇症。自撰医话，刊布《钻》报，方案原原本本，足供《医学南针》。唯手撰医书十种在世界书局出版者，均系十年前旧作。近来因忙于酬应，

---

① 《金刚钻》报 1934 年 10 月 9 日。

反无暇著书，未竟之稿，未能继续，徒劳读者责问耳。

先生常寓公共租界中央区汕头路 82 号，门牌、电话九一八一一。①

该期还刊登了先生《著作界之今昔观》。此文揭露和抨击了古今那种喜出风头，贯于剽窃成文、据为己有，或以本人名微，辄托前代名人"学者"之不正文风。

元月，先生的《七剑八侠》续编十三版，由上海时还书局出版发行。正、续编二册，定价二元六角，续编共二十回。

4 月，先生的《八大剑侠传》亦由上海时还书局出版发行。第二十一版篇末曰："是书草创之始，原拟撰稿二十回，不意撰述至此，文义已完。增书一字，便成蛇足。陡然终止，阅者谅之。"

## 1936 年（民国二十五年　丙子）五十八岁

1—10 月，先生在《金刚钻》报连载《按王孟英医案》。

2 月 26—27 日，先生在《金刚钻》报"医林"栏目发表《论藏结》上、下篇。

4 月 28—30 日，陆清源在《金刚钻》报发表《伤寒结胸与痞之研究》一至三篇。

7 月，作《士谔医话》曰："自撰医话，刊布《钻》报，方案原原本本，足供《医学南针》。"由世界书局发行。在 1924—1936 年间，先生常在《金刚钻》报的"诊余随笔"及"管见录"

---

① 《金刚钻月刊》第二卷第一集。

上撰文。《金刚钻》报编辑济公（施济群）曰："陆士谔先生在本报撰'诊余随笔'颇得读者欢迎，后因诊务日忙而辍，近先生复以'管见录'见贻，发挥心得，足为后学津梁。"①

7月8—15日，先生在"医药问答"栏目解疑答难。

7月19—20日，作《黑热病中医亦有治法吗》，发表于《金刚钻》报。

8月20—21日，作医学论文《微菌》上、下篇，发表于《金刚钻》报。

8月31日—9月1日，先生在《金刚钻》报发表《论学术之出发点》上、下篇。

10月，《清史演义》第四部《女皇秘史》重版。

《清史演义·题词》丹徒左酉山曰："金匮前朝尚未修，鸿篇海内已传流。编年一隼温公体，杂说原非野乘传。笔挟霜天柱下握，版同地编枕中收。吾家曾作《春秋》传，愿附先生文选楼。"

10月1—6日，先生长子陆清洁发表《驳章太炎先生伤寒论讲词》1—7篇。

10月2—7日，在《金刚钻》报"医林"栏目发表《江西热疫之讨论》1—6篇。

1936年11月13日—1937年1月19日，作杂文《南窗随笔》一、二、三、四集。

11月15日，在《金刚钻》报"医林"栏目发表《经验》上、下篇。

12月1—2日，作杂文《南窗随笔》上、下篇。

---

① 《金刚钻》报1925年5月18日。

12 月 13 日，先生之子陆清源在《金刚钻》报登载启事：

> 清源秉承庭训研读伤寒，一得之愚，未敢自信，刊诸"医林"，广求磋切。正在学务之年，未届开诊之日，辱荷厚爱，有愧知音。自当奋勉研攻，以期不负知我，图报之日，请侯他年。现在，尊处贵恙，期驾临汕头路82 号诊室就治可也。

12 月 17 日，在《金刚钻》报发表《中西医之辨证法（一）》。

1936 年 12 月—1937 年 1 月 27 日，陆清源在《金刚钻》报连载《伤寒小柴胡汤之研究》。

12 月 20—23 日，在《金刚钻》报发表《再论辨证》谈中医问题。

## 1937 年（民国二十六年　丁丑）五十九岁

1 月 11—12 日，在《金刚钻》报发表论文《落叶下胎辨》上、下集。

1 月 13 日，在《金刚钻》报"医林"栏目发表医学论文《中医之学术》道："做了三十年来中医，看过百数十种医书，觉得中医的短处，就在理论的话头太多。虽然中医书也有不少罗列证据的，拿它归纳比较，终觉理论占据到十分之六七，证据只有十分之三四，断断争辩，公说公有理，婆说婆有理……究其实在，有何用处？"

1 月 15—16 日，在《金刚钻》报发表医学论文《研读叶氏温热篇》上、下集。

1月18日，在《金刚钻》报发表中医理论文章《辨证》。

1月19日，在《金刚钻》报发表短文《邹氏书之销数》。

1月—3月24日，先生在《金刚钻》报连载《叶香严温热病篇》。

1月23—24日，先生作杂文《中医要自力更生》曰：

> 要知道自己的长，先要知道自己的短。中医的短处就好似古代传流的理论，叫作医者意也，讲的都是空话。说长道短，口若悬河，嘴唇两爿皮，遇到病症，便如云中捉月、雾里看花地胡猜乱道，一个病都用医者意也的法子诊治。……中医的长处，也就是古代传流的辨证法，叫作症者证也……

1月26—28日，先生作杂文《医者意也之谬》在《金刚钻》报连载。

2—3月，陆清源在《金刚钻》报连载《伤寒阐疑》。

3月，由陆清洁编辑、陆士谔校订的《大众万病顾问》，于是年三月初版。民国三十五年（1946）十一月新三版，编者自云："是书也，四易其稿，历三寒暑。约二十万言，以疗治虽不言尽美，然比较完备，可断言也。……民国二十四年（1935）六月，青浦陆清洁序于杭州板桥路医庐。"

戴达夫为其序曰：

> 陆君守先，青邑人也。为明文定公嫡裔。博通经

籍，妙用刀圭。二十四番风遍栽杏树，八千里余纸抄录奇书。女子亦识韩康，士夫群推秦缓。哲嗣清洁，毓灵毓秀，肯构肯堂，飘飘乎横海之鱼龙，乎缑山之鸾鹤。况能志勤学道，训禀经畲，勉受青囊。精言白石，待膳侍寝之暇，博极群书。闻诗礼之余，耽窥奥衍。餐花梦里，贮锦胸中。摇虎毫而成文，不愧云间才调。喜龟蒙之继德，依然郁石清风。爰著万病验方大全，而丐序于余……

岁次上章敦牂春莫馀干戴达夫序于上海医学会

汪寄严先生序：

清洁同志，英敏多才，国医先进陆士谔先生哲嗣也。幼承庭训，家学渊源，宜乎头角峥嵘，矫然特异。其编撰是书，都二百万言，阅十寒暑始成。浸馈功深，洵巨制也。伏而读之，内外兼备，妇幼不遗。其于病理之叙述推阐靡遗，而于诊断治疗，则多发人所未发。骎骎乎摩仲圣之垒，驾诸家而上之。附方分解，以明方药效能，绝非掇拾者所可比。特开辟调养一门，俾病者于新愈时，知所避忌。其努力以发挥国医功效，谶微备至，是开医学之新纪元，尤足为本书生色。国医当此存亡绝续之交，得是书而振起之。同道可精作他山石，后进得奉为指南针，岂仅社会群众之顾问而已哉。

民国二十三年十月新安汪寄严寄于沪江医寓

4月1—31日，先生在公共租界（中央区西至卡德路、同孚路，东至黄浦滩，北至苏州路，南至洋泾浜）、法租界（西至白尔部路、横林山路、方浜桥路，南至民国路，北至洋泾浜，东至黄浦滩一带）出诊行医。时间：下午二时至六时。每日上午在上海英租界跑马厅，汕头路82号寓所看门诊，时间上午十时至下午二时。

《金刚钻》报继续登载《内科陆士谔诊例》一个月。

4月20日，在"医书疑问"栏目中，病友王道存君提出疑问数点，请陆先生解答。先生次子陆清洁先生一一代为解答。

4月22—23日，上海医界春秋社请杭州光圭君回答"疬节痛风"之疑问，沈君转请陆清洁君回答。

4月26日，湖南湘潭李佩吾君，为其夫人之病函曰：

先生出版《国医新话》《医学南针》，指明应读各种方书，佩吾皆一一购备……感将贱内病状敬为先生详陈之。

4月29—30日，作《叶香严外感温热病篇》，刊载于《金刚钻》报。

5月4—24日，《小金刚钻》继续报载《内科陆士谔诊例》。

5月19日，在"论医"栏目，天津景晨君曰："敬读尊著，几无一日可离。然除得见者外，如《金刚钻》报之发行所《医经节要》《新注伤寒论》《新注汤头歌诀》《寒窗医话》，未知何家代印发行，统希示，俾得读。"

5月21日，先生在《南窗随笔》中谈读书体会曰：

读古人书须要放出自己眼光，不可盲从，始能得益。倘心无主宰，听了公公说，就认为公有理；听了婆婆说，就认为婆有理，纵读破万卷书，绝无用处。如柯韵伯之为伤寒大家、吴鞠通之为温热大家，任何人不能否认，但柯韵伯心为太阳之说，吴鞠通温邪处在于太阴经之说，不可盲从也。

5月25日，在"论病"栏目答李佩吾君第二次求医信。

5月28—29日，继续在"论医"栏目中答医解难。

5月30日，在"论医"中提到："南针三、四集，现方在撰述中。"

是月，先生主编《李士材医宗必读》，由上海世界书局出版。

6月1日，先生在《小金刚钻·南窗随笔》撰文，为捍卫祖国医学不遗余力。

6月3—30日，继续在《金刚钻》报登载《内科陆士谔诊例》。

6月8日，在"南窗随笔"中先生阐明中西医之所长曰：

中医重的是形，形易见而神难知，此世俗所以称西医为实在钦。

7月2—30日，在《金刚钻》报继续刊登《内科陆士谔诊例》。

7月16日，先生三子清源在《金刚钻·国医三话》自序中曰：

280

清源待诊以来，亲承庭训，研读古书，每遇一方，必究其组织之法。为开为合，疗治之道，为正为反。趋时者则笑源为守旧。源亦知假借他人门阀，足以增光蓬荜……所以守草庐，不愿阀阅，奉久命编辑《国医三话》毕，因述其意为述。

7月20—22日，先生在《金刚钻报·论病》中答李佩吾君第三次来函。

7月25日，先生在《中医教育之我见》中谈中医教育曰：

中医之学术，重实验，不重理论；中医之教育，现代都有两途：一是各别教育，一是集团教育。中医学校是集团教育，师徒授受是个别教育。个别教育重在实验，集团教育重在理论。

7月26日，续曰："据余之经验，中医之教育，以个别为适，集团为不适，敢贡献于主持中医教育者。"

8月1日，陆清源在《金刚钻》报上写《国医三话》后序。

8月3日，先生在"论病"栏目中答程君、宝君致函求医。

8月9—13日，陆清源以《桂枝人参汤》为题谈医说药。

## 1938年（民国二十七年　戊寅）六十岁

秋，刘三病故。陆灵素整理刘三遗稿编成《黄叶楼诗稿尺牍》多卷，交给柳亚子校正刊印，不料太平洋战争爆发，文稿遗失于战火。灵素在痛惜之余，又以惊人毅力收集残稿，刊印出油印本分赠亲友。

是年，撰《内经伤寒》。

1938—1943 年，先生悉心行医，整理医学著作。以其医术精湛，医德高尚，而被誉为上海十大名医之一。

**1939 年（民国二十八年　己卯）六十一岁**

1—10 月，先生次子清廉任中共晋城县委书记。发动群众减租、减息，组织反扫荡，完成扩军任务。

**1940 年（民国二十九年　庚辰）六十二岁**

3 月，清廉下太行山开展平原游击战争。至冀鲁豫区留在党委机关工作，后又担任地委宣传部长、清风县委书记、地委书记、区党委副秘书长等职。1949 年，随刘邓大军南下，8 月任西南服务团第一支队队长……1955 年 8 月，在中央高级党校学习，结业后任冶金工业部华东矿山管理局局长。1958 年 8 月 20 日，在北京开会返宁途中，因飞机失事不幸遇难，时年四十五岁。后经江苏省人民委员会追认为革命烈士。[①]

**1941 年（民国三十年　辛巳）六十三岁**

是年，《金刚钻》报主编施济群编辑《医药年刊》，在其中"中医改进论"栏目中有先生两篇医学论文：《病名宜浅显说》《陆氏谈医》。后者包括：《病家最忌性急》《说病与认证》《中医之药方》《中医之用药》《膜原之病》《脑膜炎》《小白菜戒白面瘾》《鼠疫治法之贡献》《睡眠病之研究》《黑死病之探讨》。在

---

① 参见《青浦县志·人物》第三十四篇。

《医药年刊》之"国医名录"中记载：

　　陆士谔：内科，跑马厅汕头路 82 号，（电话）九一
八一一。

　　陆清洁：内科，吕班路蒲柏坊 35 号，（电话）八六
一四二（杭州迁沪）。

## 1943 年（民国三十二年　癸未）六十五岁

是年冬，先生中风。

## 1944 年（民国三十三年　甲申）六十六岁

3 月，先生因中风卒于汕头路 82 号寓所。据传先生中风当
日，全家人正共进晚餐，忽闻汕头路 82 号（先生诊所）起火，
并见其西厢房上空红光闪烁，原来并非起火，而是一颗陨石坠
落。先生亦于是时中风。其长子清洁为其致"哀启"，所叙述的
都是关于医药方面之事，于历年来所撰小说只字不提。《金刚钻》
报副总编辑朱大可先生为陆士谔写挽词赞曰：

　　堂堂是翁，吾乡之雄。气吞湖海，节劲柏松。稗史
风人，医经济世。抵掌高谈，便便腹笥。仆也不敏，忝
在忘年。式瞻造像，曷禁泫然。

先生在中医学上的卓越贡献和在通俗小说创作方面的建树不
可磨灭，树立了发愤图强的样板，并以"稗史风人，医经济世"
为后人所崇敬。

**图书在版编目（CIP）数据**

今古义侠奇观／陆士谔著. — 北京：中国文史出
版社，2019.3

（民国武侠小说典藏文库·陆士谔卷）

ISBN 978 - 7 - 5205 - 0958 - 9

Ⅰ. ①今… Ⅱ. ①陆… Ⅲ. ①侠义小说 - 中国 - 现代
Ⅳ. ①I246.5

中国版本图书馆 CIP 数据核字（2018）第 276214 号

点　　校：秦艳君　许　伟
责任编辑：薛媛媛

出版发行：**中国文史出版社**

社　　址：北京市海淀区西八里庄 69 号院　邮编：100142
电　　话：010 - 81136606　81136602　81136603（发行部）
传　　真：010 - 81136655
印　　装：廊坊市海涛印刷有限公司
经　　销：全国新华书店
开　　本：720 × 1020　1/16
印　　张：18.75　　　字数：198 千字
版　　次：2019 年 3 月第 1 版
印　　次：2019 年 3 月第 1 次印刷
定　　价：66.80 元